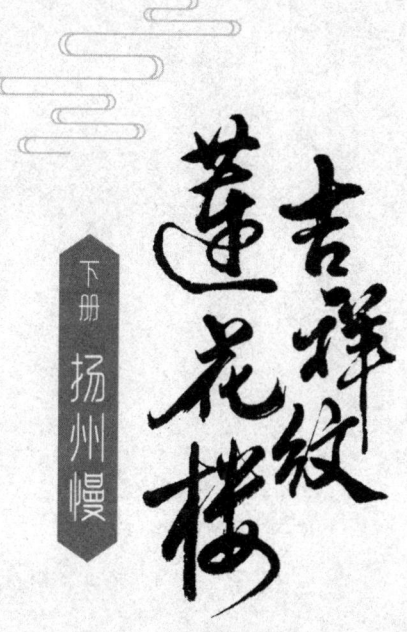

下册 扬州慢

藤萍 著

浙江文艺出版社
Zhejiang Literature & Art Publishing House

第十四章 悬猪记

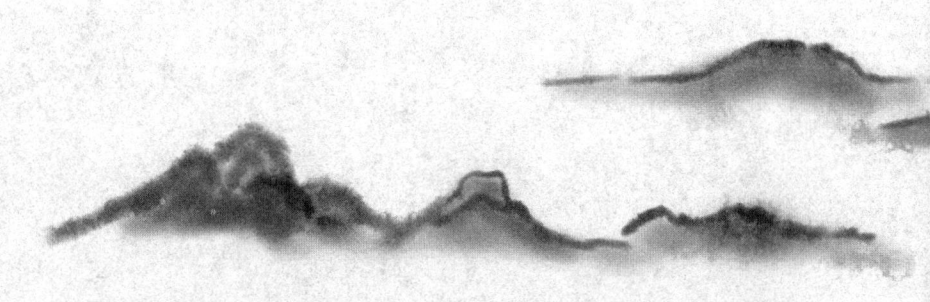

王八十从来没有走运过，自他从娘胎落地，老娘就被他克死，三岁时老爹为了给他凑一件冬衣的钱，大冬天上山挖笋，结果从悬崖摔下一命呜呼。自八岁起，他就被八十岁的曾奶奶卖到了红艳阁当小厮，作价八十铜板，于是叫作王八十。他在红艳阁辛辛苦苦地干活，一个月不过得四十铜钱，到三十八岁那年好不容易存足钱娶了个媳妇，成婚没三天媳妇嫌他太矮，出门丢人，跟着隔壁的张大壮跑了，于是至今王八十还是一个人住。

虽然没人疼没人爱，但王八十很少怨天，有时候他自己对着镇东那小河照照，也觉得就凭水里那人长得歪瓜裂枣、身高四尺的样，真搁谁谁都疼不起来，能在红艳阁有份工可做，已是老天眷顾。

如他这般老实本分、安分守己的人，其实应该平平安安简简单单过一辈子，死时往乱坟岗上一躺，就此完结，王八十从来没有想过自己还有撞鬼的一天。

"昨天晚上，我从红艳阁倒夜壶回来，这里一片黑漆漆的，什么都看不见，当然我出门的时候也并没有点灯。正当我要开门的时候，发现门没有关，就这么开着一条缝儿……我心想莫不是来了贼，我屋里那床十八文的被子千万莫被偷了去，所以在这里抄了个家伙，往窗户探去。结果这一探，哎哟我的妈呀！我屋里有个东西在飘，鬼似的雪白雪白的，一棍子打过去，那东西忽闪忽闪的，却是件衣服，我一抬头，就看到……"

【 一 悬梁 】

角阳村的村民一向对红艳阁敬而远之，因为那是个妓院，并且是粗房破瓦，里头的姑娘又老又丑的那种第九流的妓院。但今天一早，红艳阁后门就如开锅了一般热闹，人头攒动，仿佛赶集，人人都要到王八十住的柴房里瞧上一眼，有的人还提着自家板凳，以防生得太矮，到时少看了一眼，岂不吃亏？

"哎哟……"一位灰衣书生正往红艳阁旁的万福豆花庄走去，被人群撞了个踉跄，回头看众人纷纷往妓院而去，不免有些好奇，犹豫片刻，也跟着去看热闹。

"哦……"众人挤在王八十的柴房之外，齐齐发出惊叹之声。

一头硕大的母猪，身穿白色绫罗，衣裳飘飘，被吊在王八十房中梁下，一条麻绳绕颈而过，竟真的是吊死的。

"母猪竟会上吊，真真世上奇事，说不定它是看中了王八十，施了仙法，得知你已多年没吃过猪肉，所以举身上吊，以供肉食。"在角阳村开了多年私塾的闻老书生摇头晃脑，"真是深情厚谊，闻所未闻。"

"女人的衣服，嘻嘻，猪穿女人的衣服……"地上一名七八岁的小男孩嘻嘻地笑，"它如果会变化，衣服怎么不变成猪毛？"

王八十连连摇头："不不，这不是猪仙，我说这定是有了女鬼。你们看这衣服，这衣服兜里还有东西，真是女人穿过的，你看这东西……这可是寻常人有的东西？"他搬了条凳子爬上去，在母猪身上那件白衣怀里摸出一物，"这东西，喏。"

众人探头来看，只见王八十一只又黑又粗的老手上拿着一张金叶子，就算是村里有名的李员外也拿不出手的足有三两重的真金叶子。母猪自然不会花钱，衣服自然更不会花钱，那这三两黄金是谁的？

王八十指指梁上摇晃的母猪："这必是有怨女死得冤枉，将自己生前死法转移到这母猪身上，希望有人替她申冤……"

闻老书生立刻道："胡说，胡说，悬梁就是自杀，何来冤情？"

王八十呆了一呆："哦……"

王八十脸上竟有些失望，往众人看了一眼，只见大家对那悬梁上吊的猪啧啧称奇，看了一阵，也就觉得无聊，有些人已打算离去，他心里有些着急。

正在此时，忽然梁上的木头发出一声异响，在众人纷纷回首之际，白绫飘扬，那头吊颈的猪仰天跌下，"砰"的一声重重摔在地上，猪身上一物受震飞起，直往人群中落去。

"啊——"众人纷纷避让，一人急忙缩头，那物偏偏对他胸口疾飞而去，众人不禁大叫一声"哎呀"，那物在齐刷刷的"哎呀"声中正中胸口，那人"扑通"坐倒在地，双手牢牢抓住一物，满脸茫然，浑不知此物如何飞来。

众人急忙围去细看，只见那人手中抓着一柄锈迹斑斑的矛头，矛头上沾满暗色血迹，显然刚自母猪血肉之中飞出来。

王八十蹲下抚摸那摔下的母猪，叫了起来："这头猪不是被吊死的，是被矛头扎死的。"

众人复又围来，齐看那死猪，过了半晌，闻老书生道："王八十，我看你要出门躲躲，这……这头被矛头扎死的母猪，不知被谁吊在你家，必定有古怪。那黄金你快些扔了，我看不吉利，咱没那福分，享不到那福气。大家都散去吧，散去吧。"

众人眼见矛头，心中都有些发毛，纷纷散去，只余下那手握矛头的灰衣书生，以及呆住的王八十。

"你……"那灰衣书生和王八十同时开口，同时闭嘴，各自又呆了半晌。

王八十道："你……你是猪妖？"

灰衣书生连连摇头："不是，不是，阿弥陀佛，罪过，罪过。我本要去万福豆花庄吃豆花，谁知道这里母猪上吊，身上飞了一把刀出来……"

王八十看着他手里仍然牢牢抓住的矛头："这是矛头，不是刀，这是……咦……这是……"他拿起灰衣书生手里的矛头，"这不是戏台上的矛头，这是真的。"

只见那矛头寒光闪烁，刃角磨得十分光亮，不见丝毫锈迹，和摆放在庙中、戏台上的全然不同，真是杀人的东西，王八十刹那之间全身寒毛都竖了起来。

那灰衣书生忙自怀里摸了一块巾帕出来擦手，一擦之下，巾帕上除了猪血，尚有两根长长的黑毛，他尚自呆了呆，王八十脑子却灵活，大叫一声："头发！"

两根两尺余的头发，沾在矛头之上，最后落在灰衣书生擦手的巾帕之中，赫然醒目。母猪肚里自然不会长头发，王八十举起矛头，只见矛头之上兀自沾着几丝黑色长发，与矛头纠缠不清，难解难分，他张大了嘴巴："这……这……"

"那个……这好像是这块矛头打中了谁的头，然后飞了出去，进了这头母猪肚中……"灰衣书生喃喃地道，"所以自母猪肚中又飞出来的矛头上就有头发。"

王八十颤声道："这是凶器？"

灰衣书生安慰道："莫怕莫怕，或许这刀……呃……这矛头只是打了人，那人却未死；又说不定只是这头母猪吃了几根头发下肚，那个……尚未消化干净。"

王八十越想越怕："这头吃了头发的母猪怎会……怎会偏偏挂在我的屋里……我招谁惹谁了？我……"他越说越觉得自己冤，往地下一蹲咧嘴就待哭将起来。

灰衣书生急忙将手中的矛头往旁一放，拍了拍王八十的肩："莫怕，也许只是有谁与你开个玩笑，过个几天自然有人将实情告诉你。"

王八十哭道："这一头母猪也值个一两三钱银子，有谁会拿一两三钱白花花的银子来害人？我定是招惹了猪妖女鬼，缠上我了，我定活不过明日此时，今晚就会有青面獠牙的女鬼来收魂，阎罗王，我死得冤啊……"

灰衣书生手上越发拍得用力："不会不会……"

王八十一抬头，看见他满手猪血涂得自己满身都是，越发号啕大哭："鬼啊——母猪鬼啊——我只得这一件好衣裳……"

灰衣书生手忙脚乱地拿出汗巾来擦拭那猪血，却是越擦越花，眼见王八十眼泪与鼻涕齐飞，饼脸共猪血一色，没奈何只得哄道："莫哭莫哭，过会儿我买件衣裳赔你如何？"

王八十眼睛一亮："当真？"

灰衣书生连连点头："当真当真。"

王八十喜从中来："那这便去买。"

灰衣书生早饭未吃，诚恳地道："买衣之前，不如先去吃饭……"

王八十惊喜交加，颤声道："公……公子要请我吃饭？"

灰衣书生耳闻"公子"二字，吓了一跳："你可以叫我一声大哥。"

王八十听人发号施令惯了，从无怀疑反抗的骨气，开口便叫"大哥"，也不觉面前此人虽颓废昏庸而不老，以年纪论，似乎还做不到他"大哥"的份上。

灰衣书生听他叫"大哥"，心下甚悦，施施然带着这小弟上万福豆花庄吃饭去了。

万福豆花庄卖的豆花一文钱一碗，十分便宜划算，灰衣书生不但请王八十平白喝了碗豆花，还慷慨地请他吃了两个馒头一碟五香豆。王八十受宠若惊感激涕零，若他是个女子，以身相许的心都有了，奈何他不是。

吃饭之际絮絮叨叨，王八十终于知道他这"大哥"姓李名莲花，昨日刚刚搬到角阳村，不想今日一早起来就看见了母猪上吊的怪事，还连累他欠了王八十一件衣裳。幸好他大哥脾气甚好，又讲信用，在吃饭之际就请小二出去给王八十买了件新衣裳回来，这越发地让王八十将他奉若神明。

李莲花吃五香豆吃得甚慢，身边食客都在议论王八十家里那头母猪，他听了一阵问道："王八十，今日村里可有人少了母猪？"

王八十头摇得像个拨浪鼓："村里养猪的虽然多，但是确实没听说有人少了母猪，否则一大早起来哪有不到我家来要的道理？一头猪可贵得很……"

李莲花连连点头，对那句"一头猪可贵得很"十分赞同："一头死了的母猪昨夜竟偷偷跑到你家悬梁，这事若是让说书先生遇见，一定要编出故事来。"

王八十窘迫又痛惜地道："说书先生几天就能挣一吊钱呢……"

两人正就着那母猪扯着闲话，忽的满屋吃豆花的又轰动起来，王八十忙钻出去凑个热闹，这一凑不得了，整个傻眼了。

他的屋子着火了。

非但是着火，看那浓烟滚滚烈火熊熊的样子，即便他化身东海龙王去洒水，只怕也只得一地焦炭。他虽没见过什么大世面，却也是个明白人，绝望地心知他那床十八文的被子多半是离他而去了。怎会起火呢？家里连个油灯都没有，怎会起火呢？

李莲花挥着袖子扇那穿堂而来的烟灰和火气。隔壁起火，豆花庄也遭殃，不少客人抱头逃之夭夭，他那一碟五香豆却还没吃完，只得掩着鼻子继续。

王八十呆呆地回来，坐在李莲花身边，鼻子抽了几抽，喃喃地道："我就知道猪妖女鬼来了就不吉利，我的房子啊……我的新被子……"他越想越悲哀，突然号啕大哭，"我那死了的娘啊，死了的爹啊，我王八十没偷没抢没奸没盗，老天你凭啥让我跑了老婆烧了房子，我招谁惹谁了？我就没吃过几块猪肉，我哪里惹了那猪妖了？啊啊啊啊……"

李莲花无奈地看着面前那一碟五香豆，身边的眼泪鼻涕横飞，嘈杂之声不绝于耳，只好叹了口气："那个……如果不嫌弃的话，你可以暂时住在我那儿。"

王八十欣喜若狂，"扑通"一声跪下："大哥，大哥，你真是我命里的救星，天上下凡的活神仙啊！"

李莲花很遗憾地结了账，带着王八十慢慢出了门。

出了门就能感觉到火焰的灼热，王八十住的是红艳阁的柴房，柴火众多，这一烧绝不是一时半刻能烧得完的。李莲花和王八十挤在人群中看了两眼，王八十放开嗓子正要哭，却听李莲花喃喃地道："幸好烧的只是个空屋……"

王八十一呆，陡然起了一身冷汗，倒也忘了哭。

李莲花拍了拍他的肩："这边来。"

于是王八十乖乖地跟着他往街的一边走，越走眼睛睁得越大，只见他那"大哥"走进一间通体刻满莲花图案的二层小楼，这木楼虽然不高，但在王八十眼中已经是豪门别院、神仙府邸。李莲花打开大门，他竟不敢踩进一脚，只见门内窗明几净，东西虽然不多，却都收拾得极为整洁干净，和他那柴房全然不同，只觉踩进一脚便亵渎了这神明住的地方。

李莲花见他又在发抖，友善地看着他："怎么了？"

王八十露出一张快要哭出来的脸："太……太太太……干净了，我不敢……不敢踩……"

李莲花"啊"了一声："干净？"他指着地上，"有灰尘的，不怕不怕，进来吧。"

灰尘？王八十的眼睛眯成斗鸡眼才在地上看到一点点约等于没有的灰尘，但李莲花已经走了进去，他无端地感觉到一阵惶恐，急急忙忙跟了进去。

就在他踩进吉祥纹莲花楼的刹那，"砰"的一声，一个花盆打横里飞来，直直砸在门前，恰恰是王八十方才站的地方。王八十吓了一跳，转身探出个头来张望，只见满大街人来人往，也不知是谁扔了个花盆过来。

李莲花将他拉了进去，忙忙地关了门。

地上碎裂的花盆静静躺在门前，这是个陈旧的花盆，花盆里装满了土，原本不知种着株什么花草，却被人拔了起来，连盆带土砸碎在门口。

一地狼藉的样子，让人觉得有些可惜。

李莲花坐在椅上，居高临下地看着坚决不肯坐在椅上的王八十，右手持着上次方多病来下棋时落下的一颗棋子，一下一下轻轻地敲着桌面。

王八十本觉得"大哥"乃是天神下凡，专司拯救他于水火之中，但被李莲花的眼神看得久了，愚钝如他都有些毛骨悚然起来："大哥？"

李莲花颔首，想了想："二楼有个客房，客房里有许多酒杯、毛笔、砚台什么的，别去动它，你可以暂时住在里面。"

王八十连连磕头，不磕头无以表达他的感激之情。

李莲花正色道："不过你要帮我做件事，这事重要至极，紧迫得要命，若不是你，一般人可能做不来。"

王八十大喜："大哥要我做什么我就做什么，红艳阁的柴房烧了，我也没胆回去那里，如果能帮上忙再好不过了。"

李莲花温文尔雅地颔首，白皙的手指仍旧持着棋子在桌上轻轻地敲着。

一炷香时间过后，王八十接到了李莲花要他做的这件"重要至极，紧迫得要命，一般人做不来"的活儿——数钱。李莲花给了他一吊钱，很遗憾地道："这吊钱分明有一百零一个，但我怎么数都只有一百个，你帮我数数。"

王八十受宠若惊地接过了他人生中见过的最多的钱，紧张且认真地开始了他数钱的活。

【 二　破门 】

第二天，王八十在鸡还没叫的时候就起床，快手快脚地将这木楼上下打扫抹拭了一遍，他本还想为大哥煮个稀饭什么的，但楼里却没有厨房，只有个烧水的炭架子，连颗米都找不到。在他忙碌的时候，李莲花在睡觉，丝毫没有起床的意思。

鸡鸣三声，日出已久。

在王八十把那吊钱又数了十遍之后，李莲花终于慢腾腾地起床了，刚刚穿好衣服，只听门外"砰"的一声响，吉祥纹莲花楼的大门骤然被人踹开，一个身穿金色锦袍的中年人持剑而入："王八十呢？叫他出来见我！"

李莲花刚刚穿好衣服下了楼，手上刚摸到王八十为他倒的一杯水，眼前就猛地出现了一位面色不善、气势惊人的金衣人。他还没来得及开口问来者何人所为何事为何踹坏大门打算赔他银子几许……那金衣人已沉声道："李莲花，在我万圣道看来，吉祥纹莲花楼不过尔尔，算不得龙潭虎穴，我只是要王八十，你让开。"

万圣道是江浙武林总盟，近几年角丽谯野心渐显，除了四顾门重新崛起之外，江浙已在数年前成立万圣道总盟，联络集合江浙三十三武林门派的消息和人手，统一进退决策。数年来，万圣道已是武林中最具实力的同盟，黑白两道甚至官府都不得不给万圣道七分面子。

李莲花一口水都还没喝，金衣人已撂下话来，指名要带走王八十。王八十根本不认识这浑身金光的中年人，吓得脸色惨白，不知他家里吊死了头猪竟会有如此惨重的后果，不……不不不就是头母猪吗……

"金先生。"李莲花微笑道，"要带走王八十也可，但不知红艳阁这小厮是犯了什么事，让万圣道如此重视，不惜亲自来要人？"

金衣人眉目严峻，神色凌厉，李莲花并不生气，还温和得很。

金衣人被他称呼为"金先生"，显然一怔："在下并不姓金。"

李莲花也不介意："王八十家里不过吊死了头母猪，和万圣道似乎……关系甚远……"

金衣人怒道："有人在他家中废墟寻得'乱云针'封小七的令牌，还有断矛一支,岂是你所能阻挡?"

李莲花皱起眉头:"封小七?"

金衣人点头:"万圣道总盟主封馨之女。"

李莲花看了王八十一眼,喃喃地道:"原来……那头母猪真的有很大干系,王八十。"

王八十听他号令,立刻道:"大哥,小的在。"

李莲花指了指金衣人,正色道:"这位金先生有些事要问你,你尽管随他去,放心,他不会为难你。"

王八十魂飞魄散,一把抓住李莲花的裤腿,涕泪横飞:"大哥,大哥你千万不能抛下我,我不去,大哥在哪里我就在哪里,死也不去,我不要和别人走,大哥啊……"

李莲花掩面叹息,那金衣人未免有些蹙眉,大步走过来一把抓起王八十就要走,不想王八十人虽矮腿虽短,却力气惊人,竟然牢牢抱在李莲花腿上,死也不松手。拉拉扯扯不成体统,金衣人脸色黑了又黑,终于忍无可忍地道:"如此,请李楼主也随我走一趟。"

李莲花一本正经地道:"我不介意到万圣道走一遭,但你踢坏我的大门,如果等我回来,楼内失窃……"

金衣人眉头微微抽动,咬牙切齿地道:"大门万圣道自然会帮你修理,走吧!"

李莲花欣欣然拍了拍衣袖:"金先生一诺千金,这就走吧。"

金衣人面容越发扭曲,他不姓金!但好容易拿人到手,他自不欲和李莲花计较,一抬手:"走吧!"

王八十眼见大哥也去,满心欢喜,紧紧跟在李莲花身后,随着金衣人走出大门。

门外一辆马车正在等候,三人登上马车,骏马扬蹄,就此绝尘而去。

马车中四壁素然,并无装饰,一身金衣的"金先生"盘膝闭目,李莲花打了个小小的哈欠,游目四顾,突然瞧见马车一角放着个三尺余长的包裹。那包裹是黄绫,黄绫是撕落的,并未裁边,边上却以浓墨挥毫画了什么东西,不是龙约莫也是和龙差不多的模样。他对着那东西看了好一阵,突然问:"金先生,那是什么?"

金衣人怒道:"在下行不改名,坐不改姓,'千里啸风行'白千里。"

李莲花"啊"了一声,歉然看着他:"那是什么?"

白千里看了那包裹一眼，怒色突然淡去："一柄剑。"

李莲花问道："可是'少师'？"

白千里一怔："不错。"

李莲花温和地看着那包裹，过了片刻，微微一笑。

白千里奇道："你认得'少师'？"

李莲花道："认得。"

"此剑是李相夷当年的贴身佩剑，李相夷身带双剑，一刚一柔，刚者'少师'，柔者'吻颈'，双剑随李相夷一起坠海。数年之前，有人在东海捕鱼，偶得'少师'，此后此剑被辗转贩卖，一直到我这里，已过了四十三手。"白千里淡淡地道，"名剑的宿命啊……"

李莲花本已不看那剑，闻言又多看了那剑两眼："此剑……"

白千里冷冷地道："你可是想看一眼？"

李莲花连连点头，白千里道："看吧。我不用剑，买回此剑时还是'沧海剑'莫沧海莫老让我的，本就是买来让人看的，多一人看，便多一人记得它当年的风采。"

李莲花正色道："金先生，真是谢了。"

白千里一怔，这人又忘了他姓白不姓金。只见李莲花取过那黄缎包裹，略略一晃，柔软的黄缎滑落手背，露出黄缎中一柄剑来。

那是柄灰黑色的长剑，偏又在灰黑之中透出一股浓郁的青碧来，剑质如井壁般幽暗而明润，黄缎飘落，清寒之气扑面。李莲花隔着黄缎握着这剑的柄，虽然并未看见，但他知道这剑柄上雕着睚眦，睚眦之口可穿剑穗。十五年前，为博乔婉娩一笑，李相夷曾在剑柄上系了条长达丈许的红绸，在扬州"江山笑"青楼屋顶上练了一套"醉如狂"三十六剑。

当年，扬州城中万人空巷，受踩踏者多少，只为争睹那红绸一剑。

他也记得最后这柄剑斩碎了笛飞声船上的桅杆，绞入船头的锁甲链中，船倾之时，甲板崩裂，失却主人的剑倒弹而出，沉入茫茫大海……

突然间，胸口窒息如死，握剑的手居然在微微发抖，他想起展云飞说"有些人弃剑如遗，有些人终身不负，人的信念，总是有所不同"。

不错，人之信念，终是有所不同。李莲花此生有负许多，但最对不起的，便是这一柄少师剑。

王八十见他握住剑柄，剑还没拔出来脸色便已白了，担心起来："大哥？"

"铮"的一声脆响，李莲花拔剑而出，满室幽光，映目生寒。

只见剑身光润无瑕，直可倒映人影。

白千里略觉诧异，其实少师剑并不易拔，这剑坠落东海的时候剑鞘落在沉船上，长剑沉入泥沙之中，庆幸的是此剑材质不凡，海中贝类并不附着其上，保存了它最初的机簧。少师剑剑身极光润，剑鞘扣剑的机簧特别紧涩，腕力若是不足，十有八九拔不出来。他买剑也有年余，能拔得出此剑的人只有十之二三，连他自己也鲜少拔出，李莲花看起来不像腕力雄浑之人，却也能一拔而出。

"李莲花以医术闻名，不想腕力不差，或是对剑也颇有心得？"

王八十畏惧地看着李莲花手上的剑，那是凶……凶凶凶……器……却见他大哥看剑的眼神颇为温和，瞧了几眼，还剑入鞘，递还给白千里。

白千里忍不住有些得意："如何？"

李莲花道："'少师'一直是一柄好剑。"

白千里裹好黄缎，将少师剑放了回去，瞪了王八十一眼，突然怒问："昨日夜里，究竟是怎么回事？"

王八十张口结舌："昨昨昨……昨天夜里？昨天夜里我去倒夜壶，回来的时候就看见那只母猪挂在我房里，天地良心，我可没说半句假话……大爷饶了我吧！饶了我吧！"

白千里厉声问道："那头猪身上那件衣服，可是女子衣服？"

王八十连连点头："是是是，是一件女人的衣服。"

白千里缓了口气："那件衣服，可有什么异状？"

王八十茫然看着他："就是女鬼的白衣，白白的，衣兜里有钱。"

他只记得衣兜里有钱，天记得那衣服有什么异状。

白千里从袖中取出一物："她的衣兜里，是不是有这个？"

王八十看着白千里手里的金叶子，这东西他却是万万不会忘记的，当下拼命点头。

白千里又问："除了这金叶令牌，白衣之中可还有其他东西？"

那母猪和白衣都已烧毁在大火中，王八十记性却很好："她衣兜里有一片金叶子，一个红色的小豆子，一张纸，一片树叶。"

白千里和李莲花面面相觑："一张纸，纸上写了什么？"

王八十这就汗颜了："这个……小的不识字，不知道纸上写了什么。"

白千里想了想："那头……母猪可有什么异状？"

王八十忙道:"那母猪穿着女人的衣服上吊,脖子上系着一条白绸,肚子上插着一支断了的长矛,到处……到处都是异状啊……"

白千里皱眉,自马车座下摸出一支断矛:"可是这个?"

王八十仔细看了那断矛一会儿,期期艾艾地道:"好像不是这个,亮……亮一点,长一点……"

白千里脸上的神色缓和了一些,又自座下摸出一支断矛:"这个?"

王八十又仔细看了一番,点头。

这矮子居然记性不错。白千里准备两支断矛,便是为了试探王八十说话的可信度,不想王八十竟能把许多细节都记得很清楚,虽然母猪和白衣都已烧毁,却损失不大:"你的记性不错。"

王八十自娘胎落地以来从未听过有人赞美,汗流浃背:"小的……小的只是平日被人吩咐得多了……"

李莲花注目那断矛,那支矛崭新铮亮,虽有一半受火焰灼烧,变了颜色,却不掩其新,断口整齐,是被什么兵器从中砍断的,原本矛头染血,还有几根长发,但火烧过后一切都不留痕迹。

"你怀疑那件白衣是封姑娘的?"

白千里阴阴地道:"小师妹已经失踪十来天,金叶令牌可号令整个万圣道,天下只有三枚,一枚由我师父封磬携带,一枚在小师妹手里,另一枚在总盟封存。金叶令牌出现在这里,你说万圣道怎能不紧张?"

"王八十。"马车摇晃,李莲花舒服地靠着椅背眯眼坐着。

"小的在,大哥有什么事尽管吩咐。"王八十立刻卑躬屈膝。

李莲花示意他坐下:"昨天夜里你是几时回到家里,发现……猪妖?"

王八十立刻道:"三更过后,不到一炷香时间。"

李莲花颔首,白千里厉声道:"你怎会记得如此清楚?"

王八十张口结舌:"红艳阁……规矩,夜里留客不过三更,三更过后就要送客,所以我倒完夜壶大……大概就是三更过后。"

白千里皱眉:"三更?"

三更时分,夜深人静,要潜入王八十那间柴房并不困难,困难的是在妓院这等人来人往的地方,还要运入一只母猪——

"你在白衣口袋里找到的东西,那一颗红豆,是普通的红豆吗?"李莲花问。

王八十本能地摸了摸衣兜,脸上一亮,诚惶诚恐地递上一颗鲜红色的豆子:

"在在在，还在我这里。"

他衣兜里的东西不只有一颗红豆，还有一根干枯的树枝，那树枝上果然有一片干枯的树叶，此外还有一张皱巴巴的纸片。

白千里最注意那纸片，他接过纸片，只见上面一面用浓墨弯弯曲曲地画着几根线条，断断续续，另一面写着："四其中也，或上一下一，或上一下四，或上二下二等，择其一也。"这字写得极小，但并不是封小七的笔迹。白千里反复看了数遍，全然莫名其妙。

李莲花拿着那枯枝，沉吟了一会儿："令师妹可曾婚配？"

白千里眉头紧皱："小师妹年方十七，尚未婚配。师父年过四十才有了小师妹，师娘在小师妹出生后不久就病逝了，听说小师妹生得和师娘十分相似，师父对小师妹一向宠溺，宠得她脾气古怪，师父……总盟主这两个月为她看了几个门当户对的江湖俊彦，她都不嫁，非但不嫁，还大闹了几场。师父本来去滇南有事，听说师妹胡闹，又孤身赶了回来，结果回来当天便发生清凉雨之事，小师妹居然失踪了。师父追出去找了几日，却是毫无结果。"

李莲花细看着那枚鲜红色的豆子，那豆子鲜红如鸽血，形若桃心，内有一圈深红印记，煞是好看。看完之后，他喃喃地念："红豆生南国，春来发几枝……这分明是一颗相思豆……"

白千里将纸片递向李莲花，拿起那枚相思豆："如果那件白衣是小师妹的，那么这些物品都是小师妹的，只是我从来不曾见过她有这种红豆，这张白纸上的笔迹也非师妹所留。"

"如果白衣不是她的，那或许金叶令牌就是这件衣服的主人从她那里得来的。"李莲花道，"又或者，有人将她身上之物放进一件白衣，穿在母猪身上……"

白千里摇了摇头，沉声道："此事古怪至极，待回到总坛，一切和盟主商量。"

车行一日，李莲花见识了江浙最负盛名的武林圣地——万圣道总坛。

马车还没停下，远远地便听到胡琴之声，有人在远处拉琴，琴声缠绵悠远，纤细婉转，当得上如泣如诉。他本以为将见识到一处气势恢宏的殿宇，眼前所见，却是一片花海。

王八十掀开马车帘子，对着外边的景色啧啧称奇，有人将许多紫色的小花种在一起，他觉得很是稀奇。

最初道路两旁种的是一种细小的紫色花草，接着是各色蔷薇、红杏、牡丹、杜鹃——出现。马车行进了许久，方才在一片花海中看到了一座庭院。

庭院占地颇大，雕梁画栋十分讲究，门上和墙头挂满紫藤。两个身着红衣的门下弟子站在门前，身姿挺拔，眼神锐利。如果身边少些盛开的花朵和乱转的蜜蜂，这诚然会是个让人肃然起敬的地方。

胡琴之声仍在，细而不弱的琴声婉转诉说着某一种悲哀，绵延不绝。

"谁的胡琴？"李莲花诚心诚意地赞道，"我已许久没听过如此好听的胡琴。"

白千里不以为意："邵师弟的琴声。"

李莲花道："贵师弟的胡琴绝妙无比，就是不知他为何伤心，拉得如此凄凉？"

白千里越发不耐："邵师弟年少无知，前阵子结识了个魔教的朋友，被盟主关在牡丹园中反思。"

李莲花一怔："魔教？"

白千里点点头，李莲花越发虚心认真地请教："敢问当今武林，又是哪个门派成了魔教？"

白千里诧异地看着他："你不知道？"

李莲花立刻摇头，他不知道，他怎会知道？

白千里道："你是四顾门医师，怎会不知？鱼龙牛马帮已被肖大侠定为魔教，号令天下除恶务尽，江湖正道与角丽谯势不两立。"

李莲花吓了一跳："肖大侠说的？"

白千里不耐地道："四顾门的决议，自是号令一出，天下武林无不遵从，有何奇怪？"

李莲花喃喃地道："这……这多半不是肖大侠自己的主意……"

这多半是在龙王棺一事中差点吃了大亏的傅军师的主意，他的用心虽然不错，不容角丽谯在黑白两道之间左右逢源，但如此断然决裂，未必是一项周全的主意，不知聪明绝顶的傅军师究竟做了什么打算？

说话之间，大门已到，三人下了马车，自那开满紫藤的门口走了进去。

前花园花开得很盛，李莲花好奇地询问："那开了一墙蔷薇花的可是封小七的房间？"

白千里指点了下，左起第一间是他的房间，开了一墙蔷薇的却是被关禁闭的邵小五的房间，而失踪的封小七住在后院，与封磬并排而居。

庭院后和庭院前一般繁花似锦，一位年约五旬的长髯人手持葫芦瓢，正在为一棵花木浇水。白千里快步走上前去："总盟主！"

长髯人转过头来，李莲花报以微笑："在下李莲花，能与万圣道总盟主有一面之缘，实是三生有幸。"

长髯人也微笑了："李楼主救死扶伤，岂是我俗人可比？不必客套。"

这总盟主却比他的徒弟性子要平和得多。

白千里将王八十往前一推："总盟主，衣服已经烧了，现在只剩下这个人曾经见过那件白衣，不能确定那是不是小师妹的衣服。"

长髯人正是封磬。"你去小七那儿取一套她平日常穿的衣裙，来让这位……"他看了王八十两眼，一时想不出要称呼他为"小哥"还是"先生"。

李莲花道："兄弟。"

封磬顺口接了下去："……兄弟辨别辨别。"话说完之后方觉有些可笑，对着李莲花微微一笑。

白千里领命而去，封磬也微笑着看着李莲花和王八十："我这大徒弟做事很有些毛躁，若是得罪了二位，还请见谅。"

李莲花极认真地道："不不，白大侠品行端正，心地善良，在下感激不尽才是。"

封磬一怔，还当真想不出白千里能做出什么事让李莲花感激不尽。

"听说李楼主当日也曾见过那屋里的异状，不知还有什么细节能记得起来吗？小女年少任性，我虽然有失管教，却也十分担忧她的下落。"

这位万圣道的总盟主彬彬有礼，心情虽然焦躁，却仍然自持。李莲花很努力地回想了一阵，摇了摇头："我最近记性不大好，只怕比不上这位兄弟。"

封磬的目光落在王八十身上，王八十精乖地奉上他不知什么时候从猪妖衣服里摸出来的那相思豆和纸片。

封磬仔细翻看，他种花虽多，却也不曾种过相思树，至于那张纸片更是全然不知所云。

便在此时，王八十突然道："我回去的时候，门是开着的……"

封磬眉头微蹙，等着他继续说下去，王八十却又哑了。

李莲花和气地看着他："你出去的时候，门是开着的，还是锁着的？"

王八十欣喜地看着他大哥，大哥一说话，他就觉得是知己，于是接着道："我三更出去倒夜壶的时候从来不锁门，门都是虚掩着，一定是有人趁我出去把那头猪妖挂上去了。"

封磬微微一震："能知道你半夜出去不锁门的人有几个？"

王八十一呆："除了老鸨……卖菜的王二，杀猪的三乖，送柴火的老赵，好像……好像没有了。"

封磬眉心皱得更紧了，吩咐下去，要万圣道细查这几个人。

李莲花欣然看着封磬和王八十细谈那夜的细节，他东张西望，窗口的蔷薇开得旺盛，封磬显然很喜欢花，那纤细忧伤的胡琴声又从窗口遥遥地飘了进来。

"这胡琴……真真妙绝天下……"他喃喃地道，在他风花雪月的那几年也没听过这样好的胡琴，这若是搬到方氏那闻名天下的照雪楼去卖钱，想必门槛也踩破了。

封磬叹息一声："家门不幸。"

李莲花道："我曾听闻白大侠略有提及，邵少侠犯了错。"

封磬皱起眉头："我那不肖弟子和魔教座下奸人交情颇深，有辱门风，让李楼主见笑了。"

李莲花好奇地问："不知……是哪位奸人？"

封磬叹了口气："清凉雨。"

李莲花怔了怔："'一品毒'？"

封磬点头。

鱼龙牛马帮座下素来鱼龙混杂，"一品毒"清凉雨是其中用毒的大行家，谁也不知这位毒中之王多大年纪、生得何等模样、精擅什么武功、喜好什么样的美女，甚至连"清凉雨"这名字显而易见也是个杜撰，这等神秘人物，竟然和封磬的徒弟交情很深，这不能不说是件怪事。

李莲花越发好奇了："清凉雨此人虽说善于用毒，也不曾听过什么劣迹，贵盟弟子能与他交好，未必是件坏事，不知为何让总盟主如此生气？"

封磬那养气功夫好极的脸上微微变色："他在我总坛之内假扮家丁胡作非为……"此事他无意为外人道，但一怒之下说了个开头，便索性说下去，"三个月前，此人假扮家丁，混迹我总坛之中，我二徒弟不知好歹与他交好，后来此人毒杀七元帮帮主慕容左，行迹败露后逆徒不但不将他捉拿扣留，还助他逃脱，当真是家门不幸，贻笑大方！"

李莲花安慰道："这……这或许邵少侠是有理由的……但不知清凉雨为何要杀慕容左？以清凉雨的名望武功，要杀慕容左似乎……不需如此……"

　　的确，七元帮帮主慕容左在江湖上数不上第几流，清明雨要杀慕容左，只怕要杀就杀了，根本不需处心积虑埋伏万圣道总坛长达几个月之久。

　　封磬沉吟："以我所见，清凉雨自然不是为了杀慕容左而来，他潜入此地另有目的，只是或许目的未达，他偶然杀了慕容左，事情败露，不得不离去。"

　　李莲花"啊"了一声，喃喃地道："原来如此。"

　　封磬以为他对"禁闭逆徒"的好奇应当到此为止了，却不料李莲花又问了一句："慕容左是在何处死的？"

　　此言一出，连封磬都有些微微不悦，这显然已经僭越，他却还是淡淡地道："在前花园。"

　　便在此时，白千里好不容易寻到了一件封小七惯穿的衣裙，白衣如雪，尚带着一股馥郁的芳香，王八十一看，眼都直了："就是这个……就是这种……白白的、长长的、有纱的……"

　　这句话说出来，封磬脸色终于变了——有封小七的令牌，有封小七的衣裙，证明王八十房里的东西当真和封小七有重大干系，那悬梁的死猪，那断矛，那金叶令牌，封小七断然是遭遇了重大变故，否则不会连贴身衣物都失落了。

　　只是如今——衣服是封小七的，令牌是封小七的，但封小七人呢？

　　人在何处？

　　白千里沉声道："总盟主，恐怕小师妹当真遇险了，我已下令去查，但依旧查不到是哪路人马手脚这么快，短短不到一个时辰就烧了衣物，要不是王八十和李楼主正巧去了豆花庄吃饭，恐怕连这唯一的见证人都会被灭口。"

　　封磬脸色震怒，在万圣道的地头上第一次有人敢捋他的虎须动他的女儿："白千里，调动一百五十名金枫堂卫，把角阳村每个死角都给我翻过来！"

　　李莲花被这位温文尔雅的总盟主的勃然大怒吓了一跳，人家说脾气好的人发火最是可怕，真是童叟无欺分毫不假。他左瞧瞧封磬正在动口，右瞧瞧白千里正在点头，似乎没他什么事，不由得脚一迈，闲闲往那繁花似锦的花园走去。

　　踏出厅堂，门外的微风中带有一股微甜的芳香，门外种满金橘色的蔷薇，也不知是什么异种，他深深地吸了口气，只觉浑身馥郁，连骨头都似轻了不少。若是让方多病来看这许多花，必然嫌俗，但李莲花却瞧得欣喜得很。

　　那胡琴声已然停了，李莲花在花园中随意转了几转，先好奇地往失踪的封小七的闺房探了一眼,那屋门关着,空气里飘着一股香味。这香味他已在封小七的衣裳上嗅过,却不是花香,对着屋里探头探脑看了好一会儿,他突然醒悟那是麝香。只是这庭院中香气委实太多,混杂其中难以辨别,一旦分辨出是麝香,他便本能地四处嗅嗅,那麝香却并非从房中传来。

李莲花如条狗般嗅了好一会儿,在封小七门外的花花草草之中倒是瞧见了不少摔烂的碗盘,丢弃的珍珠、玉环、钗钿,甚至是胭脂花粉,有个摔烂的玉碗里居然还有半碗红豆汤。这姑娘果然脾气不大好。

他皱眉找了许久,才发现麝香的来源乃是一个小小的香炉。那香炉被丢弃在屋后花园之中,淹没花枝之下,若不是特意去找,倒也难以发现。香炉中有一块只点了少许的麝香,难怪香气仍旧如此浓郁。

他正四处寻觅这个香炉是哪里来的,突然看见在不远处一片五颜六色、种类繁多、大小不等的鲜花丛中,一个身材矮胖、头若悬卵、腰似磐石的少年人呆呆坐在其中,手里正拿着一具胡琴。但见日光之下,此人胖得没有脖子,只见那头直接叠在了肩上,又由于肩和胸的界限不明,胸和肚子的区别也是不大,就如一颗头直接长在了那肚子上一般。这人出奇地滚圆,皮肤却是出奇地白里透红,虽胖也不难看,就仿佛在一个雪白的大馒头上叠了个粉嫩的小馒头一般,双脚上却都铐上了铁镣。

以那铁镣加上胡琴,李莲花欣然开口呼唤:"邵少侠,久仰久仰。"

那粉嫩的胖子怔了怔,迷糊地看着这慢慢走来的灰衣书生,只觉此人样貌陌生,从来不曾见过:"你是谁?"

李莲花施施然行礼:"在下李莲花。"

粉嫩的胖子"啊"了一声:"原来是大名鼎鼎的李神医。"

他虽然"啊"了一声,但显然莫名其妙,不明这名震天下的神医为何会出现在自己眼前:"难道总坛有人得了怪病?"

李莲花连连摇头:"不不不,贵总坛人人身体安康,气色红润,龙精虎猛……"他顿了顿,露出微笑,"我是来听琴的。"

粉嫩的胖子扬了扬头,倒是有些神气:"原来你是个识货的。难道是我师父请来,专门哄我的?"

他上上下下打量着李莲花,那目光宛若拔刀挑猪的屠夫,半晌道:"你虽然名气很大,人长得不错,可惜浑身透着股俗气……不拉。"他斩钉截铁,"方才若是知道你在园里,我万万不会拉琴。"

李莲花皱眉:"我何处透着俗气……"

胖子举起胖手指点："浑身骨骼绵软,显然疏于练武;脸色黄白萎靡不振,显然夜夜春宵;十指无茧,显然既不提笔也不抚琴。武功差劲,人品不良,更不会琴棋书画,我邵小五要是给你这种人拉琴,岂不是大大地不雅、大大地没有面子?"

李莲花道:"这个……这个常言道,不可以貌取人,我既没有嫌你胖,你岂可嫌我俗?"

邵小五一怔,突然放声大笑:"哈哈哈,你这人倒也有点趣味。"他放下胡琴,目光闪烁地看着李莲花,"你想探听什么?"

李莲花温和地微笑:"邵少侠真是聪明,我只想知道是清凉雨得手了,还是令师妹得手了?"

邵小五蓦地一呆,仿佛全然不知道他竟会问出这个问题来,方才那精明狡猾的眼神一闪而逝,随后又小小地闪了起来:"你居然——"他突然间兴奋起来,眼中带着无限狂热,"你居然能问出这个问题,你怎么知道的,你猜到的?"

李莲花的微笑越发云淡风轻:"邵少侠还没回答我,是清凉雨,还是令师妹封小七封姑娘?"

"得手什么东西?"邵小五瞪着那双细眼,其实他眼睛很大,只是被肉挤成了细长细长的一条缝儿。

李莲花温柔地道:"少师剑。"

邵小五那眼缝彻底地眯没了,半晌道:"你知道——你竟然真的知道……"

李莲花施施然看着满园鲜花:"我知道。"

邵小五道:"是师妹。"

"那么——她去了哪里?"李莲花缓缓地问,"她在哪里,你知道,对不对?"

邵小五苦笑:"我真希望我知道,我本来有可能知道,但是师父把我锁在这里,于是我变成了不知道。"他长长地吐出口气,那神情顿时变成了沮丧,"师妹是追着清凉雨去的,如果我那时拦下她,或者追上去,她就不会失踪,但我既没有拦下她,也没有追上去。"他无限懊恼地咬牙切齿,"我只是让师父把我锁在这里,我以为她会回来。"

李莲花静静地听,并不发话,邵小五的懊恼并没有持续多久,他突然抬起头来:"你是怎么知道这件事的?这件事连师父和大师兄都不知道,你又怎么知道清凉雨是为了少师剑来的?"

"清凉雨潜入万圣道总坛,必然有所图谋。"李莲花摸了摸身旁的一朵蔷薇花，那花瓣上带着露水，抚摸起来柔软温润，"他潜入了三个月之久，以他毒术之能，若是要杀人，只怕万圣道诸位已经被他毒杀了几遍，纵使不死，也不可能毫发无伤全无所觉——显然他不是为了杀人而来。不是为了杀人，那就是为了取物。"他微微一笑，"那么万圣道总坛之中，有什么东西值得清凉雨不惜冒生死大险，前来盗取的？"

邵小五悻悻然白了他一眼："总坛宝贝多了，说不定清凉雨只是缺钱……"

"但清凉雨杀了慕容左，"李莲花微笑，挥了挥衣袖给自己扇了扇风，"他在前花园杀了慕容左。"

邵小五瞪眼："然后？"

李莲花施施然慢吞吞地道："然后他就跑了，飞快地跑了。"

邵小五道："这也不错，不过那又怎么样呢？"

李莲花道："以清凉雨偌大本事，杀死区区一个慕容左，犯得着马上逃走吗？他潜入三个月，用心何等良苦，结果杀了一个慕容左他马上就走了，这岂不是很奇怪？"他慢吞吞地又看了邵小五一眼，"何况更奇怪的是封罄封总盟主的爱徒邵少侠居然给他打掩护，让他更快逃走……这就是奇中之奇了。"

邵小五哼了一声："老子愿意，连老子师父都管不着，你管得着？"

李莲花慢吞吞地微笑，接下去道："然后令师妹就失踪了——失踪了不少时日之后，大家在角阳村一家妓院的柴房中发现了她的衣服和她的令牌——不幸的是这些东西统统挂在一只死母猪身上。"

听到"不幸的是这些东西统统挂在一只死母猪身上"，邵小五终于变了脸色："既然清凉雨跑了，你又怎么会疑心到我师妹身上去？"

李莲花柔声道："因为我知道少师剑是假的。"

邵小五哼了两声："大师兄把那剑看得像宝一样，怎么可能有假？你看那材质那重量……"

李莲花笑了笑："剑鞘是真的，剑却是假的。少师剑曾剑鞘分离沉入海底长达数年之久，坠海之前它受机关毁损，绝不可能至今毫无瑕疵。有人以类似的剑材仿制了一柄假剑，盗走了真剑。少师剑是假的，但白大侠将它重金购回的时候，既然经过了莫沧海莫老先生的鉴定，它显然不假，但它现在却是假的，那么在它由真变假的过程中发生过什么？其一，清凉雨潜入；其二，令师妹失踪。"他的手指终于从那朵蔷薇花上收了回来，似乎还有些恋恋不舍那花瓣的滋味。

"白大侠就住在前花园左起第一间，慕容左死在前花园中，证明清凉雨曾经很接近白大侠的房间，慕容左死后他就走了，为什么？"他悠悠地道，"可能性有二，第一，他进了白大侠的房间，用假剑换走了真剑，剑已到手，于是他马上走了，慕容左或许是他在此前或此后偶然遇上的，于是他不加掩饰地杀了他；第二，他进了白大侠的房间，发现少师剑是假的，于是马上就走了。"

"啪啪"两声，邵小五为他鼓了鼓掌："精彩，精彩！"

李莲花抱拳回敬，微笑道："承让，承让。"

邵小五神秘地笑了，露出两颗尖尖的虎牙："你要是还能猜中我为什么要帮清凉雨，说不定我就会告诉你师妹可能去了哪里。"

李莲花耸耸肩："这有什么难的？你师妹看上了清凉雨，帮他盗剑，或者你看上了清凉雨，帮他盗剑，这二者必有其一……"

邵小五大怒："呸呸呸！老子就是看上你也不会看上那小白脸，师妹她——"他突然语塞，懊恼至极，"的确看上了清凉雨。"

李莲花道："所以清凉雨杀人逃逸之时，你一怕师妹伤心，二怕你师父知道之后震怒，于是帮了他一把。"

邵小五点了点头："慕容左不是好东西，那日他和清凉雨在大师兄房间撞见，清凉雨是去盗剑，慕容左却是去下毒的。"他那张胖脸一冷下来倒是严峻得很，"大师兄那时正要和百川院霍大侠比武，慕容左却在大师兄用的金钩上下毒，被清凉雨毒死活该！"

李莲花仔细地听着："看来清凉雨的确不是滥杀无辜之辈，想必令师妹早就发现了他的本意，却没有告诉总盟主和白大侠，反而私下帮他盗剑。"

"老子也早就发现了他的本意，不过他既然不是来杀人，只是为了大师兄一柄劳什子破剑，我一向觉得不必为了这种事害死一条人命，所以我也没说。不想师妹偷偷帮他盗剑，清凉雨逃走的当夜，师妹就跟着走了。我想她应该是去送剑，清凉雨不会稀罕她这种刁蛮宝贝，送完剑应该会被赶回来，所以才老老实实让师父锁住……唉……没想到师妹一去不复返……"邵小五挥起袖子猛给自己扇风，摇了摇头，"我只知道清凉雨盗取少师剑是为了救一个人，而师妹必定是跟着他去了，但我当真不知道他们去了哪里。"

李莲花沉吟道："少师剑并不算一柄利器……"

邵小五的袖子扇得越发用力："呸呸呸！少师剑在李相夷手里无坚不摧，怎么不是利器了？"

李莲花正色道："少师剑坚韧无双，用以砍、砸、打、拍、摔无往而不利，但用它来划白纸只怕连半张都划不破……如果清凉雨只是想求一柄利器，恐怕要失望了。"

邵小五踢了踢他的萝卜腿，引得铁链一阵哗哗响："既然是非要少师剑不可，我想他对少师剑至少有些了解，这世上恐怕有什么东西非少师剑不能解决。"

李莲花皱起眉头："清凉雨想救谁暂且放在一边，封姑娘跟着清凉雨去了，不论去了哪里，应当都离角阳村不远。"

邵小五连连点头："说你这人俗，其实现在看起来也不怎么俗，就是有点唠……"

李莲花苦笑："其实你是个孝顺徒弟，怎么不和总盟主好好解释？"

邵小五哼哼："我师父面善心恶，脾气暴躁，清凉雨在他地盘上杀了慕容左，就算有一万个理由也是清凉雨扫他面子，师妹看上清凉雨，更是挂了他一层面皮，我说了算啥？我说了也是不算，也照样是我通敌叛国，照样是我里应外合。"

李莲花赞道："邵少侠委实聪明得紧。"

邵小五的确聪明伶俐，与方多病、施文绝之流全然不可同日而语。

邵小五懒洋洋地道："客气，客气。"

【 三 第二具尸体 】

等李莲花和邵小五自封小七看上清凉雨扯到封罄，再扯到鲜花，再扯到封罄之所以爱种鲜花是因为他死掉的师娘喜欢鲜花，再扯到封罄爱妻成痴将他老婆葬在鲜花丛下，再扯到封罄后来在花园里种了太多花导致现在谁也搞不清仙去的师娘到底是躺在哪一片鲜花丛下，再扯到鲜花上的蜜蜂蝴蝶，以至于最后终于扯到油炸小蜻蜓，等等等等。废话扯了连篇之后，李莲花终于满意地站起身，施施然走回厅堂。

回到厅堂，他很意外地看见封罄铁青着一张脸，白千里依然站在厅里，一切仿佛都和他离开的时候一样。王八十仍旧心惊胆战地坐在一边，只不过手里多抱了杯茶，看来封罄不失礼数，对客人并不坏。

唯一不同的是，地上多了一具尸体。

又是一头猪。

第一头母猪悬梁，穿着封小七的衣服，肚子上扎了一支断矛。

地上的这头公猪猪头上套了个布袋，一只左前蹄子被砍断，一根铁棍自前胸插到背后，贯穿而出。

封磬的脸色很差，白千里也好不到哪儿去，王八十的眼睛早就直了，手里那杯茶抱到凉透了愣是没喝，那心魂早就吓得不知何处去了，坐在这儿的浑然只是个空壳。

李莲花弯下腰，慢慢扯开那公猪头上的布袋，只见布袋下那猪头布满刀痕，竟是被砍得血肉模糊。

他慢慢站直，抬眼去看封磬。

如果说第一头母猪去上吊大家只是觉得惊骇可笑不可思议，那么第二头公猪被如此处理，是个人都知道是什么意思……

这两头猪，并不是猪。

它们各自指代了一个人。

两头猪，就是两个人的死状。

而这里面很可能有一个就是封小七。

"这头猪是在哪里发现的？"李莲花问。

白千里冷冷地道："红艳阁柴房的废墟上。"

"今天发现的？"李莲花很同情地看了王八十一眼，难怪他小弟吓得脸色惨白全身僵硬。

"不，昨夜，以骏马日行百里送来的。"封磬脸色铁青过后，慢慢变得平静，"李楼主，此事干系小女，诡异莫测，今晚我和千里就要前往角阳村，恐怕无法相陪……"

李莲花"啊"了一声，歉然道："叨扰许久，我也当回去了，只是我这位兄弟饱受惊吓，既然二位该问的都已问完，那么我俩就一并告辞了。"

封磬微有迟疑，对王八十仿佛还深有疑虑，过了一会儿，颔首道："这位小兄弟你就带走吧。"

李莲花欣然走过去拉起王八十："总盟主有事要忙，咱兄弟回去吧。"

"是是是……"王八十全身一抖，看着那死猪，惊恐之色溢于言表，但李莲花就在身边，救命的神仙既然在，不管发生了什么只怕都是不要紧的。

李莲花温和地帮他接过手里的茶杯，以免他整杯茶全泼在身上。

"后会有期。"李莲花道别。

白千里点头道："李楼主若是仍住角阳村，我等若有疑问，也许仍会登门拜访。"

李莲花露出十分欢迎的微笑："随意，随意。"

白千里见他笑得温煦，蓦地想起自己一脚踹开那大门，不免觉得这句"随意"有些古怪，但李莲花笑得如此真挚，又让他怀疑不起来。

李莲花带着王八十离开了万圣道总坛。

封磬送了他们一辆马车，过得一日，李莲花挥鞭赶马，表情十分愉快，王八十却被越跑越快的马车颠得头昏眼花，颤声道："大……大大大哥……红艳阁不要我了，我们不必这么着急，慢……慢慢走。"

"放心，这是两匹好马，跑不坏的。"李莲花享受着快马加鞭的英雄姿态。

王八十晕头转向，一个人在马车内撞来撞去。正当马车奔得最欢的时候，突然剧烈摇晃起来，接着只听一阵"乒乒乓乓"的撞击之声，马车居然停了下来，王八十头上天光乍现，车顶猛然掉落，四分五裂。他魂飞魄散地从破碎的车里爬了出来，却见李莲花站在一边，愁眉苦脸地看着倒地挣扎的两匹骏马。

王八十惊骇地指着那两匹马："你你你……你居然跑死了两匹马，那可是好几十两银子啊……"

李莲花喃喃地道："晦气，晦气……"他对着四周东张西望，随后又欣然一笑，"幸好这里距离角阳村也不远。"

王八十眼看着那两匹马还在挣扎，似乎只是扭伤了腿，有匹伤得不重，已经翻身站了起来，另一匹却是不大动弹了。

"上天有好生之德，我虽是个神医，却不会看马腿，这样吧……"李莲花摸了摸下巴，他白皙的手指指着王八十，"你下来。"

王八十早就从马车里下来了，愣愣地看着李莲花，李莲花又指指那匹重伤的马："让它上去。"

王八十这下嘴巴彻底大张，全然呆住，却见李莲花折了根树枝，把那匹半死不活的马扶了起来，慢慢把它赶上那摔得四分五裂的马车，让它勉强趴在上面，然后牵着另一匹还能走动的马，拉着空马鞍。

"走吧。"

王八十呆呆地看着和一匹马齐头并进的李莲花，这救命的神仙做事……果然就是与凡人不同。

"过来。"李莲花向他招手，王八十呆头呆脑地跟在他这大哥身边，看着他用一匹马拉着另一匹马走路，终于有一次觉得……和这位大哥走在一起，有点……不怎么风光。

这一路虽然荒凉，却也有不少樵夫农妇经过，眼见李莲花拖着马鞍奋力拉着匹马前进，那匹坐车的马还龇牙咧嘴不住嘶叫，都是好奇得很。走了大半个时辰，李莲花委实累了，一匹马很重，并且他显然没有车上的那匹马有力气，于是王八十不得不也抓着马鞍奋力拉马。一高一矮一马，三个影子使出吃奶的力气，方才把那匹膘肥体壮的伤马拖进了角阳村。

　　此时已是深夜。

　　入村的时候王八十看见万圣道的马车早就停在了红艳阁旁，心里不由得嘀咕。李莲花吩咐他快快去请大夫来治马，接着就欣然把那两匹马拴在了莲花楼门外。

　　深夜的角阳村一反常态，无比安静，显而易见，万圣道大张旗鼓在这里找封小七，已经把村民吓得魂不附体。

　　静夜无声，李莲花打开已经被修好的大门，心情甚是愉悦。点亮油灯，他坐在桌边，探手入怀，从口袋里摸出了两样东西。

　　一截干枯纤细的树枝，还有一张皱巴巴的纸。

　　这两样东西原来都在王八十怀里，王八十将树枝和纸片递给了白千里，将相思豆递给了李莲花。白千里不看那枯树枝，先看过纸片后将纸片和枯枝都递给了李莲花，然后从李莲花那里拿了相思豆去看，再然后李莲花却没有将这两样东西还给白千里。

　　当然，在万圣道总坛他也曾拿出来让封磬看过，又堂而皇之收入自己怀里，于是这两样东西现在还在他这里。

　　他拿起那枯枝在灯下细细地看，那枯枝上有个豆荚，豆荚里空空如也。那张纸依旧是那么破烂，纸上的字迹依然神秘莫测。

　　楼外有微风吹入，略略拂动了他的头发。灯火摇曳，照得室内忽明忽暗。李莲花小心翼翼地收起那枯枝和纸片，浑然不觉在灯火摇曳中，一个人影已慢慢地从一片黑暗的二楼无声无息地走了下来。

　　像一个鬼影。

　　李莲花收起了那两样东西，伸手在桌子底下摸啊摸，蓦地摸出一小坛酒来，接着又摸出了两个小小的酒盅，"咔"的一声，摆了一个在桌子的另一头。

　　那自二楼缓缓走来的黑影突然一顿，"咔"的又一声，李莲花已在自己这头又摆了个酒杯。那白皙的手指拈着酒杯落下的样子，就如他在棋盘上落了一子，流畅自然，毫无半分生硬。接着他微笑道："南方天气虽暖，夜间还是有寒气，不知夜先生可有兴致与我坐下来喝一杯呢？"

站在他身后被他称呼为"夜先生"的黑影慢慢地走到了他前面，李莲花正襟危坐，脸上带着很好客的微笑。灯光之下，坐在他对面的人一身黑色劲装，黑布蒙面，几乎连眼睛也不露。

"李楼主名不虚传。"他虽然在说话，但声音嘶哑难听，显然不是本声。

"不敢。"李莲花手持酒坛，给两人各斟了一杯酒，"夜先生深夜来此，入我门中，不知有何索求？"

黑衣人阴森森地道："交出那两样东西。"

李莲花探手入怀，将那两样东西放在桌上，慢慢地推了过去，微笑道："原来先生冒险前来，只是为了这两件东西。这东西本来非我所有，先生想要尽管开口，我怎会私藏？"

黑衣人怔了一怔，似乎全然没有想到李莲花会立刻将那两样东西双手奉上，一时间杀气尽失，仿佛缺了夜行的理由。过了好一会儿，他将那枯枝和纸片收入怀中。

"看不出你倒是知情识趣。"

李莲花悠悠然道："夜先生武功高强，在下万万不如。若是为了这两件无关紧要的东西与先生动手，我岂非太傻？"

黑衣人冷哼两声，抓起桌上的酒杯砸向油灯，只见灯火一暗，骤然大亮，他已在灯火一暗的瞬间倏然离去。

一来一去，都飘忽如鬼。

李莲花微笑着品着他那杯酒，这酒乃是黄酒，虽然洒了一地，但并不会起火。

此时门外传来某匹马狂嘶乱叫的声音，王八十的嗓声在风中不断哆嗦："亲娘……我的祖宗……乖，听话，这是给你治伤，别踢我……啊！你这不是伤了腿了吗？怎么还能踢我……钟大夫，钟大夫你看这马……你看看你看看，给拉了一路都成祖宗了……"

第二日。

李莲花起了个大早，却叫王八十依然在房里数钱，他要出门逛逛。

角阳村虽然来了群凶神，到处地找着什么，但村民的日子照样要过，饭照样要吃，菜照样要煮，所以集市上照样有人，虽然人人脸色青白面带惊恐，但依然很是热闹。

李莲花就是来买菜的，莲花楼里连粒米都没有，而他今天偏偏不想去酒楼吃馒头。

集市上人来人往，卖菜的摊子比以往少了一些，李莲花买了两个白菜、半袋大米，随后去看肉摊。几个农妇挤在肉摊前争抢一块肉皮，原来是近来猪肉有些紧缺。他探头探脑看了一会儿，板上寥寥无几的几块肉想必轮不上进他的篮子，失望地叹了口气。他随即抬起头，那劝架劝得满头是汗的大汉就是三乖，果然很有个屠夫的身板。只听耳边有个三姑尖锐地喊叫说肉不新鲜，又有六婆喊说短斤少两，三乖人壮声音却小，那辩解的声音全然淹没在三姑六婆的喊叫之中，不到片刻便被扭住打了起来。李莲花赶快从那肉摊前走开，改去买了几个鸡蛋。

就在他买菜的短短时间里，万圣道的人马已经将红艳阁团团围住，上至老鸨下至还未上牌子正自一哭二闹三贞九烈的小寡妇，统统被白千里带人抓住，关了起来。

他听了这消息，心安理得地提着两个白菜和几个鸡蛋、半袋大米，慢吞吞地回了莲花楼。王八十果然眼观鼻鼻观心地仍在数那铜钱，他很满意地看了几眼，道："今儿个中午，咱吃个炒鸡蛋。"

"小的去炒。"王八十"噔"地跳起来。

李莲花欣然点头，将东西交到王八十手里，顺口将三乖被打的事说了。

王八十一怔："三乖是个好人，卖肉从来不可能短斤少两，那些人都是胡说。"

李莲花想了想，悄悄地对王八十道："不如这样，你带了那医马的郎中去看他……"

王八十瞪眼："医马的归医马的……何况三乖壮得很，被女人打上几下也不会受伤的。"

李莲花连连摇头，正色道："不不不，他定会受伤，'衣服红肿''头发骨折'什么的必然是有的……待会儿郎中来医马，医完之后，你就带他上三乖家里去。"

王八十长得虽呆却不笨，脑筋转了几转，恍然大悟："大哥可是有话对三乖说？"

李莲花摸了摸他的头顶，微笑道："你问他……"

他在王八十耳边悄悄说了句话。王八十莫名其妙，十分迷茫地看着李莲花，李莲花又摸了摸他的头："去吧。"

王八十点点头，拔腿就要跑，李莲花又招呼道："记得回来做饭。"

王八十又点点头，突然道："大哥，小的有一点点……一点点懂了……"

李莲花微笑："你记性很好，人很聪明。"

王八十心里一乐："小的这就去医马。"

李莲花看着他出去，耳听那匹马哀号怪叫之声、横踢竖踹之响，心情甚是愉悦，不由得打了个哈欠，寻了本书盖在头上，躺在椅上沉沉睡去。等他睡了一会儿，渐渐做起了梦，梦见一头母猪妖生了许多小猪妖，那许多小猪妖在开满蔷薇的花园里跑啊跑，跑啊跑……正梦得花团锦簇天下太平，猛地有人摇了他两下，吓得他差点跳起来，睁开眼睛，眼前陡然一片金星，眨了眨眼，才认出眼前这人却是白千里。

"金先生，真是一日不见，如隔三秋……"白千里显然不是踹门就是翻窗进来的，李莲花叹了口气，也不计较。

白千里露出个笑容："门我已经叫人给你修好了。"

李莲花诚恳地道："多谢。"

"李楼主……"看来白千里并不是来说那大门的。

"嗯……"李莲花慢吞吞地自他那椅上爬了起来，拉好衣襟，正襟危坐。

白千里突然叹了口气："红艳阁的人已经招供，那两头猪都是老鸨叫人放上去的，是一位蒙面的绿衣剑客强迫她们做的，是什么意思她们也不知道。"

李莲花"啊"了一声："当真？"

白千里颔首："据老鸨所言，那蒙面剑客来无影去无踪，来的时候剑上满是鲜血，甚至蒙面剑客自己承认刚刚杀了一位少女，那少女的样貌身段和师妹一模一样……"他长长吐出一口气，苦笑，"这当然是胡说八道，可是……"

"可是除了红艳阁的这些胡说八道，万圣道根本没有找到比这些胡说八道更有力的东西，来证明封姑娘的生死。"李莲花也叹了口气，"万圣道既然做出了这么大的动作，不可能没有得到结果，骑虎难下，如果不尽快找到封姑娘失踪的真正答案，只怕只能以这些胡说八道作为结果，否则将贻笑江湖。"

白千里颔首："听闻李楼主除了治病救人之外，也善解难题……"

李莲花微微一笑："我有几个疑问，不知金先生是否能如实回答？"

白千里皱眉："什么疑问？"

李莲花自桌下摸了又摸，终于寻出昨夜喝了一半的那一小坛子酒，再取出两个小杯，倒了两杯酒。他自己先欣然喝了一口，那滋味和昨夜的一模一样。

"第一件事，关于少师剑。"

白千里越发皱眉，不知不觉声音凌厉起来："少师剑如何？"

李莲花将空杯放在桌上,握杯的三根手指轻轻磨蹭那酒杯粗糙的瓷面,温和地问:"你知不知道,这柄少师剑是假的?"

此言一出,白千里拍案而起,怒动颜色。

李莲花请他坐下,继续道:"不知金先生多久拔一次剑,又为何要在出行的时候将它带在身边呢?"他微笑,"少师剑虽然是名剑,但并非利器,先生不擅用剑,带在身边岂非累赘?"

白千里性情严苛,容易受激,果然一字一字地道:"我很少拔剑,但每月十五均会拔剑擦拭。带剑出行,是因为……"

他微微一顿,李莲花柔声道:"是因为它几乎被人所盗。"

白千里一怔,李莲花很温柔地看着他:"金先生,你当真不知少师剑是假的?"

白千里睁大眼睛,满脸的不可置信,一句"绝不可能"还没说出口,李莲花已接下去道:"你是何时感觉到有人想要盗剑?清凉雨现身的那个晚上?"

"清凉雨杀慕容左之后,我回到房间,发现东西被翻过,这柄剑的位置也和原来不一样。"白千里心思纷乱。

"第二件事,封姑娘和故去的总盟主夫人长得有多相似?"李莲花微微一笑。

白千里又是一怔,他做梦也想不到李莲花抛了个晴天霹雳出来之后,第二个要问的竟然是如此毫不相干的一个问题。他是封磬的弟子中唯一一个和封夫人相处过一段时间的,自然记得她的长相:"小师妹和师娘的确长得很像。"

窗外日光温暖,李莲花慢慢给自己倒了一杯小酒,浅浅地呷着。

"第三件事,清凉雨在贵坛潜伏三个月,不知假扮的是何种身份的家丁?"

白千里迷茫地看着他:"厨房的下人。"

"第四件事,你可想见一见你师妹?"李莲花慢慢露出一丝笑,那笑意却有些凉。

"当啷"一声,白千里桌上的酒杯翻倒,他惊骇地看着李莲花:"你……你竟然知道师妹人在何处?你如果知道,为何不说?"

李莲花道:"我知道。"

白千里头脑中一片混乱,如果李莲花知道封小七在哪里,那万圣道为难一个妓院,做出捉拿老鸨、妓女这等丑事却是为了什么?

"你知道?你怎会知道?你为何不说?你……"

"我一开始只知道一大半,"李莲花慢慢地道,"后来又知道了一小半。"

白千里甚是激动，声音不知不觉拔高了："她在哪里？"

李莲花却问："我那小弟呢？"

白千里怔了一怔："他……他在门外弄了个小灶，正在做饭。"

李莲花放下酒杯，仿佛听到这句话心情略好，欢欣地道："不如我们先吃饭，吃完饭再去看她。"

白千里勃然大怒："你当万圣道是什么？大事在前，不务正事，跟着你戏耍？"

李莲花被他吓了一跳，干笑一声："但是我饿了。"

白千里余怒未消，但李莲花却施施然下楼。王八十已经回来，刚把鸡蛋炒熟，饭也刚做好。他瞪眼看着李莲花和王八十高高兴兴地围着桌子，就着白菜和鸡蛋各吃了一碗米饭，他方才发怒不吃，李莲花倒也没有勉强他。

白千里看着他吃饭几乎要发疯，但封小七在哪里只有李莲花知道，他要吃饭不肯说，难道还能逼他吐出来？好不容易等李莲花吃完一碗饭，只听他道："王八十。"

王八十很是知情识趣，点头哈腰地道："我问过三乖了，三乖……三乖……"

他犹豫了一下，还是小心翼翼老老实实地说了出来："好像……吓坏了，他说在……在他家里。"

李莲花放下酒杯，微笑道："我们走吧。"

白千里强忍怒气，跟在李莲花身后，只见他越走越偏，摇摇晃晃地走进了一家破旧的小院，从这院中扑鼻的气味一嗅便知是个杀猪场子。

一个身材魁梧的大汉坐在院中，呆呆地望着天空，猛地看见有人推门进来，尤其看见白千里那一身金灿灿的衣裳，吓得全身一哆嗦。

李莲花笑问："三乖？"

那大汉呆呆地看着李莲花："你是谁？"

李莲花露齿一笑："我是王八十他大哥。"

三乖那眼神蓦地又有了点精神："你是王八十的大哥，但你……你怎么这么年轻？"

李莲花咳嗽一声，继续微笑："我有点事要问你。"

三乖的脸色仍是惊恐，却隐隐也有几分高兴："王八十说你是个救命的……活神仙……"

李莲花连连点头，温和地道："不怕，三乖，你是个有勇有谋的好汉，没做错事,有我在这里,没有人会错怪你的。"

他一身灰衣,全身朴素,和那足踏祥云仙风道骨的"神仙"的样貌差距如此之远,但他神色温和,音调不高不低,既无刻意强调之意,也无自吹自擂之情,反倒是让三乖信了几分。

"我……我……"三乖踌躇地道。

他一句话还没说出来,墙外骤然一道剑风袭来,直落三乖颈项!白千里大吃一惊,金钩一晃,"当"的一声接下一剑。只接了这一剑,他右手一阵剧痛,掌心温热,竟是虎口迸裂,鲜血流了满手——这偷袭一剑的人武功竟有如此之高,高到他竟无法接下一剑!

李莲花已抓住三乖,飘然把他带出去三步之遥。两人面前,一位黑衣蒙面客手持长剑,冷冷站在当场,黑布下一双眼睛寒芒迸射,杀气充盈。

李莲花将三乖拦在身后,问:"金先生,有人偷袭,该当如何?"

白千里袖中令箭一发,当空炸开一朵紫色烟花,正是万圣道遇袭求援的暗号。

这角阳村如此之小,烟花一爆,只听步履声响,很快有人跃入院中,将庭院团团包围起来。

黑衣蒙面人持剑在手,也看不出他究竟是何等心情。

白千里等万圣道一干人到达了十之七八,估算便是这蒙面人如何了得,也绝对应付得了,方才冷冷地道:"阁下何人,为何出手伤人?"

黑衣蒙面人不答,站得宛若铜铸铁造一般。

便在这时,三乖突然指着他道:"你……你……"他自李莲花身后猛地冲了出来,"就是你——就是你——"

李莲花伸手一拦:"他如何?"

"就是他——杀了他们——"三乖一双眼睛刹那全都红了,忠厚的脸瞬间变得狰狞。

白千里大惊,难道封小七当真已经被害?难道三乖竟然看见了?如果封小七死了,那尸体呢?这蒙面人又是谁?他虽喝问"阁下何人",但入目那黑衣人熟悉的身姿体态,一种莫名的恐惧油然而生:"你……"

那黑衣人揭下面纱,白千里呆若木鸡,身边一干人等齐声惊呼——这人长髯白面,身姿挺拔,正是万圣道总盟主封磬!

微风之中,他的脸色还是那般温和、沉稳、平静,只听他道:"李楼主,你是江湖惯客,岂可听一个屠夫毫无根据的无妄指责?我要杀此人,只因为他便是害我女儿的凶手！"

白千里如坠云里雾里，师父怎可能杀害亲生女儿？但这一身黑色劲装却有些难以服众，何况封小七武功虽然不佳，但也绝无可能伤在一个不会半点武功的屠夫手上，这究竟是怎么回事？

"才……才不是！"

封磬风度翩翩，不怒自威，这一句话说出来满场寂静。三乖却颇有勇气，大声道："不是！才不是！你杀了她！是你杀了她！你杀了他……他们！"

封磬淡淡地道："你才是杀死我女儿的凶手。"

三乖怒道："我……我又不认识你……"

"你又不认识我，为何说我杀人？你可知你说我杀的是谁？她是我的女儿，我的女儿，我疼爱还来不及，怎会杀她？"封磬越发淡然。

"就是你！就是你！你这个禽……禽兽！你杀她的时候，她还没有死，后来她……她吊死了！我什么都知道！就是你……"三乖跳了起来。

"哦？那么你说说看，我为何要杀自己的女儿？"封磬脸色微微一变，却仍然淡定。

三乖张口结舌，仿佛有千千万万句话想说，偏偏一句都说不出来。

"因为——"旁边有人温和地插了一句，"清凉雨。"

说话的是李莲花，如果说方才三乖指着封磬说他是杀人凶手，众人不过觉得惊诧，李莲花这一插话，此事就变成了毫无转圜的指控。万圣道众人的脸色情不自禁变得铁青，在这般青天白日、众目睽睽之下，眼睁睁看着自家盟主受此怀疑，真是一项莫大的侮辱，偏又不得不继续看下去。

封磬将目光一寸一寸地移到李莲花身上，李莲花温文尔雅地微笑，只听封磬一字一字地道："我虽疾恶如仇，但也绝无可能因为女儿被魔教妖人迷惑，便要杀死自己的女儿。"

此言一出，众人情不自禁纷纷点头，封小七纵然跟着清凉雨走了，封磬也不至于因此杀人。

李莲花摇了摇头，慢慢地道："你要杀死自己的女儿，不是因为她看上了清凉雨……"他凝视着封磬，"那真正的理由，可要我当众说出来？"

"你——"封磬的脸色刹那变得惨白。

李莲花举起手指，轻轻地"嘘"了一声，转头看向已经全然呆住的白千里："为何是总盟主杀害了亲生女儿，你可想通了？"

"绝……绝无可能……师父绝不可能杀死亲生女儿……"白千里全身僵硬,一寸一寸地摇头。

李莲花叹了口气:"你可还记得王八十家里吊着的那头母猪?这个……不愉快的故事的开始,便是一头上吊的母猪。"

白千里的手指渐渐握不住金钩,那虎口的鲜血湿润了整个手掌,方才封磬一剑蕴力何等深厚,杀人之心何等强烈,他岂能不知?

封磬脸色虽变,却还是淡淡地看着李莲花,道:"李楼主,欲加之罪,何患无辞?今日你辱我万圣道,势必要付出代价。"

李莲花并不在意:"那一头母猪的故事,你可是一点也不想听?"

封磬冷冷地道:"若不让你说完,岂非要让天下人笑话我万圣道没有容人之量,说吧!说完之后,你要为你所说的每一个字,付出代价。"

李莲花微微一笑,拍了拍手掌。

"角阳村中尽人皆知,那夜三更,王八十住的柴房里吊了一头穿着女人衣服的母猪,人人啧啧称奇。那母猪身上插着一支断矛,怀里揣着万圣道的金叶令牌,在柴房里吊了颈。这事横竖看着像胡闹,我也没留意,所以万圣道寻找不到盟主千金,前来询问的时候,我真不过是个凑了趣的路人,但是——"他慢慢地道,"虽然我不知道那吊颈的母猪是何用意,也不知道万圣道封姑娘究竟去了哪里,我却从一开始就知道是谁——吊了那头母猪。"

白千里漠然问:"是谁?"

李莲花微笑道:"那头猪吊上去的时候,没有人家里少了头猪,那猪是哪里来的,从二百里外赶来的?如何能进入村里无声无息不被人怀疑呢?这说明那头猪来自家里猪不见了也不会有人觉得奇怪的人家,又说明这头猪在街上搬动的时候,没有半个人觉得奇怪——那是谁?"他说到那吊颈的母猪时很是高兴,"是谁知道王八十三更时分必然外出倒夜壶且从不关门?是谁家里猪不见了大家都不奇怪?是谁可以明目张胆地在大街上运一头死猪?"他指了指三乖,"当然是杀猪卖肉的。"

众人情不自禁点头,眼里都有些"原来如此,这么简单我怎么没想到"的意思。

李莲花又道:"至于卖肉的三乖为何要在王八十家里吊一头死猪,这个……我觉得……朋友关系,不需外人胡乱猜测,所以一开始我并没有说吊猪的人多半就是三乖。"

三乖心惊胆战地看着李莲花,显然这几句说得他毛孔都竖了起来,只听李莲花继续道："但是当他将另一头公猪砍去左脚，插上铁棍，砍坏了头，又丢在王八十那废墟上的时候，我就知道我错了——这不是胡闹，也不是捉弄，这是血淋淋的指控，是杀人的印记。我想任何人看到这两头猪都会明白——那两头猪正是两个人死状的再现，吊母猪的人用意并不是哗众取宠或是吓唬王八十，他是在说……有一个人，她像这样……死了。"

话说到这里，李莲花慢慢环视周围的人群，他的眼瞳黑而澄澈，有种沉静的光辉。众人一片默然，竟没有一人再开口说话。只听他继续道："这其中有两条人命，是谁杀人？而知情人为何宁可冒险摆出死猪，却不敢开口？这些问题，找到三乖一问便知，但这其中有一个问题。"他看了三乖一眼，"三乖既然敢摆出死猪，说明他以为凶手不可能通过死猪找到他，我若是插一手，万一让凶手发现了三乖的存在，杀人灭口，岂非危险？所以我不能问，既然不能问，如何是好呢？"

他顿了一顿，轻咳了一声："这个时候，一个意外，让我提前确信了凶手是谁。"

【四 凶手】

"王八十曾从母猪衣裳的袋中，摸出来三样东西。"李莲花道，"一枚相思豆，一根枯枝，还有一张纸。纸上写了些谜语一般的东西，白大侠曾经很感兴趣，但不幸这东西其实和杀人凶手关系并不太大。"

他突然从"金先生"改口称"白大侠"，听得白千里一呆，反而不大习惯。

"关系大的是相思豆。这种豆子，并不生长在本地，只生长在南蛮之地的大山之中。衣袋里的相思豆非但新鲜光亮，甚至还带有豆荚，显然是刚刚折回来的稀罕东西。"李莲花道，"而近来总坛之中谁去了南蛮之地？是总盟主。"

白千里忍不住道："总盟主乃是受人之邀……"

李莲花微微一笑："他可有带弟子同行？"

白千里语塞："这……"

李莲花长长舒了口气："于是这相思红豆便到了封姑娘衣兜里，虽说总盟主爱女之名天下皆知，但父亲赠亲生女儿相思红豆，这也是一件稀奇古怪的事。但是——"

他说到父亲送女儿相思豆说得漫不经心，说到"但是"两字却是字正腔圆，不少人本要大怒，却情不自禁要先听完再怒。

"但是——相思豆豆荚之中，应有数粒红豆，为何在封姑娘兜里只有一粒？"他耸了耸肩，"其他的呢？莫忘了相思豆虽然是相思之物，却也是剧毒之物，那些剧毒之物到何处去了？"

白千里皱眉："你这话……你这话是什么意思？你说师妹……师妹难道把这东西拿去害人了？师妹虽然年少任性，却也不至于害人。"

李莲花摇了摇头："这是个疑问，只是个疑问。我到了万圣道总坛，承蒙信任，听到了两个故事。其一，总盟主的发妻生下女儿不久便过世了，总盟主自此不娶，封姑娘生得酷似母亲，故而深受总盟主疼爱；其二，'一品毒'清凉雨冒充厨房的杂役潜入总坛，意图盗取白大侠的少师剑，结果不知何故，封姑娘却恋上了这位不入白道的毒中圣手。她为清凉雨冒险盗取少师剑，又在清凉雨毒杀慕容左之后，随他出逃。"

这事少有人知情，只听得围观众人面面相觑，满脸疑惑。

白千里缓缓点头："这有何不对？"

"清凉雨潜入万圣道，意图盗取少师剑，此事何等隐秘；万圣道中邵少侠天资聪颖，目光过人，他发现了此事并不算奇，但封姑娘却为何也知道？"李莲花叹了口气，"根据众人的记忆，无论如何封姑娘都是个任性刁蛮的千金小姐，她怎会无端恋上厨房的杂役？清凉雨又怎会信得过她，居然让她知道自己是为少师剑而来？他们之间，一定曾经有过不为人知的际遇，而封姑娘和厨房杂役能借由什么东西有际遇？"他看着白千里，看着封磬，"那就是食物。"

"食物？"白千里茫然重复了一遍。

"食物。"李莲花慢慢地道，"我不知道曾经发生过什么，但是，清凉雨是用毒的行家，食物、消失的毒物、封姑娘，这些加在一起，不能不让人有一种奇妙的想象。"

白千里全身都寒了起来："你是说——"

李莲花截口道："或许——有人曾经在封姑娘的食物中下毒，却让清凉雨发现了，他为封姑娘解毒，故而封姑娘恋上了这位救命恩人。这只是一种猜测，和方才的疑问一样，并无真凭实据。"

但他的这"猜测"，却有些真实得吓人。四周不再有议论之声，人人都呆呆地看着他，仿佛自己的头脑都已停顿。

李莲花继续道："清凉雨与封姑娘的相识，让我怀疑，总坛之中有人要对封姑娘不利。封姑娘房间外的花园中，丢弃着太多东西，有金银珠宝，有发钗玉钿，那些东西若是计算起银两来，只怕价值连城。封姑娘年纪还小，并无收入，这些东西自然都是有人送的。她长年住在总坛之中，也并未和什么江湖俊彦交往，那这些珠宝玉石又是谁送的？"他唇角微勾，看了封磬一眼，"除了总盟主，谁能在万圣道总坛送封姑娘如此多的珠宝玉石？父亲送女儿珠宝并不奇怪，但封总盟主未免送得太多了些，而封姑娘的态度也未免太坏了些。"

微微一顿，李莲花慢吞吞地道，"封姑娘年方十七，慈父一直将她深藏闺中，突然在两个月前，他开始为女儿选择良婿，据说选中了不少人，而封姑娘却不肯嫁，并为这事大吵大闹。封姑娘不过十七岁，为何总盟主突然决定，要她嫁人呢？"他唇角的笑意微微上泛，看着封磬。

封磬一言不发，冷冷地看着李莲花。

"在封姑娘丢弃的许多东西之中，有一个香炉。"李莲花的笑意在这一瞬间淡了下来，语调渐渐变得有些沉重，"香炉之中，有一块质地良好的麝香，它的一角有引燃的痕迹，后又被人扑灭。麝香此物本来香气就浓，实无必要再将它引燃，而它被封姑娘扔得很远。"他看着封磬，"那是一块纯粹的麝香，有臊味，并非熏香，那是药用之物——是谁把它放在封姑娘房里？是谁把它引燃？你赠她红豆，你赠她珠宝，你突然要她嫁人，她的房内有人点燃麝香，又或许有人在她食物之中下毒——麝香，麝香那是堕胎之物……"

"闭嘴！"白千里厉声喝道，"李莲花！我敬你三分，你岂可在此胡说八道？非但辱我师父，还辱我师妹！你——你这卑鄙小人！"

四周嗡然一片，谁都对李莲花那句"堕胎之物"深感惊骇，谁听不出李莲花之意就是——

就是封磬与封小七有那苟且之事，封小七有了身孕，封磬要她嫁人堕胎都无结果，于是逼不得已，杀了自己的女儿。

这若是个理由，倒真是个理由。

谁能相信万圣道总盟主封磬，平日温文儒雅，以种花为喜好，饱读诗书的谦谦君子会做出这等事？

封磬一张脸已经铁青："李莲花，你说出这等话来，若无证据，今日我不杀你，不足以平我万圣道之怒。"

李莲花垂下手来，指了指地下："你想再见他们一面吗？证据，或许就在他们身上。"

封磬怔了一怔，三乖已经喊了起来："就是你！你杀了她！你杀了她！"他突然疯了一般拿起把铲子，在院子里疯狂地铲土，地上很快被他铲开一个大洞，只见洞里有两张草席，三乖跳下坑去，一把揭开其中一张，"她有了你的孩子！"

白千里惊恐地看着那坑里已经肿胀的死人，那泥土中面容扭曲长发披散的，正是他那不知世事任性骄纵的师妹，他却从不曾想象她会成这个样子。泥土中尚有一团白布包裹着血肉模糊的东西，那是个未成形的胎儿。

三乖又猛地揭开另一张草席，草席下是一张满是刀痕的脸，虽然扭曲变形，却依稀可见这人活着的时候原本是如何俊俏，这人谁也不认识，却人人一见便知是那"清凉雨"。

他竟是个如此俊俏的少年。

三乖指着封磬的鼻子："那天夜里，我去了趟三姨妈家，赶夜路回来的时候，在山里看见你和他们在打架。你要抓这个女的回去，这个男的不许，你先把女的踢倒，再用断掉的长矛将男的钉在树上，用剑砍断他的手，砍坏他的脸，一直砍到他死！砍到剑断掉！那个女的没死，你不停地踢她，用矛头插进她的肚子。这个女的手里也有一柄剑，你抢走她的剑，用剑柄将她敲昏——我全都看见了！你看她躺在地上流血，把她扔在地上就走了。我救了她回家，治了好几天，她的孩子没有了，人还能活着，可是你杀了她的男人，她每天都在哭。有天我卖猪肉回来，看到她用条白布把自己挂在梁上，上吊死了。"

他指着封磬，全身颤抖："她说你是她亲爹，她说因为她长得和她娘太像所以你强奸了她！她说你怕她和她男人走了，怕她男人把你的丑事抖出来，所以要杀人灭口——我不记得她说你叫什么名字，但我知道你是个很有势力的人！但是这是两条人命啊！那么年轻的小姑娘，你把她逼死，你说你还是个人吗？我不服气，我全都看见了，我就是不服气啊！我三乖只是个杀猪的，没什么见识也没什么本事，但我总想这事老天一定要给个交代！这算个什么事啊！"

他重重地一拍他那杀猪的架子，震得铁架子直摇晃，一瞬间真有力拔千钧的气势："我想寻个青天来帮我，我想你有报应！所以我杀了两头猪，把猪弄成他们的样子，我想这千古奇冤一定有人来昭雪！老天果然是长眼的！"

封磬脸色煞白，李莲花静静地看着那两具尸体，过了好一会儿，他道："清凉雨身上这许多剑痕，不知白大侠可认得出是什么剑法？"

白千里跟跄退了几步，他虽不学剑，但封磬有家传"旗云十三剑"，十三剑均是出奇制胜的偏诡之招，入剑出剑方式完全不同，用以对敌人造成最大的伤害。清凉雨脸上这十几剑，包括腹上长矛一击，都是"旗云十三剑"的剑意。

李莲花抬起头来，看着渐渐沉落的夕阳，道："封总盟主，千万种怀疑不过是怀疑，你可知道究竟是何事让我确信你就是杀人凶手？"

封磬冷冷地一笑。

李莲花慢慢地接下去："那根枯枝和那张白纸。"

封磬一言不发。

"我从万圣道总坛回来，路上总盟主所赠的骏马突然受伤，导致回来得迟了。其实惊马失蹄，那下场多半不大好，但偏偏我这人有些运气，所以躲过一劫。那两匹马究竟为何失蹄，我已请了大夫细细查看，料想和总盟主的厚爱有些关系。"李莲花微笑道，"而等我回到莲花楼，楼中却已有人在等我，要我交出那两样东西。我就奇怪了——连王八十自己也不知道他兜里有那三样东西，他拿出相思豆、豆荚和白纸的时候，只有我和白大侠在场。"

白千里全身发抖，却用尽力气握住手中的金钩，点了点头。

"而我们到了总坛，见到了神交许久的封总盟主。白大侠和王八十又将那三件东西讲了一遍，白大侠把那粒红豆给了总盟主，而我却把枯枝和白纸收入怀中。"李莲花微笑，"那么这个从我莲花楼中下来，开口索要那两件东西的人是谁？除了白千里、王八十、我和你之外，没有第五个人知道那两样东西，更没人知道东西在我怀里。"他略有遗憾地摇了摇头，"也许你以为那张古怪的白纸藏着泄露你身份的秘密，但其实没有；你冒险来夺，却让我知道你是谁——比我早到角阳村、武功如此高、知道那两样东西的人，只有白大侠和你。而'夜先生'，显然并不是白大侠。"

封磬若有所思，想了好一会儿，慢慢地扯出个笑："你怎么知道'夜先生'不是白千里？"

李莲花正色道："我叫他'夜先生'，如果真是白大侠，他定要和我拍桌，再三强调他其实姓白……总盟主养气功夫好极，一早我就赞过了。"

白千里颤声叫道："师父！"

封磬慢慢转过头来，白千里咬牙切齿地挣扎了好一会儿，终于一字一字地问："那两样东西，当真在你身上？徒弟请师父……验明正身……"

封磬仰天大笑："哈哈哈哈哈，哈哈哈哈——"

他从怀里缓缓摸出三样东西，丢在地上，正是那红豆、枯枝和白纸。

"我除恶半生，不想今日竟轮到自己。李莲花！其实你猜测的大部分都对！我去滇南取了红豆,并没有什么善心,我将三颗毒豆混入花豆汤中,想让她喝下打胎,结果被清凉雨这小子坏了事。后来点了麝香,又被她摔了出去。封小七留着孩子就是故意和我作对,因为她恨我。"他仰天长笑,"今时今日,我就一并说了吧!你们以为我与亲生女儿通奸?我禽兽不如?呸!封小七根本不是我的女儿!"他语气突然变得阴森森的,"她是秀娘和人通奸所生,所以当年——我一掌杀了她,将她埋在蔷薇花下。封小七根本不是我女儿,我想要将她如何便如何,她亲生父母对我不起,报应在女儿身上,有什么错?哈哈哈哈哈——哈哈哈哈哈——"

白千里骇然看着封磬,这位他尊敬了三十多年的师尊,在背地里居然是这等模样……封磬狂笑不止,四周的万圣道弟子人心涣散,忍不住开始后退。这疯子杀死妻子,与养女通奸,又逼死养女,谁知道丑事暴露他又会做出什么事来?

只见"铮"的一声脆响,封磬拔剑而出,黄昏之中,他手上所持的剑如一汪碧水,玄色中浓浓地透出碧意来,正是少师剑!

白千里眼见此剑,情不自禁便欲夺回,李莲花衣袖一抬,将他拦了下来。

夕阳狂热如火,那掠过夕阳的霞云正如三秋狂客的一笔浓墨。

白千里一怔,他并不以为李莲花的武功能高得过自己,但他衣袖一抬,自己便过不去了。

然后他听李莲花很和气地问:"白大侠,这柄剑……当年花了你多少银子?"

"十万两。"

然后李莲花叹了口气:"太贵,太贵。"

他看着封磬,喃喃地道:"买不起,看来只好用抢的了。"

封磬剑气暴涨,杀气一寸一分地袭眉惊目。

围观众人脸色惨白,一步一步后退,为这圈子里的两人让开片地来。

风吹地,满黄沙,夕阳西下。

第十五章 纸生极乐塔

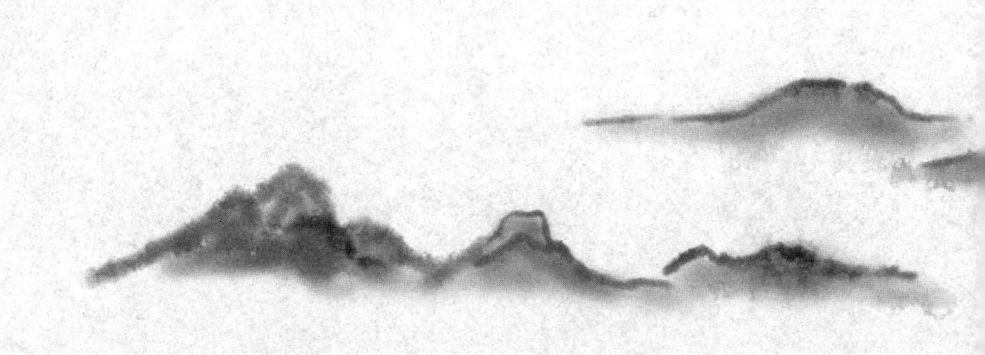

"后来呢？"

烛火摇曳，吉祥纹莲花楼中发出了些桌椅摇晃的声音，有人咬牙切齿地道："你不要说封磬被猪妖附身，突然拿块砖头将自己砸昏，然后你就捡了这剑回来。"

另一人正襟而坐："你真聪明……"

"死莲花！你不要欺人太甚！快说！角阳村那事是怎么回事？"先前那人勃然大怒，"咔嚓"有木器倒地碎裂之声。

吉祥纹莲花楼之内，那一向啥也不搁连喝酒都要把酒杯从桌子底下摸出来的木桌上，现在放着块比黄金还灿烂的软缎，软缎上垫着个绣着杂色四季花样的软垫，软垫上放着个黑檀木嵌紫金丝镂花座儿，整得像个供祖先的牌位——这檀木座儿上恭恭敬敬地放着一柄剑。

玄铁色透着青碧，一股子井壁似的清冷光润，正是"相夷太剑"李相夷李大侠李谪仙李门主曾经的那柄爱剑——

少师剑。

"我说我施展一招惊世骇俗、惊才绝艳、举世无双、空前绝后的剑招打败封磬，白千里对我敬佩得五体投地，双手奉上此剑，你也不信；我说封磬大彻大悟，后悔得生不如死，决定自杀，双手将此剑奉上，你也不信；我说封磬看我是用剑奇才突然欣赏我的根骨，亲自将此剑送我，你也不信……那么……"李莲花摸着下巴，看着那柄被方多病搞得像个祖先牌位的剑，喃喃地道，"那就封磬……那个……有隐疾在身，动手之前突然暴毙身亡……你看如何？"他用一种欣然而期待的眼神看着方多病。

而方多病觉得自己就像个被喂了一肚子大便的老鼠，这世上有人扯谎还欣然期待旁人同意他扯得合情合理？"死——莲——花！"他拍案而起，"总而言之，你就是不肯说了？没关系！这件事老子和你没完！你不说，我总会找到白千里，白千里总会说！何况听说那天在场的万圣道上下总计六十四人，你还当真以为纸里能包得住火？"

李莲花却道："这说得也是。"

"你就满口胡扯吧，总有一天老子会搞清楚这柄剑你是怎么得来的！到时候老子和你算总账！死莲花！李小花！李王八……"方多病被他气得跳脚。

方多病的咒骂对李莲花而言如过耳清风，只见他从怀里摸了个东西出来，轻轻放在桌上："比起少师剑，我现在更好奇的是这个东西。"

"这是什么？"方多病的注意力立刻被桌上那东西吸引了。

李莲花道："这是王八十从封小七衣兜里摸出来的字条，我猜这东西也许不是封小七的，说不定是清凉雨的。"

方多病诧异："清凉雨的？这有什么用？"

李莲花正色道："这是个很有趣的东西，你不觉得吗？"

【 一 第一张纸 】

李莲花放在桌上的并不是一张字条，而是一个纸糊的方块，方块上画着线条，似乎是将那方块切去了一角。

方多病瞪眼："这是字条？字在哪里？"

李莲花敲了敲桌面："字在它肚子里。"

方多病皱眉："这是什么玩意儿？有什么用？"

"不知道。"李莲花摇头，若有所思地看着那方块，"这本是张十字形的字条，上面写了些字：'四其中也，或上一下一，或上一下四，或上二下二等，择其一也。'"

"'四其中也，或上一下一，或上一下四，或上二下二等，择其一也'？"方多病的眉头越发打结，"那又是什么玩意儿？"

李莲花在桌上画了几个方框，道："把那张白纸的中间算成四份，它的上下就只剩下两份，符合这句话的本意。它说这是一个东西，这东西中间四份，上下两份，或者中间四份，在中间四份的第一份上头又有一份，在中间四份的第四份下头又有一份，也可以……能符合它本意的'东西'就是个方块。这张十字形的白纸，将一份一份的白纸折起来，能折成一个方块。"他一摊手，"或许还有其他形状的白纸，也能糊成一模一样的方块。"

方多病古怪地瞪着那纸糊的方块："就算你能用白纸使出一万种方法糊成这样的方块，又有什么用？"

李莲花缩了缩脖子："我不知道，所以说，这是个很有趣的东西。"

他缩完脖子之后很惬意地歪了歪脖子，舒舒服服地坐在椅上。"这东西揣在封小七怀里，那时候封小七刚刚盗取了少师剑，要帮清凉雨去救一个人。封小七和清凉雨在救人的路上被封磬所杀，少师剑被夺，显然那个人并没有得救。我猜这个方块，和清凉雨要救的人有关。"他正色道，"能让清凉雨甘冒奇险潜入万圣道三个月之久，意图盗取少师剑相救的人，想必很有趣。"

方多病沉吟："莫非这东西就是救人的关键吗，藏着地点什么的？或者是藏着什么机关破解的方法？"

李莲花赶紧道："你真是聪明……"

方多病斜眼看着他："莫非你又想出什么门道没有告诉我？"

李莲花又赶紧摇头："不不，这次我和你想的一模一样。"

方多病嗤之以鼻，全然不信："难道你想替清凉雨去救人？"

李莲花瞧了那被供成牌位的少师剑一眼，微微一笑："少师剑不是利器，要说世上有什么东西非要少师剑才能斩得开，说明关键不在剑，而在用剑的人。"

方多病大吃一惊："用剑的人？你说李相夷？李相夷已经死了十二年了，就算清凉雨盗了这剑也万万来不及了。"

李莲花正色道："你说的倒也是实话……不过，我说关键在人，并不是说关键在李相夷。"

方多病瞪眼："那关键是什么？"

李莲花点头："少师剑刚韧无双，唯有剑上劲道刚猛异常，寻常长剑吃受不住的剑招，才非要少师剑不可。"

方多病继续瞪眼去瞧那柄名剑："清凉雨冒死偷这柄剑，难道是送去给一个拿剑当狼牙棒使唤的疯子？"

李莲花咳嗽一声："这有许多可能，也许有人要求他拿少师剑换某个人的性命；或许他以为这柄剑可以砸开什么机关；或许这柄剑的材质有什么妙不可言之处，说不定把它碾碎了吃下去可以救命……"

方多病忍不住打断他，怪叫一声："吃下去？"

李莲花又正色道："或者这柄剑是什么武林前辈留在人间的信物，可以换取一个愿望什么的……"

　　方多病古怪地看着他，李莲花不以为忤，从容而坐，半晌方多病喃喃地道："老子疯了才坐在这里听你胡扯，老子的老子逼着老子读书考功名，老子的老子的老子逼着老子娶公主，老子狗屁事情一大堆，疯了才跑来这里……"他重重一拍桌子，"你要玩方块自己玩去，角阳村的事不说就算了！少师剑的事不说也算了！你不必坐在这里费心扯谎给老子听，老子走了！"

　　李莲花道："这个……"他本想说当朝皇帝只有一个太子，膝下再无子女，莫非近来又新生了公主？如此说来那公主只怕年纪太幼，此事万万不可。

　　他还没说完，方多病倒是很潇洒，当真拍拍袖子，施施然从窗口走了。

　　李莲花望着他潇洒的背影，叹了口气，喃喃地道："我当真的时候，你又不信；我胡扯的时候，你倒是听得津津有味……"他站了起来，本来是想把那柄剑从那牌位上拿下来，转念又想取了下来他也不知该放在哪里，叹了口气之后，终还是留在了那牌位上。

　　这许多年后，也许少师剑的宿命，就只是留在芸芸众生为它所立的牌位上，任人凭吊罢了。

　　持剑的人，毕竟在很多年前，就已经死了。

　　方多病一怒而去，他自是半点也不想去做驸马，一出了莲花楼就飞也似的改道前往嵩山少林寺。不想他老子却比他聪明许多，一早猜中这逆子势必往和尚窝里躲，说不定还要以出家相威胁，派人在嵩山脚下一把将他逮住，即刻送入宫中。

　　方而优贵为当朝太子少傅，方多病的老子方则仕官拜户部尚书，皇上近来新认了兵部尚书王义钏的女儿做昭翎公主，又有意将昭翎公主许配给他，这天降御赐的好事谁敢耽误？于是八百里快马加鞭，方多病被家中侍卫点中全身二十八处穴道，连赶两日两夜的路，火速送入景德殿。

　　方多病从来没见过王义钏，虽然他老子在朝中当官，但方则仕住在京城，方多病一直住在方家，十八岁后浪迹江湖连家都少回，他和他老子都不大熟，更不用说兵部尚书。王义钏生得什么模样他都不知道，王义钏的女儿生得什么模样他自然更不知道。突然要和这样一位公主成婚，万一这公主芳龄三十，身高八尺，腰如巨桶，纵然是貌若天仙，他也消受不了。于是打从进宫之后，他就打定主意要溜。

　　他被送入景德殿，这是专程给皇帝谕旨待见，却一时无暇召见的官员暂住的地方，与宫城尚有一墙之隔。住在这儿的人都是皇上点了名要见的，只是不知道什么时候见，大家互相都客客气气，不熟的装熟，熟的自然更熟到人我难分、人我莫辨的境地。

方多病全身被点了二十八处穴道，一身武功半点施展不出来，在景德殿这人来人往的地方，方则仕也不好再让侍卫跟着他，简略说了几句就走了，言下之意自是要他乖乖听话，皇城重地，不得胡闹，否则为父将有严惩云云。方多病听话了半日，但见时辰已至深夜，如何还忍耐得住？当下悄悄翻出窗户，摸入后院去也。

这里离皇帝和公主尚有老远，他若能从这里出去，说不准还能在方则仕发现之前逃离京城，而他逃走之后，他老子是否会被皇帝降罪，他自是半点懒得想。

二更时分，景德殿这等微妙之处，人人行事谨慎，战战兢兢，自然从来无人敢在半夜翻窗而出。方多病武功虽然被禁，身手依然轻盈，自殿中出去，一路无声无息。月色清明，映照得庭院中影影绰绰，他屏住呼吸，正在思考后门究竟在何处。

"咿呀"一声轻响，是不远处木桥上传来细微的声响，方多病往地上一伏，趴在花丛之中，无声无息地向木桥那边望去。

一个不知什么颜色的身影正在过桥，庭院木桥的花廊上爬满了藤萝，里头光线暗淡，他只依稀瞧出里头有个人，却看不出是个什么样的人，说不定是景德殿巡夜的侍卫。方多病耐心地屏住呼吸，纹丝不动地伏在花丛中，似乎已和花木融为一体。

"咿呀……咿呀……咿呀……"木桥上微乎其微的声响慢慢传来，那"侍卫"在里头走了半天却始终没从桥上出来。方多病等了许久，终于觉得奇怪，凝神听着，似乎那木桥之上并无呼吸之声。他慢慢地从花丛中起来，有一种莫名的气氛让他觉得应当去木桥上瞧上一眼，庭院中花木甚盛，夜风沁凉……他突然觉得有些太凉了。

方多病瞪大眼睛看着那木桥。

木桥上并没有人。

花廊中悬了一条绳索，绳索上有个圈，圈里挂着件衣裳。

风吹花廊，那件衣裳在风中轻轻地摇晃，绳索拉动花廊上的木头，发出"咿呀咿呀"的声音。

这是什么玩意儿？方多病眨了眨眼睛，又眨了眨眼睛，那衣服还在，并且他认出那是条女人的裙子。就在这时，不远处传来脚步声——巡夜的来了。他飞快地看了几眼那绳索和衣服，在衣服之下、木桥之上掉落着一个眼熟的东西。他突然有了个大胆的主意———把扯下那绳索,连绳索带衣服一起团了团揣入怀里,拾起木桥上的东西,往一侧草丛中一跳一滚,又暗伏不动。

巡夜的侍卫很快从木桥经过,并未发现那桥上的古怪。

方多病心头怦怦狂跳:老子胆子不大,还是第一次干这等伤天害……啊,呸!这等亵渎先灵的事,但这事绝对不简单,绝不简单……

他抄起衣裙的时候知道这是件轻容,这东西极轻,所以贵得很,能拉动绳索摇晃证明衣服里还有东西。而另一件他揣在怀里的东西才当真让他心惊胆战——

那是一张纸条。

一张十字形的纸条,并且留着很深的折叠痕迹——它分明曾是一个方块,只是未曾用糨糊粘贴好,又被夜风吹乱了。

这里离角阳村有百里之遥,离死莲花现在住的阿泰镇也有五六十里地,这可是皇城啊!怎么也会有这东西?

是谁在木桥上挂了根吊颈的绳子?又是谁在里面挂了件衣服?方多病手心渐渐出汗,不管这闹事的是人是鬼,显然"它"的初衷绝不是给自己看的。

"它"必然是为了给这景德殿里的某一个人或者某一些人看。

方多病在庭院里伏了一个时辰,终于做了个决定。

第二天天亮。

一声哈欠后,方多病在景德殿为各路官员准备的木床上醒来。这床又小又窄,硬得要命,和方氏家里的不能比也就算了,居然比李莲花那楼里的客床还硬,真是岂有此理。洗漱之后,他数了数,住在景德殿内的官员共有五人,面上看来并无人身有武功。方多病在各人脸上瞟来瞟去,人人神色如常,似乎并没有人发现他昨夜摸了出去。

"方公子。"前来搭话的似乎是位自西南来的远官,做官的名堂太长,方多病记不住,只知这位生着两撇小胡子的大人姓鲁,于是龇牙一笑:"鲁大人。"

鲁大人面色犹豫:"我有一样东西,不知如何却是怎么也找不到了,不知方公子可有看见?"

方多病刚刚起床连口粥都没喝,听了这话,心里"咯噔"一声,假笑道:"不知鲁大人何物不见了?"

这位西南来的鲁大人姓鲁名方,年不过四旬,闻言皱了皱眉头,面上露出三分尴尬:"这个……"

"是鲁大人从家里带来的一个盒子。"身旁另一位姓李的帮他说话,这姓李的也来自西南,却说的是一口京城腔调,"昨日我还看见它在鲁大人桌上,今日不知为何就不见了。"

方多病也皱起眉头:"盒子?"他顿时风流倜傥地微笑,"不知鲁大人丢失的是什么样的盒子?若是鲁大人偏爱某一种盒子,我可请人为鲁大人购回几个。"

"万万不可。"鲁方大吃一惊。

方氏有钱有势,他自是知道的,方多病即将成为皇上的乘龙快婿,他也是知道的,犹疑了一阵,终于窘迫地道:"那盒子里放着我托京城的故友为我家中夫人所买的一件衣裙,我夫人随我清贫半生,未曾见得轻容……结果昨夜那衣裙却突然不见了。"

方多病大吃一惊,他明知鲁方有古怪,却不知道那件衣服竟然是他的,那件吊在绳子上的衣服如果是他的,难道那吊颈绳其实也是要吊到他脖子上?这未免怪哉!鲁方不会武功,又是远道而来,按理决计不会认识清凉雨,那为何他的身边却带有一张和封小七身上一模一样的字条?封小七的字条肯定是从清凉雨那里来的,清凉雨却又是从哪里得来的?

莫非——难道他是从鲁方这里拿走的?

那又是谁故意偷走他的衣服,又故意把那些东西挂在花园木桥之上?

"方公子看起来很吃惊。"身边那位和李莲花一般姓李的官员慢条斯理地道,"在这地方遇到窃贼,我也很是吃惊。"

"不错,这里是皇城重地,怎会有窃贼?"方多病瞧了此人一眼,只见此人尖嘴猴腮,肤色惨白,神态却很从容,生得虽丑,看着倒不是特别讨厌。

"不不不,并非窃贼,多半是我自己遗落、自己遗落……"鲁方连忙澄清,"此地怎会有窃贼?绝不可能。"

方多病和那姓李的顿时连连点头,随声附和,此事也就不了了之。

二 第二张纸

鲁方"遗落"的那件衣裙现在就卷在方多病被子里,轻容轻薄至极,宛如无物,卷在被中半点看不出来。至于衣裳里揣着何物,昨夜回来得太晚,他又不敢点灯来看,索性与纸条一起往柜中一丢——谅谁也不会斗胆来开他的柜子。

今日和各位大人寒暄之后,方多病回到屋中,点亮油灯,把除了那衣裳以外的东西从柜子里拿了出来。

轻容乃是罩衫,一般没有衣袋,这件自然也没有,那东西并不是放在衣兜里的,而是挂在衣角上的。

那是一支翡翠簪子。

簪子圆润柔滑,雕作孔雀尾羽之形,华丽灿烂,纹路精细异常。方多病看这簪子看得呆了,倒不是惊叹这东西价值连城,而是这是支男人用的簪子,不是女簪。

纵然方氏富甲一方,他也从来没见过如此华丽的发簪,即便是他的大姨小姨只怕也没有像这样的东西,一等一的选料,一等一的手艺,都是可遇而不可求的。

轻容上只挂着一支簪子,并无他物,正如鲁方所说,这件衣裳是崭新的,不似有人穿过的模样。方多病拎起那条挂在花廊上的绳子,那绳子是用撕开的碎布三股拧成一股编的,编得还像模像样。昨日他被点了二十八处穴道,如今过了一日,气血已通,当下抓住绳子略一用力,这绳子居然吃受得住,要用这条绳子勒死或吊死一个人绰绰有余,它却为何用来吊一件衣裳?要吊一件轻容,只怕三两根头发就够了,何必辛辛苦苦地搓绳子?

古怪、古怪……

方多病将簪子和绳子丢进柜中,又把那张字条摸出来端详。

这字条他昨日已经看过了,里面的确也写着几个字,却不是什么上一下一、上二下二,字条里写着"九重"两个字,然后就没有了。方多病拿着字条按着上面的折痕叠了几下,果然可以轻松拼成一个方块,方块上也画着几根线条,位置和李莲花那个差不多,不知所谓。

风吹烛火,影子一阵摇晃。方多病收起字条,窗外回廊悬着几只灯笼,风中飘动,红光很是暗淡,他揉了揉鼻子,长夜漫漫,独坐无聊,还是翻本书出来看看。他方大少虽然不拘小节,却是文武双全、满腹经纶,绝不是单会舞刀弄枪而已。

这屋里有个书柜,他慢吞吞地走过去,抬起头对书目瞧了几眼,只见书架上放着数十本书,大都是《诗经》《论语》之类,在一排书目之后,隐隐约约横搁着什么东西。他探手到书本后面,把藏在后头的东西拽了出来,抖了抖。

灯下略微飘了阵灰尘,这东西显然放在这里有段时间了,方多病嫌弃地将它拎远点挥了挥,等灰尘散尽以后才仔细一瞧,这也是本书。

不过这是本装订好的册子,倒并非真的是一本书。方多病将油灯拿了过来,这书上却无什么春宫淫画,也不是什么武功秘籍,令他失望得很。许多页都是空空荡荡的,一个字没有,任烟熏火烤都没见什么字,只在开头那页写了"极乐塔"三个大字，第二页画了一些依稀是莲花、珠子、贝壳之类的东西，那笔法差劲得很，比之他的神来之笔自是远远不如，比之李莲花的鬼画符也尚差三分，除了莲花贝壳之外，第三页还画了六只奇形怪状的鸟，此外空空如也，一个字也没了。

方多病把那册子翻看了三五遍，实在无啥可看，只得往旁一丢，人往床上一躺，眼睛还没闭上，突见梁上影子一晃，有人影自屋顶上飘然而去。方多病霍地翻身而起，一时惊得呆了，他在屋里翻看东西，却不防居然有人能在这等时分、这种地方伏在屋顶上窥视，他竟没听到半点动静——这世上当真有此能人？

那人是谁，他看到了什么？这人就是偷鲁方他老婆的衣服又故意挂在木桥上的人？如果这人有如此武功，又为何要做这等无聊的事？方多病呆了一阵，忍不住全身起了一阵寒意，这人知道那件衣服在他这里，若是明天传扬出去，他要如何对鲁方解释？

过了一会儿，他纵身而起，上了屋梁，屋梁上满是灰尘，没有人落脚的痕迹，再抬头望去，屋上有个天窗。他悄悄从天窗钻了出去，伏在自己屋顶上，凝目向下望去。

屋里灯火明亮，自己没有防备，若是不怕被巡逻的侍卫发现，躲在此处偷窥也未尝不可，但是——方多病发现天窗之下有数根屋梁挡住了视线，屋里虽然明亮，却并不容易看清底下的状况。转头再看屋顶，屋顶上久经风吹日晒，尘土有些已积成了泥土，只看得出隐约有擦过的痕迹，却看不出脚印。方多病轻轻一个翻身，落入天窗之中，十指攀住窗沿，一目扫去，心里微微一沉——他刚才在屋顶上伏过，留下的痕迹却比屋顶上原先的深多了。

莫非方才屋顶上那人真能身轻如燕？方多病松开手指，自天窗跃下，越想越是糊涂，转过身来，呆呆地在桌边坐下。烛影继续摇晃，随即轻轻爆了一个烛花，方多病给自己倒了杯茶，突然一怔——方才自己的影子是在左手边，现在影子却跑到右手边去了。

油灯——从右边变到了左边。

谁动了油灯？

他顺着左边看过去，身上的冷汗还没干，突然觉得更冷了些。

那本册子不见了。

那本鬼画符一样的册子，被他扔在另一张太师椅上，此时却不见了。

他蓦地站起，僵硬地站在屋中，游目四顾，将屋里样样东西都看了一遍——床榻上整整齐齐，书柜上的书和方才一样乱七八糟，他带来的几件衣裳依旧横七竖八地丢在打开的箱中，一切似乎都和原来一模一样。

只是一本册子不见了。

方多病一身武功，在江湖中闯荡过不知多少稀奇古怪的场子，死里逃生过三五回，从来没有一次让他冒出这么多冷汗。

没有尸体。

只是不合理。

这里是景德殿。

被盗的女裙，吊颈的绳索，偷窥的人影，消失的小册子……

仿佛在景德殿中，皇城内外，飘荡着一个难以阻挡的影子，那影子正一步一步做着一件阴森可怖的、充满恶意的事，如果让他完成了，必定会造成可怕的后果……

但谁也不知道他是谁。

谁也不知道他正在做的是什么。

方多病转过身来打开柜子，柜子里的发簪和绳索还在，不知是因为"他"伏在天窗上看不清楚东西在哪儿，还是"他"故意将东西留下，反正那本册子不见了，玉簪子和绳子还在。

床上一如原状，显然女裙还在里面。

那本小册子不知是什么东西，但在"他"心中，一定比方多病昨天晚上捡到的东西重要得多。

方多病重重坐了下来，咬牙切齿，老子在这里撞鬼，死莲花不知在哪里风流快活，等老子从这里脱身，定要放火将莲花楼烧了，看死莲花如何将它补好！

窗外的暗红灯笼仍在摇晃，今夜风还不小。

风很大的时候，鲁方正坐在屋里对着空荡荡的桌子发呆。

那件衣服其实是给他小妾的，不过这对鲁大人来说没有太大区别，他做官胆小，倒也不敢贪赃枉法，一件轻容等价黄金，他买不起。但为何会有人知道他有这件衣服，又无声无息地从他这里偷了去，他真是死活想不透。

何况是到景德殿这种地方来偷。

这难道只是个巧合？

那件衣服的来历……鲁方心中正自发毛，惴惴不安，突然听到窗外有窸窣之声。他向外一看，蓦地瞪大眼睛，口角瑟瑟发抖，全身僵直，差点昏厥过去——

窗外的花园之中，有一团东西在爬。

那东西穿着衣服，是个人形，有些许毛发，姿态古怪地在地上扭动，仿佛全身扁平地在地上蹭，肩头四肢却又时不时向四面八方蠕动，与它前行的方向不一致。

"咯咯……"他喉头发出古怪的声音，惊恐过头，反而胡言乱语，全然不知自己该干什么，想哭又想笑，"哈哈……"

那团人形的东西蓦地转过头来，他只见阴暗的花丛中一双眼睛发出光，那万万不是人的眼睛，在那个"头"的颈侧还有个硕大的肉团在不住扭动，模样既可怖又恶心。

"哈哈哈哈……"鲁方指着那东西顿时狂笑起来，"哈哈哈哈哈……"

那团古怪的东西穿着的也是件女裙，崭新的女裙上沾满了泥巴和枯枝碎叶。他见过那裙子！他见过那裙子！

他知道是谁偷了他的轻容了！是鬼是鬼！

是那个死在极乐塔中的女鬼！

"哈哈哈哈……"鲁方笑得往地上一坐，既然女鬼索命来了，那李菲还逃得了吗？

"哈哈哈哈哈哈……"鲁方这厢在屋里狂笑，声传四野，很快侍卫婢女便匆匆赶来，只见鲁大人坐在地上，笑得涕泪齐流，口吐涎水，不由大惊，齐声惊叫："鲁大人！"

那与鲁方交好的李菲李大人也匆匆赶到，方多病道路不熟，绕了几条冤路才找到鲁方的屋子，顿时与旁人一起目瞪口呆地看着鲁方发疯。

鲁方真的疯了。

这读书人发疯也发得别具一格，这位鲁大人"咯咯"直笑，直到全身脱力，便是不说话。

方多病张口结舌，莫名其妙，斜眼瞟见李菲那张本来就白的猴脸变得越发惨白。

大夫赶到之后，众人将鲁方扶到床上，经过一番医治，将鲁方自"咯咯"直笑医到笑面无声，却始终不解这人好端端的怎会突然发疯。

方多病转头向窗外张望，他有种直觉：鲁方多半是看到了什么。

他没看到究竟是什么东西上了他的屋顶，盗走了那本册子，鲁方或许看到了。

然后他就疯了。

莫非老子没瞧到也是件好事？方多病悻悻然，那究竟是什么东西？

鲁方发疯的事隔日便传得沸沸扬扬，景德殿中气氛本就微妙，此时人人自危，不知鲁方是否中了邪，万一那邪仍在殿里转悠，一旦摸黑撞上了自己，岂非晦气至极？顿时殿内那烧香拜佛的风就起来了，有些人拜的救苦救难观世音菩萨，有些人拜的阿弥陀佛如来佛祖，还有些人拜的舍利弗、摩诃目犍连、摩诃迦叶如是等诸大弟子，端的是博学广识、精通佛法。

方多病端端正正地在屋里挂了张少林寺法空方丈的画像，一本正经地给他烧了三炷清香，心中却想那死莲花不知何处去了，早知老子会在这里撞鬼，当初就该在那乌龟窝里喝酒喝到死莲花家破人亡才是，怎可轻易就走了？失策，大大的失策。

"内务府已请了最好的法师，这就会到景德殿做法事，还请诸位不必紧张。"景德殿也归宫中内务府管理，不过这里的食宿十分简单，看不到皇宫大内奢华之风，每日都是清粥小菜，也花不了几个钱。

"法师？"方多病心中一乐，找不到人的痕迹，弄个法师来做做法事也是不错，万一……万一真是那玩意儿呢？

"不错，是位最近在太子那儿大红大紫的法师，尊号叫作'六一法师'，据说能知过去未来，呼风唤雨，在太子那儿抓到了好几只小鬼呢！"主管景德殿的是内务府一位姓王的二等太监，叫作王阿宝，平时也少来，十天半个月不露个头，听说他在宫内也忙得很。今日王公公亲自前来，就是为了宣布六一法师的事，安抚人心。

哦——能呼风唤雨、抓小鬼的法师。方多病兴致盎然："那法师什么时候来？"

"午后就到。"

李菲坐在一旁沉默不语，另三位大人和方多病并未说过话，自也是坐在一旁一言不发。

方多病心情一好，对着李菲身边一人笑眯眯地道："这位大人看着眼熟得很，不知……"

那位大人知情识趣，即刻自报家门："下官赵尺，忝为淮州知州。"

方多病虽然不是官，人人却知他即将是皇上的乘龙快婿，自是非自称"下官"不可。

方多病"哦"了一声，是个大官，接着瞟向另一人："这位大人看着也眼熟得很……"

另一人与赵尺一般识趣，忙道："下官尚兴行，忝为大理寺中行走。"

方多病一怔，那就是个小小官。第三人不等他说眼熟，自己道："下官刘可和，工部监造。"

方多病奇道："几位都是一起被皇上召见的？"

四人面面相觑，李菲轻咳一声："不错。"

方多病越发奇了，皇上召见这几位风马牛不相及、官位大小不等的官儿进京来干什么？

见他一脸惊奇，那位知情识趣的赵大人便道："皇上英明睿智，千里传旨，必有深意，只是我等才疏学浅，一时体会不出而已，见得天颜，自然便明白了。"

方多病听得张口结舌，心中破口大骂这赵尺奸猾，分明这四人知道皇上召见是为了什么，却偏偏不说。当今皇上倒也不是昏君，要见这四个做官做到四面八方、五官相貌无一不丑的大人，还干巴巴地将人一起安排在景德殿，必是有要紧的事，说不定皇上想知道的事，与那神出鬼没吓疯鲁方的东西有关呢？他突然打了个冷战，要是真的有关，他老子和皇上等等一干人，岂非危险得很？

时间在各位大人不着边际的寒暄中过去，食用了一顿不知其味的清粥小菜，只听门外一声传话："六一法师到——"

屋里的五人纷纷抬起头来，方多病筷子一拍，目光炯炯地盯着门口，暗忖这六一法师究竟是与茅山道士同宗，还是与法空和尚合流……

接着那六一法师就走到了门口。

三 六一法师

六一法师走到门口，方多病先是一怔，随后张口结舌，露出了个极可笑的表情。

那六一法师正温文尔雅地对着他微笑，来人皮肤白皙却略略有些发黄，眉目文雅清秀，不胖不瘦、不高不矮，身着一件灰衣，打了几个补丁，不是李莲花是谁？

"久仰久仰，法师请坐。"赵尺却仿佛对六一法师非常信服，立刻端端正正站了起来，大家也随之站起。

李莲花对着他点了点头，一副法力高深的模样："听说鲁大人中了邪？"

赵尺忙道："正是。鲁大人昨夜在房中静坐，不知何故突然中邪疯癫，至今不醒。"

李莲花挥了挥衣袖，对看着他的几人颔首致意："鲁大人身在何处？还请带路。"

李菲顿时站了起来，他的目光不住地在李莲花身上打转："法师这边请。"

方多病待在一旁，眼睁睁看着李莲花跟在李菲身后向鲁方的房间走去，半眼也没多向自己瞧，悻悻然想：他连太子也敢骗？

过不了多时，李莲花和李菲又从鲁方房中回来。方多病凉凉地看着，看李菲那表情，就知道法师虽然神力无边，偏偏就是没把鲁方治好。

李莲花走回厅堂，一本正经地道："此地被千年狐精看中，即将在此筑巢，若不做法事将那千年狐精驱走，只怕各位近期之内都会受狐精侵扰，轻者如鲁大人一般神志不清，重者将有血光之灾。"

李菲一张白脸，惨然地听着，一言不发。赵尺却道："既然如此，还请法师快快做法事，将那千年狐精赶出门去，以保众人平安。"

李莲花又道，他将于今夜子时在此做法事擒拿狐精，除留一人相助之外，其余众人都需离开景德殿，法坛尚需上好佳酿一坛、四荤四素贡品、水果若干、桃木剑一支、符纸若干张，以便法师做法事。

他这些要求在来前便已提过，王公公已将东西准备齐全。

李莲花微笑问道："今夜有谁愿留下与我一同做法事？"

方多病瓮声瓮气地道："我。"

李莲花恭恭敬敬地给他行了一礼："原来是驸马爷，今夜或许危险……"

方多病两眼翻天："本驸马从来不惧危险，一贯为人马前之卒，出生入死、赴汤蹈火、螳臂当车、一夫当关，在所不惜。"

李莲花欣然道："驸马原来经过许多历练，我看你龙气盘身、天庭饱满、紫气高耀、瑞气千条，狐精自是不能近身。"

方多病阴阳怪气地道："正是正是，本驸马瑞气千条，狐精野鬼之流、千变万化之辈近了身都是要魂飞魄散的。"

李莲花连连点头："原来驸马对精怪之道也颇精通。"

几位久经官场，眼看方多病满脸冷笑，便知新科驸马对六一法师颇有微词，一个是皇上眼里的驸马，一个是太子跟前的红人，自是人人尽快托词离去，不到片刻，四人走得干干净净。

人一走，方多病便哼了一声，李莲花目光在屋里转了几圈，选了张椅子坐了下来，偏偏他选的椅子就是方多病方才坐的那张。

方多病又哼了一声："你怎么来了？"

"我发现封小七的那张纸是贡纸，所以来了京城。"李莲花居然没有说谎，"然后我翻了一户人家的墙，结果那是太子府。那天太子在花园里赏月，我不巧就翻了进去……"他温文尔雅地微笑，摸了摸自己的脸，"我翻进去以后，只见四面八方都是人，太子端了一杯酒在赏月。"

方多病本来要生气的，听着忍不住要笑出来："他没将你这小贼抓起来，重重打上五十大板？"

李莲花又摸了摸脸，若有所思地道："不、不……太子问我是何方法师，可是知道他府中闹鬼，这才特地显圣，腾云驾雾于他的花园……"

方多病猛地呛了口气："咳咳……咳咳咳……"

李莲花继续微笑道："我看与其做个小贼，不如当个法师，于是起了个法号，叫作'六一'。"

方多病瞪眼道："他就信你？难道太子在宫中这么多年没见过轻功身法？"

李莲花微笑道："我看太子身旁的大内高手，只怕都不敢在太子面前翻墙。"

方多病"呸"了一声："他真的信你？"

李莲花叹气道："他本来多半只是欣赏六一法师腾云驾雾的本事，后来我在他花园里抓到几只小山猫，那几只东西在他花园里扑鸟笼里的鸟吃，又偷吃厨房里的鸡鸭，闹得太子府鸡犬不宁。之后他就信我信得要命，连他贴身侍卫的话都不听了。"

方多病咳嗽一声，叹了口气："难怪史上有巫蛊之祸，如你这般歪门邪术也能深得信任，我朝亡矣，我朝亡矣……"

李莲花道："非也、非也，我朝天子明察秋毫、英明神武，远可胜千里，近可观佳婿，岂是区区巫蛊能亡之……"

方多病大怒："死莲花！如今你当了法师，这景德殿的事你要是收拾不了，回去之后看太子不剥了你的皮！"

"嘘——"李莲花压低声音，"鲁方怎会疯了？"

方多病怒道："我怎会知道？前日他还好端端的，昨日他就疯了，我又不是神仙，鬼知道他怎么会疯了！你不是法师吗？"

李莲花悄声道："你不知道他为什么会疯，怎会留在这里当驸马？"

方多病一怔，李莲花挑着眼角看他："你发现了什么？"

方多病一滞，深深地咒骂这死莲花眼神太利："我发现了件衣服。"

李莲花啧啧称奇："衣服？"

方多病终于忍不住将他前几日的见闻说了："我在后院的木桥上发现有人将一件轻容吊在绳圈里，就如吊死鬼那般。"

李莲花越发啧啧称奇："那衣服呢？"

方多病悻悻然道："被我藏了起来。"

李莲花微笑着看他，上下看了好几眼："你胆子大得很。"

方多病哼了一声："你当人人如你那般胆小如鼠……那件衣服是件轻容的罩衫女裙，衣服是鲁方的，却不知给谁偷了，吊在木桥上，隔天鲁方就疯了。"

李莲花若有所思，喃喃地道："难道鲁方对那衣服竟是如此钟情……真是奇了。"

方多病想了想："那衣服说是给他老婆带的，就算鲁方对老婆一往情深，衣服丢了，老婆却没丢，何必发疯呢？"

李莲花欣然道："原来那衣服不是他自己的。"

方多病斜眼看他在椅子上坐得舒服，终究还是在他旁边的椅子上坐了下去，接着说："昨天晚上，有夜行人躲在我屋顶上窥探。"

李莲花微微一怔，讶然道："夜行人？你没发觉？"

方多病苦笑，李莲花喃喃地道："怪不得、怪不得……"

方多病问："怪不得什么？"

李莲花一本正经地道："怪不得打从今天我看见你，你就一脸踩了大便似的……"

方多病大怒，从椅子里跳起，又道："那人武功确实高得很。"

"何以见得？"李莲花虚心求教。

"它在我屋顶窥探，我半点没发觉屋顶上有人。"方多病泄气，"等我看到人影冲上屋顶，它又进了我的屋偷了我一本书。"

"一本书？"李莲花目光谦逊、语气温和、求知若渴地看着方多病。

方多病比画了一下："我在房里的书架上发现了本小册子，里面有古里古怪的画，封面写了'极乐塔'三个字。我看那本子里没写什么就扔在了一边，但等我从屋顶上下来，那小册子不见了。"他重复了一遍，"那小册子不见了，油灯从右边变到了左边。"

"没看到人？"李莲花微微皱起了眉头。

"没有！"方多病冷冷地道，"我只看到个鬼影。人家上了我的房，进了我的屋，动了我的油灯，拿了我的东西，我什么也没看见。"

"然后——鲁方就疯了？"李莲花白皙如玉的手指轻轻在太师椅的扶手上敲了几下，抬起眼睫，"你没看见——而鲁方看见了？"

方多病沉默，过了好一会儿，他叹了口气："我也是这么想的。"

"有什么东西居然能把人活生生吓疯？"李莲花站起身来，在屋里慢慢踱了两圈，"自然不是鬼……鬼最多要你的命，不会要你的书。"

方多病低声道："但有什么东西能把人吓疯呢？"

李莲花皱起眉头："这当真是件古怪的事。"

方多病凉凉地道："古怪是古怪，但只怕并不是什么千年狐精作怪，不知六一法师今晚要如何抓到那千年狐精呢？"

"我要先去你的房间看看。"李莲花如是说。

方多病的房间一如昨夜，只是那装衣裳的木箱被多翻了几遍，那些柔软如雪的绸衣、精细绝伦的绣纹被揉成一团丢在地上。李莲花以欣赏的目光多看了两眼，随即方多病翻开被子，把卷在被子里的轻容翻了出来。

那果然只是一件普通的罩衣，并没有什么异样。李莲花的手指轻轻点在罩衫的衣角："这里……"

那轻容罩衫的袖角有一个圆形的小破口，衣裳很新，这破口却略有扯动的痕迹，也有些发白。

方多病蓦地想起，连忙把那孔雀尾羽的玉簪和绳子拿了出来："这个这个，这东西原来挂在衣服上。"

李莲花慢慢拾起那支玉簪，食指自簪头缓缓滑至簪尾，笔直尖锐、平滑如镜、光润细腻。

"这个东西……"他慢慢地说，"没有棱角，是怎么挂上去的？"

方多病一怔，他把衣服卷走的时候缠成一团揣在怀里，再打开的时候玉簪就掉了下来，他怎知道这东西是怎么挂上去的？的确，这孔雀尾羽的玉簪头端圆润扁平，没有棱角，所雕刻的线条又流畅细腻，它是怎么挂在轻容上的？

"唯一的解释——"李莲花将玉簪簪尾对准轻容上的破口，将它插了进去，"这样，有人插进去的，不是挂。"接着他长长吐出一口气，"有人曾经拿着玉簪扎衣服，如果这人不是与这衣服有不共戴天之仇，便是要扎穿这衣服的人——不管他扎的时候衣服里究竟有没有人，总之，他应该要扎的是衣服的主人。"顿了一顿，他又慢吞吞地说："或者……是这样……"他将玉簪拔了起来，自袖子里往外插，簪尾穿过破口露到外面，"这样。"

方多病看得毛骨悚然，迟疑地道："这个……这个……"

"这就是说——这衣服是有主人的，衣服的主人自己拿着玉簪往外扎人，不知道是故意的还是不小心，扎破了自己的衣袖。"李莲花耸了耸肩，"不管是哪一种，总而言之，这衣服是有主人的。"

这衣服是有主人的。

它的主人显然并不是鲁方。

鲁方既然要把这衣服送给他老婆，自是不会将它扎破，并且那破口看起来并不太新，不像是昨夜扎破的。

"依我之见……"李莲花沉静了好一会儿，还是慢慢地道，"如果是这样插……"他将玉簪往里插在衣袖上，"因为簪头比较重，衣服挂起来的时候，它会掉下去。"他缓缓拔出玉簪，将它自袖内往外插，"而这样——衣袖兜住簪头，它就不会掉下来。"

"所以这件轻容挂在木桥上的时候，这支簪子就插在它的衣袖里！"方多病失声道，"所以这不是件新衣服！所以它其实不是鲁方的！"

李莲花颔首："这支玉簪多半不是鲁方插上去的。"

"鲁方不知从什么地方得到了这件衣服。"方多病恍然，"那么有人偷走衣服就可以解释了——这件轻容不是他的，有人偷走衣服，将玉簪插回衣袖里，都是在提醒鲁方，这件衣服不是他的，提醒他不要忘了是从什么地方得到的。"

"不错。"李莲花叹了口气，"这衣服上什么都没有，轻容虽然贵得很，但万万没有这支玉簪贵，绝不会有人为了一件衣服装神弄鬼。鲁方必定见过什么不可告人的事，在某个不可告人的地方得了这件衣服，他自己心虚，所以被人一吓就吓疯了。"

方多病沉吟："鲁方曾说他丢了一个小盒子，说不准这玉簪和轻容是放在一处的，也可能是'它'特地带来吓鲁方的。"

李莲花微笑道："不要紧的，鲁方虽然疯了，李菲不还清醒吗？鲁方那不可告人的事，李菲多半也知道。"

方多病"哧"的一声笑，大力拍了拍他的肩："有时候你也有老子一半的聪明。"

这时，王公公指挥一群小侍卫，将李莲花开坛作法的各种东西抬了进来，吆喝一声，放在鲁方窗外的花园之中，一群人迈着整齐的步伐，很快进来，又训练有素地很快退了出去。王公公显然对景德殿并没有太大的兴趣，他唯一的注意力无疑只用在皇上有意指婚的方大人的长子身上，而这位长子显然也没有给他留下太深的印象。宫廷深居让这个三十多岁的太监脸上死板僵硬，目光高深莫测，对方多病和李莲花各看了几眼，便后退而出。

这时方才黄昏，而景德殿中已只剩方多病和李莲花两人。四面一片寂静，这地方房屋不多，庭院倒是不小，隔几道墙便是皇宫，花木众多，十分僻静。

李莲花一本正经地将香炉摆上，点了三炷清香，那四荤四素的菜肴摆开来，虽然冷了，却还是让许多天一直吃清粥小菜的人很有胃口。方多病捞起块蹄髈就开始啃："你打算如何对付李菲？"

"李菲？"李莲花斯斯文文地拿了筷子去夹碟子里的香菇，慢吞吞地道，"李大人我不大熟，又没有驸马的面子，怎好轻易对付？"他将那香菇嚼了半天，又慢吞吞地从那盘里面挑了一只虾米出来，"你居然没有生气？"

方多病方才突然想起另一件事，倒是把他那"驸马"什么的放了过去："死莲花。"

李莲花扬起眉头："嗯？"

方多病从怀里摸出那张纸条："这个……你从乌龟壳里出来，难道不是为了这个？"

李莲花眼神微动，从袖里抽出封小七那张，两张纸条并在一处，只见纸上的折痕全然一模一样，只是方多病那张小了些，纸上的字迹也是一模一样。

这两张东西显然出于同一个地方。

"九重？"李莲花思索了好一会儿，"清凉雨甘冒奇险，是为了救一个人，此人他不知救成没有，他和封小七一起死了，封小七身上有一张纸条。鲁方丢失了一个盒子，盒子里有件来历不明的衣服，鲁方疯了，那件衣服挂在庭院中，衣服下面也有一张纸条……也许……"他慢慢地道，"也许我们一开始就想错了——这件事本来应该是另外一个样子。"

方多病已经忍不住插嘴："清凉雨和封小七死了，那是因为封磬杀了他们，关这纸条屁事……"

"不错，清凉雨和封小七死了是因为封磬杀人。"李莲花道，"但若不是封磬杀了他们，他们是不是也会被某一个人或者某一些人所杀呢？清凉雨要救谁？这张纸条究竟是他们生前就有的，还是死后谁神不知鬼不觉放入封小七衣袋的？"

方多病连连摇头："不对、不对，你要知道清凉雨虽然死了，但封小七当时并没有死，他们被封磬追杀的时候，那杀猪的不还看着吗？封小七还被杀猪的救活了，然后才自己吊死的。如果这是死后放入的，那杀猪的怎会不知道？"

"不……"李莲花微微一笑，"这或许正是纸条出现在封小七衣袋而不是出现在清凉雨衣袋中的原因——有人也在追踪清凉雨和封小七，但他晚了一步，等他追到封小七的时候，清凉雨已经死了并且埋了，封小七奄奄一息。于是这人便将原本要放在清凉雨身上的纸条放入了封小七衣袋里。杀猪的三乖不会武功，一日有大半时间又不在家，要在奄奄一息或者已经上吊自尽的封小七身上放一张纸有什么难的？"

方多病语塞，这的确也有些可能，但还是有疑问："将一张破纸放在封小七衣袋里能有什么用？"

"就如把鲁方那件衣服挂在花园里能有什么用，但有人毕竟就是挂了。"李莲花温和地道，"鲁方那件事按道理应该是这样——鲁方死了，鲁方老婆的衣服被挂在花园里吊颈，衣服里扎着玉簪，衣服下丢着纸条。但鲁方该死的那天你却到了景德殿，依我所见，初到景德殿，你定是时时刻刻想着如何逃跑，东张西望、半夜翻墙瞎摸之事自是非做不可的——于是鲁方本要死的，被你莫名搅了局，稀里糊涂的那夜却没死成。"

方多病张口结舌："你是说——老子在花园里摸索的时候，其实有人已经要杀鲁方，但他看到了老子摸近，所以就没杀？但老子那日全身武功被禁，要杀老子实在不费吹灰之力。"

李莲花皱起眉头："若是旁人，那自然也就杀了，但你是驸马，你若突然死了，你老子、你老子的老子、你老婆，还有你老婆的新爹，岂能善罢甘休？"

方多病呛了口气："喀喀……那老子若不是驸马，岂非早就死了？"

李莲花极是同情地看着他，十分欣喜地道："恭喜恭喜，可见公主正是非娶不可的。"

方多病"呸"了几声："那既然鲁方没死成，衣服怎么还挂在桥上？"

"人家挂了衣服，摆好阵势，刚要杀人，你就摸了出来，人没杀成也就算了，还眼睁睁看你收了东西去。"李莲花叹息，"我若是凶手，心里必定气得紧。"

方多病张口结舌，哭笑不得："难道老子半夜撞鬼，看见衣服在桥上上吊全然是个乌龙？"

李莲花正色道："多半是，所以人家隔天夜里就到你屋顶上窥探，合情合理。"

方多病呆了好一阵子："老子收走了衣服，他当夜没杀鲁方，又没法把衣服还回去，鲁方发现衣服不见了，打草惊蛇，于是隔天晚上老子不在花园闲逛的时候，他又找上鲁方，然后鲁方疯了。"

李莲花连连点头："如此说法，较为合乎情理。"

"如此说法，"方多病顺着他的话说了下去，"这就是个连环套，清凉雨和封小七死了，有人在封小七身上放了张纸条；鲁方疯了，也有人放了张纸条，这纸条必定是意有所指。"

"就目前看来，像一种隐晦的威慑。"李莲花手中的筷子略微动了一下，突然伸到方多病面前那盘卤猪蹄髈里夹走了一个板栗。

"威慑？"方多病下筷如飞，将卤猪蹄髈里的板栗全部挑走，"威慑得鲁大人魂飞魄散，景德殿中人心惶惶？"

李莲花眼见板栗不见，脸上微笑八风不动，持筷转战一盘红烧鱼，下筷的速度比方多病只快不慢。他边吃边说，居然语气和不吃东西时无甚差别，让方多病很是不满："清凉雨要去救一个人，鲁方得了件来历不明的衣服，我猜那个人和那件衣服多半是同一件事。他扔纸条的用意多半是——"

李莲花举起筷子在唇前吹了口气，悄声道："'知情者死'。"

"所以凡是可能知道这件事的人要么闭嘴永不追究，要么死——即便是如鲁方这等稀里糊涂不知深浅，要将东西拿回去送老婆的小角色，也是杀无赦。"方多病也悄声道，"留下的纸条就是一种标志。"

李莲花满意地点头，不知是对那盘红烧鱼很是满意还是对方多病的说辞很是满意："只有知情者才明白纸条的含义，如你我局外之人自然是看不懂的。"

方多病不爱吃鱼，看着李莲花吃鱼有些悻悻然："不知道清凉雨要救的人和鲁方要送老婆的衣服又是什么关系，他要隐藏的究竟是什么样稀奇古怪的秘密？"

李莲花吃完了那条鱼，很是遗憾地咂咂嘴，他不太喜欢猪肉，方多病却喜欢。"这两张示威的纸条，都是金丝彩笺。"他指着纸条上隐约可见的金丝和纸条边缘极细的彩色丝絮，"这是贡纸，并且这种贡纸在兖州金蚕绝种之后就再也没有了。"

微微一顿，他慢吞吞地道："兖州金蚕绝种，那已经是一百多年前的事了。"

"这两张纸条竟是一百多年前写的？"方多病大奇，"一百多年前的纸到现在还留着？"

李莲花更正："是一百多年前的贡纸，这两张纸，是在皇宫之中书写的。"

方多病"啪"的一声扔下筷子："莫非派人来装神弄鬼,吓疯鲁方的居然来自皇宫大内？"

李莲花连连摇头："不是、不是。你要知道,皇上突然召见鲁方、李菲、赵尺、尚兴行、刘可和几人,绝非一时兴起,必有要事。皇上若只是要杀人灭口,那个……方法许许多多、千千万万,比如恩赐几条白绫……或者派遣大内侍卫将这五人一起杀了,再放一把大火烧了景德殿,对外说失火,谁敢说不是？但他只是吓疯了鲁方,留下一张纸条,所以他不是皇上派来的。"

方多病"嗯"了一声,从袖中摸出他那支玉笛,在手中敲了两下："那只剩一种可能,他留下纸条的目的,就是要恐吓所有知情人闭嘴,一旦让他发觉有谁知情,格杀勿论,无论是谁都不能知道那个秘密,甚至包括皇上。"

李莲花连连点头："这是个绝大的秘密,或许是一百多年前的隐秘。"

"绝大的秘密要查,那'千年狐精'可还要不？"墙头突然有人悠悠地道,"若是不要,让我早早提回去剥了皮吃。"

方多病吓了一跳,转过头来,只见庭院的墙头坐着一个粉嫩的胖子,生得就如一个小馒头叠在一个大馒头上那么浑圆规整,这胖子背上背着个胡琴,手里捏着只浑身长毛的东西,看那东西软软的,一动不动,也不知给捏死了没。李莲花却对来人文质彬彬地微笑,好像他一直这么知书达理似的："邵少侠。"

方多病一听"邵少侠","哦"了一声,恍然大悟,这人就是万圣道封磬的弟子邵小五,那个早就知道师父不是东西,师妹和人私奔,却故意装作不知的奸人。

"你原来是个胖子。"方多病道。

"'多愁公子'方多病好大的名气,原来却是个瘦子。"那白里透红的胖子悠悠地坐在墙头。

方多病哼了两声,望天翻了个白眼,本公子玉树临风、风度翩翩,岂可与一两个馒头一般见识？他强忍着生气,对着邵小五横竖多看了几眼："邵少侠好大的本事,不知前来景德殿有何贵干？"

邵小五大剌剌地看着方多病,也横竖瞧了他几眼,摇了摇头："你这人俗,很俗……"

他突然横袖掩面一笑,尖声怪气地道："人家本名叫作'秀玉',你若不爱叫我少侠,不如叫我秀玉。"

方多病"喀喀喀"连呛了几口气,差点噎死自己。

李莲花在一旁掩面叹道："你若想叫他胖子,何必叫他少侠？"

方多病好不容易一口气转回来，邵小五哈哈大笑，从墙头一跃而下，道："看他这般瘦，我要是多气他几下，岂不是要气死了？"

方多病在一旁阴阳怪气地细声道："秀玉啊，不知姑娘突然翻墙进来，所为何事？"

邵小五的胖手指着李莲花的鼻子："是他说要在这里做法事，叫我帮他逮一只千年狐精进来充数。我好不容易辛辛苦苦逮到一只，他见了你之后却把我忘了。"

方多病凉凉地道："我说六一法师如何法术通神，却原来早有个托儿。"

李莲花面不改色，温文尔雅地微笑："先喝酒、喝酒。"

他把那供给"千年狐精"的酒坛拍开，倒了三杯酒。邵小五毫不客气地喝了，舌头一卷，嫌恶地"呸"了几声："太辣。"

方多病斜眼瞅着他抓住的东西："这狐精是个什么玩意儿？"

"李莲花叫我去帮他抓狐狸，我在山里正找不到什么狐狸，突然就抓住了这玩意儿。"邵小五把那东西丢在地上。

李莲花托腮看着那毛茸茸的东西，方多病嫌弃地看着那只狐精："这……这分明是只狗。"

的确，被邵小五丢在地上，四肢绵软快要咽气的东西，它浑身黄毛，分明就是只狗。

还是只狗相齐全，生得一副土狗中的土狗样的土狗。

李莲花若有所思地摸了摸脸颊，方多病喃喃地道："这……这'千年狐精'莫非与狗私通了……"

邵小五神气活现，毫无愧疚之色："想那千年狐精爱上劳什子赶考书生都是会变化成美人的，那这只'千年狐精'爱上了一只母狗，岂非就要变化成一只土狗？这有什么稀奇的？"

方多病喃喃地道："糟糕、糟糕……这'千年狐精'非但是一只狗，还是一只公狗。"

"喀……"李莲花对着那快咽气的"千年狐精"思索了良久，终于咳了一声，"听说那野生的土狗，鼻子都是很灵的。"

方多病正对着那只死狗喃喃说话，突然抬起头来："你说什么？"

邵小五的眼睛也突然亮了亮。李莲花慢吞吞地道："我想——如果这只狗能带我们到鲁方得到衣服的地方，说不定……"

"极是极是！狗鼻子是很灵的，而那件衣服在我那里，如果这只狗能找到那衣服原先是在哪里，说不定就能知道那隐秘是什么！"方多病眼神大亮，跳起身来。

李莲花斜眼瞅着他："不过……"

方多病仍在欣喜若狂："我这就去拿衣服！"

李莲花仍道："但是……"

方多病不耐地道："如何？"

李莲花道："至少这只狗先要是只活狗，才能试试它能不能找到地头。"

方多病一呆，低头看那狗，只见那狗舌头软瘫在一旁，狗目紧闭，浑然一副已经得道升天的模样。

邵小五捧着那盘蹄髈坐在一旁，一副事不关己的态度，吃得啧啧有声。

方多病大怒，一把抓住邵小五："你这胖子，你怎么把它掐死了？"

邵小五满口猪肉，含含糊糊地道："李莲花只要我抓千年狐精，又没说要死的活的，老子已经手下留情，否则头拧断了也是千年狐精，还看不出那是只狗呢！"

方多病抓着邵小五不放手，却听身后有声音。

"嘘、嘘嘘……"

他一回头，只见李莲花拿了根骨头，蹲在地上，用那骨头在死狗的鼻子上擦来擦去，不住地吹口哨。邵小五睁大眼睛，方多病皱着眉头，只见那只分明已经升天的"千年狐精"突然一个鲤鱼打挺，飞身跃起，叼住李莲花手里的骨头就想往草丛里钻——不想对手厉害，那骨头在手里就如生了根一般，纹丝不动。

敌不动，我也不动——那只"千年狐精"使尽全身力气，狠狠咬住那根骨头，肉不到嘴里绝不放弃！

邵小五与方多病瞠目结舌地看着这一出妖狐尸变，李莲花纹丝不动的微笑与狐精千变万化的姿态一般惊悚。方多病看着那"千年狐精"眼里的狠色，啧啧称奇："真……真不愧是'千年狐精'……"邵小五觉得没啥面子，毕竟他伸手一捏，这只东西就直挺挺地倒下，让他有那么一小会儿也以为自己出手太狠了些。

李莲花拉动骨头，那只"千年狐精"四肢定地，压低身子，一步一步向后拖。李莲花欣慰地伸手去摸它的狗毛，那"千年狐精"全身狗毛乍起，陡然放开骨头，一口向李莲花的手咬去。那一咬快如闪电，快得过少林的如意手，强似武当的三才剑，猛如峨眉的尼姑掌，狠像丐帮的打狗棒，然而这一咬，"咔吧"一声——依旧咬在方才那块骨头上。

李莲花将那骨头换了个位置，又塞进了"千年狐精"牙缝里。

"千年狐精"一怔，自咽喉中发出些"呜呜"作响的嚎叫，李莲花又伸手去摸它的头。这次它让他摸了两下，又突然放开骨头去咬他的手——"咔吧"一声，自然又是咬到骨头。

"千年狐精"勃然大怒，忽地跳了起来对着李莲花狂咬猛追，只听"汪汪汪汪"一阵狂吼，李莲花任它扑到怀里，左手搂住"千年狐精"的背肆意摸它的毛，右手挥来舞去，"千年狐精"每一口猛咬都咬在那骨头上，半点没沾到李莲花的衣角。

方多病看得哭笑不得，邵小五看得津津有味，又过了一会儿，"千年狐精"终于服输，心不甘情不愿地伏在李莲花怀里，任他在头上摸来摸去，敢怒不敢言。

李莲花愉快地赏赐了它那根骨头，不料"千年狐精"却有骨气，"呸"了一声，将那祸害它不浅的骨头吐掉，嗤之以鼻。李莲花也不生气，从邵小五盘里拣出块肥肉，叠在"千年狐精"牙上，那狗脸抽搐良久，终于忍不住将肉吞下，没骨气地"呜呜"叫了几声。

"胖子，"方多病挥了挥衣袖，"你逮的这只说不定真是狐精变的。"

邵小五看那滴溜乱转的狗眼，也掩面叹了口气："老眼昏花，竟然逮了这么个东西。"

李莲花却很愉快，摸了摸那狗头："驸马，去把衣服取来。"

四 千年狐精

方多病很快将卷在他被子里的那件轻容取了出来，李莲花毫不可惜地把一块蹄髈包在衣服里头，然后把衣服藏了起来。那"千年狐精"不负众望，飞快地挖出衣服，将蹄髈吃了。李莲花又将那带有蹄髈味道的衣服藏了起来，"千年狐精"再次飞快地挖出衣服，这次衣服中没有蹄髈，李莲花赏赐了它一块肥肉。

看那"千年狐精"两眼放光的模样，方多病毫不怀疑它能将桌上所有的肉都吃下去，虽然它看起来并没有那么大的肚子。试验了几次，"千年狐精"果然聪明得紧，已经知道它找到衣服就能得到肥肉。李莲花终于把那件轻容彻底地藏了起来，让它去找相同味道的地头。

"千年狐精"短暂地迷茫了一会儿，很快抽动鼻子，一溜烟往外蹿去。李莲花、方多病、邵小五几人连忙追上，一狗三人快如闪电，顷刻间进了鲁方的房间。三人心中大定——看来训练不差，"千年狐精"果然明白要找的是什么地头。

那只狗在屋里嗅了一阵，转头又奔了出去。三人跟着它东蹿西钻，它钻洞，他们就翻墙。那"千年狐精"的速度快若闪电，三人唯恐追之莫及，也无暇关注究竟是到了什么地方，一番眼花缭乱之后，突见它钻进了一间偌大的房间。

方多病和邵小五追昏了头，正要昏头昏脑地跟着往里冲，李莲花突然拦住两人："且慢。"

"怎么？"方多病喘了两口气，这该死的土狗跑得还真快，"那里面说不定就是……"

李莲花露出个认真诚恳、充满耐心的微笑："呃……我发现……我们犯了个严重的……错误。"

方多病和邵小五一起茫然："什么错误？"这一路不是追得好好的？"千年狐精"的目标一直很明确，它显然没有一点犹豫，它知道东西在哪里，怎么会错？

李莲花歉然地指了指那房屋的牌匾："那个……"

方多病和邵小五一起凝目望去，只见那金碧辉煌的房屋外，雕花精细的牌匾上刻着三个大字——

御膳房。

方多病张口结舌，邵小五青了张脸，李莲花若有所思地道："我们显然犯了个错误……"

他们犯了个天大的错误，那只狗记住的不是衣服的味道，而是蹄髈的味道。

于是他们追到了御膳房，那锅蹄髈显而易见，正是早晨从御膳房里出来的。

三人各自摸了摸鼻子，都觉得没啥面子，暗忖此事万万不可说、不可说。

既然追踪无果，三人只得悄悄回去，这回去一路可比来时谨慎许多。来时不知闯入皇宫，这离开之时的提心吊胆自是不必提了。

好不容易回到景德殿，摆着法坛的庭院依旧和原来一般模样，杯盘狼藉，满地鱼肉骨头。李莲花顺手摸出块汗巾，很自然地将吃过的杯盘收起，将桌上抹拭干净，地上的骨头扫去，捧着那吃过的杯盘便要去洗碗。

方多病跷着二郎腿在一旁剔牙，邵小五耷拉着眼皮已经睡了。

又过了片刻，只听草丛中窸窣有声，邵小五微微挑开左眼，只见一撮黄毛在自己眼下晃动，他吓了一跳，一跃而起："千年狐精！"

那只浑身黄毛的土狗嘴里叼着样东西，奋力摇着尾巴，咧着嘴努力地想露出一个狗笑。

方多病扑将过来，惊讶地看着它嘴里叼着的东西——

另一块轻容!

李莲花闻声而回,只见那只黄毛土狗傲然站立在法坛之下,昂首挺胸,犬牙铮亮,那交错的牙齿之中叼着一块淡紫色的碎布。

那是另一块轻容!

并且这块轻容上染着暗红的血迹,那血迹正沿着撕裂的边缘一点一点地往外浸染。

"我的天!"方多病叫道,"这是哪里来的?"

李莲花摸了摸狗头,邵小五即刻将方才收拾的一整堆猪骨鱼骨都递给了这只狗。

只见"千年狐精"微眯上眼,将头在李莲花手上蹭了蹭,把碎片放在李莲花手中,转身就跑。这次三人打起了十二分精神,追得谨慎小心。

这次他们并没有闯入皇宫,而是追到了景德殿外一条小道上,这条小道与御膳房的后门相通,另一头通向集市,这是平时给大内供应蔬果的商贩走的一条小道,路上有数处盘查的关卡。

"千年狐精"钻入了小道旁的一个树林之中。

这地方不能算偏僻,青天白日时来往的路人也是不少,但夜里林中一片漆黑。

"汪!""千年狐精"对着一棵大树叫了一声。

火光亮起,方多病引燃了火折子,走到那棵树下,三人一起抬头望去。

触目所见是一双惊恐绝伦、布满血丝的眼睛。

一张青白扭曲的面孔,一缕缕黑发湿透一般倒垂而下。

接着,有血"嗒"的一声滴落在方多病手背上。

"我的天……"邵小五吹了声口哨,李莲花眉头皱起,方多病目不转睛地看着那双惊恐的眼睛。

心都要跳出来了,全身的血液都要凝了一般。

挂在树上的人,是李菲。

李菲被人头下脚上地倒吊在树上,喉头被人横割一刀,失血而死。

所以才有那么多血。

到现在还在滴血。

将他吊在树上的东西是一条三股碎布搓成的绳子,李菲身上古怪地穿了一件暗紫色的轻容。

李菲居然也有一件轻容!

而这衣服紧紧裹在他身上，显然不是他的。

鲜血将整件衣裳染红了大半，血液滴落，像大雨过后，那屋檐下滴水的声音。

一点一滴。

是冷的。

方多病手中的火折子不知在何时已经熄灭，过了一会儿，"嚓"的一声微响，李莲花迈上一步，在黑暗之中，弯腰自染满鲜血的草地上拾起一样东西。

一张被鲜血浸透的纸条。

方多病转过头去，那依然是一张十字形的纸条，比自己捡到的那张又小了一些，虽然被血液所染，上面依然有字。他僵硬地点亮第二支火折子，邵小五凑过去，只见李莲花手里那张纸条上写着三个字：百色木。

"千年狐精"悄无声息地伏在李莲花脚下，李莲花将那浸透鲜血的纸条看了一会儿，弯下腰轻轻摸了摸它的头，微叹了一声。

方多病冷冷地道："我错了。"

邵小五拍了拍两人的肩："谁也想不到他在景德殿放过了李菲，却在这里杀了他。"

李莲花摇了摇头，幽暗的光线中，邵小五看不到他的表情，只听方多病冷冷地道："老子早知道鲁方和李菲关系匪浅，早该想到鲁方疯了，他就要杀李菲，是我的错。"他重重地捶了下那棵大树，"是我的错！"

火折子再度熄灭，邵小五无话可说，方多病浑身杀意，李菲的尸体仍在缓缓地滴血，一点一滴，都似呻吟。

"那个……人之一生，总是要错的。"李莲花道，"若不是这里错了，便是那里错了，待你七老八十的时候，总要有些谈资……"

方多病大怒："死莲花！这是一条人命！是活生生一条人命！你竟还敢在本公子面前胡说八道，你有半点良心没有？"

李莲花仍是啰啰唆唆说了下去："……那个……人之一生，偶尔多做了少做了都会做错些事，那些有心的无心的，真的假的半真半假的，总要有些担子，有些你非背不可，有些倒也不必认真……比如说这个……"他叹了口气，极是认真老实，"没人要求你方大公子能料事如神，我想就算是李菲快死的时候也万万没有想过要你来保他——所以，别多想了，不是你的错。"

邵小五大力点头，猛拍方多病的肩，差点把他那玉树临风的肩拍飞出去。

方多病沉默半晌，长长地叹了口气："平时老子对你好的时候，怎没听过你说这么好听的话？"

李莲花正色道："我说话一直都好听得很……"

方多病"呸"了一声："这里怎么办？你的千年狐精还没抓到，李菲却又死了，王公公和太子还能相信你这假神棍吗？要杀头株连九族的时候千万别说老子认识你。"

李莲花欣然道："当然、当然，到时候你只认识公主，自然不会认识我。"

"这具尸体……"邵小五抚了抚他那粉嫩的肚皮，"倒吊在这里，究竟是李菲夜里到此被杀，还是死后特地将他挂在这里？"

李莲花四下看了看，四面幽深，这树林虽然不大，夜里看来却是一片漆黑，他引燃一枚火折子，伏地照了照，只见树林之中有一条小道，显然是白日的时候常有人行走所致。

在那小道之上，凌乱地沾着几只血脚印。

"看来咱们并不是第一个发现李菲的人。"邵小五努力摸着下巴，搓着下巴上的肥肉，"是不是李菲约了个人在这里相见，结果约定的时间到了，那人如约前来，却看见李菲变成这样挂在树上，把他吓跑了？"

"这倒是难说，也难保不是什么过路的人被吓到了。"李莲花蹲下来细看那些脚印。

方多病沿着那些血脚印走出去几步，有些疑惑："奇怪，这脚印变小了。"

邵小五也亮起火折子，与李莲花一起照着地上的脚印。

小道之上的脚印是从草地上延伸而来的，刚开始的几个很清晰，显然这人走过草丛的时候，李菲的血还很新鲜，说不准死没死。脚印有五六个，越往树林外的脚印，之间的距离就越大，可以想象这人撞见一具倒吊的尸体之后夺命狂奔的模样。

但就在那五六个脚印之后，脚印消失了。

仿佛这个夺命狂奔的人就在这条道上跑得正快的时候，突然消失不见了。

脚印消失的地方距离树林外尚有十丈之遥，纵然是绝顶高手也绝不可能一跃而过，这人去了哪里？而在脚印消失的地方没多远，又有几点新的血印。

那几点血印形若梅花，约莫有个小碗口大小，显然不是人的脚印。血印落足很轻，除了沾到血迹的地方，其他地方几乎没有留下什么痕迹。就那几点血痕来看，显然不知是什么东西经过草丛，往树林外而去了。

"死……死莲花……"方多病干笑了一声，"这会不会是一只真的……千年狐精……"

邵小五用力抓着头发，这些脚印要说是一个人突然变成了一只不知是什么的东西跑掉了，好像也有那么点影子。

李莲花瞟着那些血痕，正色道："不管那是什么，千年狐精的脚万万没有这么大的。"

天色渐明，李菲突然被害这事也立刻上报到了刑部和大理寺，卜承海与花如雪这两位"捕花二青天"被诏令即刻赶回，彻查此案。

花如雪尚远在山西，一时回不来。卜承海却正巧就在京城，接到消息，天还没亮就到了李菲被害的树林。

"你说——是你在景德殿开坛做法事，引出那千年狐精，那千年狐精受不得你法术，往外窜逃，刚好在此处遇到夜里出来吟诗的李大人，于是那狐精便害死了李大人？"卜承海冷冷地看着李莲花，李莲花正神情温和地看着他，刚刚十分认真地说了狐精大闹景德殿的过程。

"你——还有你——"卜承海瞪了方多病一眼，又盯了邵小五一眼，"你们都亲眼看见了那千年狐精？"

方多病连连点头，邵小五抱头缩在一边，这人一旦肥起来，便难得显出什么聪明来，所谓痴肥痴肥，人一肥，少不得便有些痴，而这"痴"之一字，又与"蠢"有那么两三分相似，故而老辣如卜承海，那犀利的目光也盯着方多病多于邵小五。

"见过见过。"方多病忙道，"法师开坛做法事，那咒符一烧，桃木剑刺将出去的时候，只见天空中乌云密布，电闪雷鸣，千千万万条黑气汇聚出一个奇形怪状的妖怪，哎呀！那可是千载难逢的奇观……"

卜承海本来脸色不佳，听闻此言，脸色越发铁青，淡淡地看着邵小五："你呢？"

"我……我？"邵小五抱着头，"昨天晚上……不不不，昨天太阳还没下山的时候我在树林睡觉，一睡就睡过头了。半夜突然听到声音，吓得醒了过来，就看见这两位爷……还有那千年狐精……大人啊——"他突然扑到卜承海脚下，扯着他的裤子尖叫，"小的是无辜的，小的什么也不知道，小的只是打了个盹，这……这李大人的事万万与我无关……我上有八十老母下有三岁小儿，老婆还跟着个和尚跑了，我冤啊——"

方多病十分佩服地看着邵小五，卜承海却不受他这一顿呼天抢地的影响，仍是淡淡地问："那千年狐精，你是亲眼所见？"

邵小五浑身肥肉发颤，连连点头："看见了，看见了。"

"那千年狐精生的什么模样？"卜承海冷冷地问。

邵小五毫不迟疑："那千年狐精浑身赤黄赤黄的长毛，那长毛根根如铁，尖嘴长耳，一双眼睛瞪得犹如铜铃，腾云驾雾的时候，在林子里蹿得比兔子还快……"

卜承海脸色越发青黑："你可是亲眼看见狐精将李大人吊上了大树？"

邵小五一怔："这……"他立刻将烫手的山芋扔给了李莲花，"我醒来的时候只看见那两位爷在那里，李大人已经在树上了。"他指着李莲花，"还有那千年狐精正在腾云驾雾……"

卜承海对那"还有那千年狐精正在腾云驾雾"充耳不闻，淡淡地道："也就是说李大人被害的时候，你在林子里，除了方公子和这位六一法师，你没看到其他人进出，可是这样？"

邵小五小声道："还有那千年狐精……"

卜承海冷冷地看着他："李大人乃朝廷命官，他在京城遇害，大理寺定会为他查明真相，捉拿凶手。既然李大人被害之时你自认就在林中，自也是杀人嫌犯，这就跟我走吧。"

邵小五大吃一惊，口吃道："杀……杀人嫌犯……我……"

"至于方公子和李楼主——"卜承海两眼翻天，他对李莲花那"六一法师"的身份只作不见，"方公子和李大人在景德殿曾经会面，昨日深夜会追至树林中想必绝非偶然；至于李楼主——江湖逸客，你在太子府里胡闹，如无恶意，我可以不管。但你在景德殿中装神弄鬼，妖言惑众，你是武林中人，要以术法为名杀害朝廷命官，再乘夜将他倒吊在大树之上也并非什么难事……"

方多病听得张口结舌，邵小五眼睛一亮，只听卜承海道："来人，将这两人押入大牢，听候再审；将方公子送回方大人府上，责令严加管教。"

方多病指着卜承海的鼻子："喂喂喂……你不能这样……"

卜承海视而不见，拂袖便走。

邵小五倒是佩服地看着他，喃喃地道："想不到官府也有好官。"

李莲花与卜承海其实颇有交情，不过这人铁面无私，既然有可疑之处，即使是他老子，他也照样押入大牢，倒是并不怎么惊讶。

很快，衙役过来，在邵小五和李莲花身上扣上枷锁。方多病站在一旁，手足无措。李莲花衣袖微动，微微一笑："卜大人明察秋毫，自不会冤枉好人，你快回家去，你爹等着你呢。"

方多病道:"喂喂喂……你……你们当真去大牢?"

李莲花道:"我在景德殿中装神弄鬼,妖言惑众,又是武林中人,要以术法为名杀害朝廷命官,再乘夜将他倒吊在大树之上也并非什么难事……故而大牢自是要坐的……"

方多病怒道:"放屁!能将李菲倒吊在大树上的武林中人比比皆是,难道每一个都要去坐大牢?"

李莲花微微一笑,笑意甚是和煦:"你快回家去,让你爹给你请上十七八个贴身护卫,留在家里莫要出门,诸事小心。"

言罢,挥了挥手,与邵小五一道随衙役前往大理寺大牢。

方多病皱着眉头,李莲花什么意思,他自然清楚。鲁方疯了,李菲死了,此中牵连着什么隐秘不得而知,但方多病毕竟在景德殿住过几日,见过一本不知所谓的小册子,卷走了鲁方的那件衣服和玉簪,凶手既已下手杀了李菲,或许便不再忌惮方多病驸马的身份,或许就会对方多病下手。

知情者死。

死者的纸条,他们已得了三张,那绝非随便拿拿便算了的。

他悻悻然看着李莲花,为什么他觉得李莲花的微笑看起来就像在炫耀他在大牢里很安全?

【 五 大牢再审 】

李菲被杀一事在京城引起了轩然大波,要说鲁方发疯只是被人传言说景德殿有股邪气,那么李菲被害,尤其还死得如此凄惨可怖,这事已让人对景德殿望而却步。皇上震怒,他有要事召见鲁方等五人,尚未召见,已一死一疯,隐约可察有人正意图阻止他召见这五人,于是谕旨颁下,即刻召见赵尺、尚兴行、刘可和三人。

皇上正在召见赵尺三人,卜承海着手将那片树林逐寸彻查了一番,随即赶到大牢。

他居然不用吃饭,也不用睡觉,在李莲花觉得该是吃饭的时候,直挺挺地站到了大牢之中。

"你们退下。"卜承海对左右侍卫和衙役淡淡地道。

牢中的衙役对卜大人敬若神明,当即退下,在大牢之外细心守好大门,以免旁人骚扰卜大人办案。

李莲花手脚都戴着枷锁，卜承海冷眼看着李莲花。这人进了大牢不过两个时辰，据说向衙役索要了扫帚，将自己那个牢房清扫得干干净净。大牢之中本还有些草席，李莲花将外衣脱下铺在草席上，却还没有坐。卜承海开门而入的时候，他正站着发呆，眼见卜承海进来，他微微一笑："卜大人。"

"李楼主。"卜承海语气不咸不淡，"近来万圣道封磬之事，又是深得楼主之助，江湖赞誉颇多。"

李莲花"啊"了一声，莫名其妙地看着卜承海，不知他什么用意，卜大人这开审的由头未免扯得太远。只听卜承海道："不知假扮六一法师，在景德殿作法，实是为了何事？"

原来卜承海虽然秉公办事，但对李莲花倒是颇为信任，这才屏退左右，想从李莲花口中得知真相。

李莲花又"啊"了一声："这个……"假扮六一法师和在景德殿作法实在没有什么深意，不过是凑巧，倒是方多病发现的那纸条之事不是小事。他沿着大牢慢慢转了一圈，卜承海一直看着他，一直看到这人转过身来。

"卜大人。"

卜承海点了点头，那人看着他微笑，然后道："大人久在京城，可曾听闻一样事物，叫作极乐塔？"

卜承海皱起了眉头："极乐塔？你从何处听来？"

李莲花若有所思，慢慢地道："我想这东西与李大人被害一事有关……"

卜承海面露诧异之色，沉吟了好一会儿："你从何处听来'极乐塔'三个字？"

"一本册子。"李莲花的语气很平静，"景德殿方大公子的房间内藏有一本无名的小册子，小册子封面之上便写着'极乐塔'三字。"

卜承海问道："那册子里写有何物？"

李莲花摇了摇头："画有一些不知所云的莲花、异鸟之类，大半乃是空白。"

卜承海冷冷地问："你怎知此物与李大人被害有关？"

李莲花在大牢中慢慢地再转了半个圈，抬起头来，道："这本册子在方大公子房中无端被人盗走，当日夜里，鲁大人无端发疯，第二日夜里，李大人被人所害。"他凝视着卜承海，"于是我不得不问，极乐塔究竟是何物？"

卜承海目光淡定，仿佛在衡量李莲花所言是真是假，又过了好一会儿，他缓缓地道:"极乐塔……传说是我朝先帝为供奉开国功臣的遗骨所建造的一座佛塔。"

李莲花奇道:"这倒是一件好事,但怎么从未听说我朝曾立有此塔?"

若皇帝当真做过这种有功德的事,怎会从来无人知晓?

卜承海摇了摇头:"此事我不知详情,但此塔当年因故并未建成,故而天下不知。"

李莲花微微一笑:"天下不知,你又怎么知道?"

卜承海并不生气:"我知晓,是因为皇上召见鲁方五人进京面圣,便是为了极乐塔之事。"他并不隐瞒,"近来朝中大都知晓皇上为了扩建朝阳宫之事烦恼,皇上想为昭翎公主扩建朝阳宫,但先帝传有祖训,宫中极乐塔以南不得兴动土木,皇上想知道当年未建成的极乐塔究竟选址何处。"

"先帝有祖训说极乐塔以南不得兴动土木?"李莲花诧异,"这是什么道理?"

卜承海摇了摇头:"皇宫之中,规矩甚多,也不需什么道理。"

李莲花又在牢里慢慢地踱了一圈:"极乐塔是一尊佛塔,因故并未建成?"

"不错。"卜承海很有耐心。

李莲花转过头来,突然道:"关于李大人之死,我等并未骗你。"他叹了口气,"昨夜我们追到树林的时候,李大人已经身亡,究竟是谁将他杀害,又是谁将他挂在树上,我们的确不知。"

卜承海眉头皱起:"你们若是真不知情,又为何会追到树林之中?"

李莲花咳嗽一声,极认真地道:"我等真的并未骗你,昨夜之所以追到树林,确是千年狐精的缘故。"

卜承海眉头皱得更紧:"千年狐精?"

李莲花正色道:"是这样的……方大公子养了条狗,叫作'千年狐精',昨夜我们在景德殿喝酒,那只狗不知从何处叼来了一块染血的衣角,于是我们追了下去。"

卜承海恍然:"于是你们跟着狗追到了树林,发现了被害的李大人?"

李莲花连连点头:"卜大人明察。"

卜承海面色变幻,不知在想什么:"既然如此,那只狗却在何处?"

李莲花又咳了一声:"那狗既是方大公子所养,只怕狗在何处,也得问方大公子才知晓。"

卜承海点了点头:"你所言之事并无佐证,我会另查,但不能摆脱你之嫌疑。"

李莲花微笑道:"我现在只想知道什么时候有饭可吃,暂时并不想出去。"

卜承海微微一怔,也不再说话,就这么掉头而去。

卜承海是聪明人,李莲花舒舒服服地在他铺好的草席上坐下,极乐塔之事恐怕牵连甚大,事情既然与皇家有关,自是官府中人去理方才顺手。

其实这大牢挖得很深,冬暖夏凉,除却少了一张床,睡着倒也舒坦得很。

方多病被卜承海责令回家,以方大少之聪明才智,自然不会乖乖听话,何况一旦回到方则仕家中,方则仕与王义钏交好,只怕那公主就在不远之处。于是他走到半路,身形一晃,两个侍卫眼前一花,方大公子已行踪杳然,不知去向。两人大吃一惊,连忙飞报方则仕与卜承海,心中却暗暗佩服方大公子的轻功身法竟是如此了得。

李莲花在临去大牢之前衣袖微动,将那三张纸条塞入了方多病手里。他既然要去大牢,自少不了要被搜身,而这三张古怪的纸条他并不想让卜承海知道。方多病揣着这三张纸条,眼珠子转了几转,他虽暂时没想出要去哪里,但景德殿里那件包了蹄髈的衣服,还有他柜子里的吊颈绳索和玉簪还在,自是要去取回来的。

在京城的大街上转了几圈,方多病大剌剌地直接走到景德殿的后门,然后越墙落到庭院的大树上,避过侍卫的耳目,几个起落,上了自己房屋的屋顶。景德殿中此时只剩巡逻的侍卫,但殿里出了大事,巡逻的也是心惊胆战,即使是青天白日也不大敢出来。方多病落上屋顶,扫了眼屋上的泥土灰尘,突然发现在屋顶的泥土之上,除了那日夜里所见的痕迹之外,还有一些很浅的擦痕。

是足印。

他伏在屋顶,那几个极淡的足印在屋瓦的边缘,仿佛是那东西上来的地方,痕迹并不完整,甚至只是扫去了一点浮灰。但方多病在李菲被害的树林里曾经见过那染血的梅花足印,这屋顶上的足印赫然与树林里的血印相差无几。

这是一样的东西。方多病咒骂了一声,蹿上他屋顶的"人"或者"东西",和在那树林里走过的是一样的东西。他揭开天窗,笔直落入自己屋里,"嗒"的一声微响,几乎没有发出什么声音。

落入屋里之前,他想过屋里种种情景,若非一如昨日,便是东西已然被盗,桌翻椅倒,但落下之后,屋中的景象让他大叫一声,"砰"的一声巨响径直撞开了大门,冲到了庭院当中。

景德殿的侍卫骤然听到一声巨响:"什么人!"刀剑齐出,五六个侍卫匆匆赶到。

方多病脸色惨白，僵硬地站在庭院中，屋中大门洞开，一股奇异的味道飘散而出。几名侍卫都是认得方多病的，看他突然出现在此都是大为诧异，突然一声惨叫，有个侍卫往屋里看了一眼，连滚带爬地退了出来："死人！死人！又有死人！"

方多病牙齿咬得"咯咯"作响，他的屋里的确是桌翻椅倒，好似经历了大肆劫掠的模样，但令他夺门而出的是——在屋中地上倒着一具血淋淋的骷髅。

一具七零八落的骷髅，胸腹被从正中撕开，手臂、大腿都只剩了骨骼，腹中内脏不翼而飞，就如被什么猛兽活生生啃食了，地上却不见什么血。这人身上大半都成了骷髅，头脸却还齐全，一眼便能认出，这人却是王公公。

"来人啊，快上报卜承海！"方多病怒道。

几名侍卫惊骇绝伦，不知这王公公怎会到了方多病房中，又变成了这般模样，听方驸马一声令下，顿时连滚带爬地去报。

方多病定了定神，回到屋内，屋里飘散着一股血肉萎靡的气味，他打开柜子，柜子里的玉簪和绳索却赫然还在，拿出玉簪放入怀中，他从绳索上扯了一截下来，也一起收入怀里。

在屋里转了一圈，这屋里却并没有留下什么字条，方多病勃然大怒，这究竟是谁装神弄鬼？究竟是谁残害无辜？王公公的尸身如此模样，必然是遭遇了什么猛兽，难道当真有人在纵容猛兽行凶，或者是当真有什么成精成怪的猛兽在杀人夺命不成？

但这里是京城重地，有谁能养得下能吃人的猛兽？是老虎？豹子？野狼野狗？他的脑中一片混乱，鲁方疯了，李菲死了，倒与那衣服有关，王公公却为什么也死了？

卜承海很快来到，方多病只简单说明他从回家的路上逃脱，回到此处，却发现王公公身亡。

卜承海差人将这房屋团团围住，重又开始一寸一分地细细查看，方多病却问："李莲花呢？"

卜承海皱了皱眉，方多病怒道："你什么时候把他放出来？"

卜承海仍是不答，方多病跳了起来，咆哮道："你也看到了，李菲真不是他杀的，他已被你关了起来，他又不是野狗，怎能把人啃成这样？"

卜承海又皱了皱眉，自袖中递过一物："你可去探视。"

他递过来的东西是个令牌，方多病抢了就走，连一眼也没往他身上多瞧。卜卜承海脸上微现苦笑，这未来的驸马真没把他放在眼里，是半点也不信他能侦破此案啊。

但王公公为何被害呢？依照李莲花所言，有人阻挠皇上追查极乐塔之事，这事与王公公全然无关，莫非王公公也发现了什么蹊跷线索，却不及通报，即刻被害了？

卜承海皱眉沉思，王公公不过内务府中区区二等太监，掌管御膳房部分差事，兼管几座如景德殿般的空屋，能发现什么？是纯属误杀还是凶手在毫无目的地杀人？

看李菲被害的树林中留下的血印以及王公公尸身的惨状，这当中究竟是有一头神龙见首不见尾的猛兽，还是有人假扮猛兽混淆视听？如果真的存在一头猛兽，那为何出入京城重地，居然从没有人看见过？

卜承海猛地一顿——不！不是没有人看见过！或许鲁方——便是鲁方看见了！

那是什么样的猛兽，能让人吓得发疯呢？

李莲花正在大牢里睡觉。

其实牢中的饭菜不差，清粥小菜，居然还有鸡蛋若干，他的胃口一向不错，吃得也很满意。不知邵小五被关在何处，但他只想这牢饭恐怕不够邵小五吃，其他的倒也不怎么担心。

睡到一半，只听"当啷"一声巨响，有人吆喝道："三十五牢，起来了，起来了，有人探监！"

李莲花猛地坐起，一时间只想，自幼父母双亡、叔伯离散、老婆改嫁，究竟是谁竟来探监？真是奇之大矣……对面牢房中的几个死囚纷纷爬了起来，十分羡慕地看着他，他也十分好奇地看着外边。

来人白衣如雪、锦靴乌发，令李莲花十分失望。对面牢房中的死囚啧啧称奇，议论纷纷，皆道有个富贵亲戚便是好事，像他们的妻儿老小统统是进不来的，这人却能进来。

李莲花叹了口气，自地上爬了起来，十分友好地对来人微笑："莫非你爹将你赶了出来？"

来人自然便是方多病，进来的时候铁青着一张脸，听闻这句话，脸色更青："死莲花，王公公死了。"

李莲花一怔："王公公？"

方多病的牙齿咬得"咯咯"作响："死了，不知道被什么东西吃了，血肉啃得干干净净。"

李莲花皱了皱眉："是在何处死的？"

方多病道："景德殿，我房里。我查过了，这次没有字条，也不是来闯空门的，东西都在。"他袖中玉簪一晃而过，便又收了起来，"但人就是死在我屋里。"

"这……这完全没有道理。"李莲花喃喃地道，"难道王公公知道了点什么？王公公能知道点什么？"

方多病脸色青白，摇了摇头："总而言之，你快从里面出来，这事越闹越大，人越死越多，杀人凶手是谁，必须查个水落石出。"

李莲花干咳一声："那个……"

他刚想说这里是京城，管擒凶破案的是卜承海和花如雪，并不是他李莲花，但看方多病那怒极的脸色，只得小心翼翼地将话又收了回来。

方大公子怒了。

诸事不宜。

"快走！出来！"方多病一脚踹在牢门上。

李莲花抱头道："莫踢莫踢，这是官府之物，小心谨慎！"

方多病越发暴怒，再一脚下去，"咔嚓"一声，牢门的木栅已见裂纹。

"住手！"门外的衙役冲了进来。

方多病冷笑着扬起一物："你们卜大人令牌在此，我要释放此人，谁敢阻拦？"

正值混乱之际，卜承海的声音传了过来："统统退下。"

众衙役大吃一惊，指着方多病和李莲花："大人，此二人意图越狱，罪大恶极，不可轻饶……"

卜承海淡淡地道："我知道。"

众衙役不敢再说，慢慢退出。

卜承海看了方多病一眼，方多病哼了一声，手上握着他的令牌就是不还他。

李莲花摸了摸脸颊，只得道："这个……我在景德殿中装神弄鬼，妖言惑众，又以术法为名杀害朝廷命官，再乘夜将他倒吊在大树之上……只怕不宜出去……"

方多病大怒："是是是，你又将王公公啃吃了，你又吓疯了鲁方，你还整了头千年狐精出来杀人夺命，老子这就去见皇上，叫他把你砍了了事，省得祸害人间！"

卜承海提高声音道："方公子！"

方多病余怒未消，仍在道："老子多管闲事才要救你出来，没你，老子一样能抓到——"

卜承海怒喝一声："方公子！"

方多病这才顿住。卜承海已是震怒："国有国法，家有家规，方公子请自重！"

方多病猛地跳了起来，指着他的鼻子："老子怎么不自重了？那里面的是老子的人，他根本没有杀人，老子让你把人带走就是对你一百斤一千斤的重！老子要不是虚怀若谷，早拔剑砍你了！"

卜承海见识过的江湖草莽不知多少，如方多病这般鲁莽暴躁的倒是少见，眼见不能善了，沉掌就向方多病肩头拍去。

方多病满腔怒火，正愁无处发泄，卜承海一掌拍下，他反掌相迎，随即掌下连环三式，反扣卜承海胸口、肋下大穴。卜承海怒他在此胡闹，一意要将他擒下交回方府，两人一言不合，掌下就"噼里啪啦"地动起手来。

"且慢，且慢！"牢里的人连声道，"不可，不可……"

正在动手的人充耳不闻，只盼在三招两式之间将对手打趴下。正贴身缠斗之际，突然方多病只觉手肘一麻，卜承海膝盖一酸，两人一起后跃，瞪眼看着牢里的李莲花。

牢里的人连连摇手："且慢，且慢。话说李大人被害，王公公横死，两位都心急查案，都想擒拿凶手，这个……这个殊途同归，志同道合，实在无分出胜负的必要。"

方多病哼了一声，卜承海脸色淡漠，李莲花继续道："方才我在牢里思来想去，此事诸多蹊跷，如要着手，应有两个方向可查。"

果然此言一出，方多病和卜承海都凝了神，不再针锋相对，李莲花只得道："第一个方向，便是皇上召集这五位大人进京商谈极乐塔之事，而这五位大人究竟是从何处得知极乐塔的消息？皇上又如何得知这五人能知道极乐塔的所在呢？那五位大人又各自知晓极乐塔的什么秘密？"

卜承海点了点头："此事我已有眉目。"

李莲花歉然看了他一眼："第二个方向，便是景德殿。为何在方大公子的房内会有一本写有'极乐塔'字样的册子？又是谁盗走了那本册子？"

卜承海沉吟良久，又点了点头，但却道："即使知晓是谁盗走册子，也无法证实与杀人之事有关。"

"当年修筑极乐塔之时，必然隐藏了什么绝大的秘密。"李莲花叹了口气，"而修筑极乐塔已是百年之前的事，这五人因何会知晓关于极乐塔的隐秘？他们必是经由了某些际遇，而得知极乐塔的一些隐秘，并且他们的这些际遇，宫中有典可查，否则皇上不可能召集这五人进京面圣。"

方多病恍然："正是因为皇上召集他们进宫面圣，所以才有人知道这五人或许得知极乐塔的秘密，所以要杀人灭口！"

卜承海缓缓吐出一口气，倒退了两步："但极乐塔当年并未建成……"

李莲花笑了笑："卜大人避重就轻了，'并未建成'本身，就是一项蹊跷。"

卜承海皱眉抬头凝视着屋顶，不知在想些什么，方多病却道："死莲花，如果鲁方和李菲都是被杀人灭口，那王公公为什么也死了？"

李莲花皱起眉头："王公公究竟是如何死的？"

方多病的眉头更是皱得打结："被不知道什么猛兽吃得精光，只剩副骷髅架子。"

李莲花吐出口气，喃喃地道："说不定这世上真有千年狐精、白虎大王什么的……"

方多病本要说他胡说八道，蓦地想起那些虎爪不似虎爪、狗爪不像狗爪的足印，不禁闭了嘴。

卜承海凝思了好一会儿，突然道："皇上召见赵大人三人，结果如何，或许方大人知晓。"

他在大理寺任职，并不能随意入宫，但方则仕身为户部尚书，深得皇上信赖，皇上既然是为公主之事意图兴修土木，而那公主又将许配给方则仕的公子，或许方则仕知晓其中的隐情。

方多病一呆，跳起身来："老子回家问我老子去。"

李莲花连连点头："极是极是，你快去、快去。"

方多病转身便去，那令牌始终没有还给卜承海。

方大公子一去，卜承海微微松了口气，李莲花在牢中微笑，过了一会儿，卜承海竟也淡淡一笑："多年未曾与人动手了，真有如此可笑？"

李莲花叹道："方大公子年轻气盛，你可以气得他跳脚，但不能气得他发疯。"

卜承海板着张脸不答，又过了好一会儿，他缓缓吐出口气："皇上召集鲁方五人入京，乃是因为十八年前，这五人都是京城人氏，鲁方、李菲、赵尺与尚兴行四人当初年纪尚轻，也学得一些粗浅的武艺，曾在宫中任过轮值的散员。后来皇上肃清冗兵冗将，这几人因为年纪不足被除了军籍，而后各人弃武习文，考取了功名，直至如今。"

"宫中的散员……"李莲花在牢里慢慢踱了半个圈，"除此之外，有何事能让他们在十八年前留下姓名？"

要知十八年前皇上肃清冗兵，那被削去军籍的何止千百，为何宫中却能记下这几人的姓名？

"这四人当初在宫中都曾犯过事，"卜承海道，"做过些小偷小摸……"他语气微微一顿，"当初的内务府总管太监是王桂兰，王公公的为人天下皆知。"

李莲花点头，王桂兰是侍奉先皇的大太监，二十二年前先皇驾崩，王桂兰转而侍奉当今圣上，直至今上登基八年后王公公才去世，地位显赫。王桂兰虽然深得两朝皇帝欢心，却是个不折不扣的酷吏脾性，他虽不贪财，自然更不好色，也不专擅独权，但宫中一旦有什么人犯了些小错落在他手中，那不脱层皮是过不去的。既然鲁方几人当年少不更事，撞在王桂兰手里，自是不会好受。不过王公公当年教训的人多了，却为何这几人让皇上如此重视？

卜承海顿了一顿，又道："这也不算什么大事，但这几人的记载却与他人不同。"

李莲花极认真地听着，并不作声。

又过了好一会儿，卜承海才道："据内务府杂录所载，这几人被王公公责令绑起来责打四十大板，而后沉于水井。"

李莲花吓了一跳："沉入水井！那岂不是淹死了？"

卜承海的脸色很不好看，僵硬了片刻，缓缓点了点头："按道理说，应当是淹死了。"

李莲花看他脸色，情不自禁干笑一声："莫非这几人非但没死，还变了水鬼从井里爬了出来？"

卜承海的脸色一片僵硬："内务府杂录所记这四人'翌日如生，照入列班，言谈举止，无一异状'。"

李莲花忙道："或许这四人精通水性，沉入井中而不死，那就不算什么难事。"

卜承海的脸色终是扭曲了一下，一字一字地道："他们是被缚住手脚，掷入井中的……此事过后，宫内对这几人大为忌惮，故而才借口将他们除去军籍，退为平民。"

李莲花叹了口气："这四人死而复生，和那极乐塔又有什么干系？"

卜承海道："有人曾问过他们是如何从井中出来的，这几人都说到了一处人间仙境，有金砖铺地，四处满是珍珠，不知不觉身上的伤就痊愈了，醒来的时候，人就回到了自己房中。"

李莲花奇道："就是如此，皇上便觉得他们和极乐塔有关？"

卜承海微露苦笑，点了点头。"根据宫中记载，极乐塔当年并未建成，但……"他沉声道，"也有宫廷传说，此塔早已建成，其中满聚世间奇珍异宝，却突然从宫中消失了。"

"消失？"李莲花啧啧称奇，"这皇宫之中，故事都古怪得很，偌大一座佛塔也能凭空消失？"

卜承海淡淡地道："宫中笔墨多有夸张，百年前的事谁能说得清楚？不过十来年，死而复生的故事都有了。"

李莲花皱眉："你不相信？"

卜承海冷冷地道："他们若真能死而复生，又怎会再死一次？"

李莲花抬起头叹了口气："那刘可和呢？"

卜承海淡淡地道："皇上召见他只是因为他是宫中监造，并无他意。"

两人一起静了下来。

这事越往深处越是诡秘，仿若在十八年前就是团迷雾，与这团迷雾相关的，枝枝杈杈、丝丝缕缕，都是谜中之谜。

六 第四张纸

打方多病十五岁起，就不大待见他老子，这还是他第一次去见他老子跑得这么快的。

方则仕刚刚早朝回来，轿子尚未停稳，便见方府门外有个白影不住徘徊，他虽然少见儿子，自己生的却是认得的，撩开帘子下了轿，皱起眉头便问："你不在家中候旨，又到何处去胡闹？"

方多病缩了缩脖子，他与他老子不大熟，见了老子有些害怕："呃……我……

在这里等你。"

方则仕目光在自己儿子身上转了两转:"有事?"

方多病干笑一声,他老子不怒而威,威风八面,让他有话都说不出来:"那个……"

方则仕目中威势一闪,方多病摸了摸鼻子,本能地就想逃,方则仕却拍了拍他的肩:"有事书房里说。"

方多病马马虎虎应了两声,跟着他老子到书房。一脚踩进书房,他只见檀木书柜里满是暗墨镏金的书皮子,四面八方都是书,也不知有几千几万册。他又摸了摸鼻子,暗忖,这阵势若是小时候见了,非吓得屁滚尿流不可。

"景德殿中的事我已听说,"方则仕的神色很是沉稳,"李大人的事、王公公的事,皇上很是关心,你来找我,想必也和这两件事有关?"

方多病心中暗骂:你明知你儿子和那两个死人关系匪浅、纠缠不清,说出话来却能撇得一干二净,还真是滑不溜秋的老官儿!嘴上却毕恭毕敬地,温文尔雅地道:"儿子听说皇上召见了赵大人三人,赵大人几人与李大人、鲁大人素有交情,不知赵大人对李大人被害一事,可有说辞?"

方则仕看了他一眼,目中似有赞许之色:"皇上只问了些陈年往事,赵大人对李大人遇害之事,自是十分惋惜。"

方多病又道:"皇上体恤臣下,得知赵大人几人受惊,即刻召见。又不知赵大人对皇上厚爱,何以为报?"

方则仕道:"皇上对诸臣皆恩重如山,虽肝脑涂地而不能报之,赵大人有心,只需皇上需要用他的时候尽心尽力、鞠躬尽瘁,自然便是报了皇恩。"

方多病干咳一声,诚心诚意地道:"方大人为官多年,真是八面玲珑,纹丝不透……"

方则仕脸上神情不动分毫:"赞誉了。"

方多病继续道:"……厚颜无耻,泯灭良知。"

"咔嗒"一声,方则仕随手关上了窗户,转过身来,脸色已沉了下来:"有你这样和爹说话的吗?你年纪也不小了,明日皇上就要召见,以你这般德行,如何能让皇上满意?"

方多病怒道:"老子说过要娶公主吗?公主想嫁老子,老子还不想娶呢!老子十八岁纵横江湖,和你这方大人一点狗屁关系没有……"

方则仕大怒,举起桌上的镇纸,一板向方多病手上打下,方多病运劲在手,只听"啪"的一声脆响，碧玉镇纸应手而裂。

方则仕少年及第，读书万卷，却并未习练武功，被儿子气得七窍生烟，却是无可奈何，怒道："冥顽不灵，顽劣不堪，都是被你娘宠坏了！"

方多病瞪眼回去："今天皇上究竟和赵尺、尚兴行、刘可和说了什么？你知道对不对？快说！"

方则仕沉声道："那是宫中秘事，与你何干？"

方多病冷冷地道："李菲死了，王公公也死了，你怎知赵尺那几人不会突然间就死于非命？他们究竟藏了什么秘密？你不说，天下谁能知道？没人知道李菲是为什么死的，要如何抓得住杀人凶手？李菲死得多惨，王公公又死得多惨，你贵为当朝二品，那些死的人都和你同朝为官，这都激不起你一点热血，难道不是厚颜无耻、泯灭良知？"

方则仕为之语塞，他和这儿子一年见不上几次面，竟不知他这儿子如此伶牙俐齿、咄咄逼人。过了良久，他慢慢将镇纸放回原处，道："李菲李大人之死，自有卜承海与花如雪捉拿凶手，你为何非要牵扯进此事？"

"因为我看到了死人。"方多病冷冷地道，"我看到了人死得有多惨。"

方则仕似是不知不觉点了点头，长叹了一声："皇上召见赵尺、尚兴行、刘可和、鲁方、李菲五人，是为了一百一十二年前，宫中修建极乐塔之事。"

方多病哼了一声："我知道。"

方则仕一怔："你知道？"

方多病凉凉地道："极乐塔是一百多年前的东西，这五人又怎么知道其中详情？今天皇上召见，究竟说了什么？"

方则仕缓缓地道："赵尺、尚兴行几人十八年前曾在宫中担任侍卫散员，因故受到责罚，被王桂兰王公公沉入一口水井之中。但他们非但没有受伤，还见到了人间仙境，而后被送回了房间。皇上怀疑，当年他们被沉入的那口水井，或许与极乐塔有关。"

方多病奇道："极乐塔不是没修成吗？既然没修成，还有什么有关不有关？"

方则仕皱起眉头，简单利落地道："极乐塔已经修成，却在一个狂风骤雨之夜突然消失了。"

方多病张大嘴巴："突然消失？"

方则仕颔首："此事太过离奇，故而史书只记极乐塔因故未能建成。"

方多病骇然看着他爹，他爹和李莲花大大不同，他爹从不扯谎，他爹说极乐塔突然消失，那就是突然消失了。

这世上存在会突然消失的佛塔吗？

"本朝祖训，极乐塔以南不得兴修土木。皇上为了替昭翎公主修建朝阳宫，想知道当年极乐塔具体位置所在，也有兴趣查明当年极乐塔究竟是如何'消失'的。"方则仕叹了口气，"皇上在内务府杂记中看到鲁方几人的奇遇，突发奇想，认为或许与极乐塔相关。"

方多病顺口道："结果鲁方却疯了，李菲被杀，甚至王公公莫名其妙地被什么猛兽生吞了。"

方则仕皱起眉头，只觉方多病言辞粗鲁，十分不妥："鲁方几人当年沉入井中，据赵尺所言，那口井很深，但越往下越窄小，井壁上有着力落脚之处，他们沉入其中后很快浮起，踩在井壁的凹槽中，互相解开了绳子。"

方多病心想，这也不怎么出奇。却听方则仕道："之后鲁方脚滑了一下，摔进了井里未再浮起，他们三人只当鲁方出了意外，赵尺自己不会游水，另两人扶着赵尺慌忙从井中爬起，结果第二日却见鲁方安然无恙，在房中出现。"

方多病"咦"了一声："他们不知道鲁方摔到何处去了？"

方则仕沉吟片刻："在皇上面前，赵尺说的应当是实话，尚兴行与赵尺十几年未见，官职相差甚远，却也是如此说辞，想必纵有出入，也出入不大。"

"可是鲁方已经疯了，谁能知道当年他摔到哪里去了？"方多病瞪眼，"但不管他摔到哪个洞里去了，和极乐塔关系都不大，最多说明皇宫大内地下有个窟窿。"

方则仕摇了摇头："此事蹊跷，不管鲁方当时去了哪里，他自家讳莫如深，如今既已疯了，更是无从知晓。"

方多病却道："胡说八道，不就是摔进了井里吗？叫赵尺把那个井找出来，派些人下去查探，我就不信找不出那个洞来。"

方则仕苦笑："皇上询问赵尺两人当初那个发生怪事的井在何处，时隔多年，这两人却怎么也想不起来究竟是哪一口井了。"

方多病本想又道：这还不简单？不知道哪一口井，那就每一口井都跳下去看看，这有什么难的？又看方则仕满面烦恼，他精乖地闭嘴："爹，我走了。"

方则仕回过神来，怒道："你要到哪里去？"

方多病道："我还有事。爹，这些天你多找些护卫守在你身边。"

方则仕咆哮道："明日皇上就要召见你，你还想到哪里去？给我回来！"

方多病头也不回，衣袖一挥，逃之夭夭："爹，我保证明日皇上要见我的时候我就见他……"

方则仕七窍生烟，狂怒道："你这逆子！我定当修书一封，让你爷爷来收拾你！"

方多病远远地道："我是你儿子，你就算'休书一封'也休不了我……"说着已经去得远了。

方则仕追到书房之外，此生未曾如此后悔过自己为了读书不学武艺。

此时，李莲花和卜承海还在大牢之中。

到了午饭之时，卜承海居然留了下来，和李莲花一起吃那清粥小菜的牢饭。有人要陪坐牢，李莲花自是不介意，倒是奇怪卜承海吃这清粥小菜就像吃得惯得很，等他仔细嚼下第三块萝卜干，终于忍不住问道："卜大人常在此处吃饭？"

卜承海淡淡地道："萝卜好吃吗？"

李莲花道："这个……这个萝卜嘛……皮厚筋多，外焦里韧，滋味那个……还不错。"

卜承海嚼了两下："这萝卜是我种的。"

李莲花钦佩地道："卜大人精明强干，那个……萝卜种得自是……那个与众不同。"

卜承海本不想笑，却还是动了动嘴角："你不问我为何不走？"

李莲花理所当然地道："你自是为了等方多病的消息。"

卜承海的嘴角又动了动："的确，他得了消息，却不会告诉我。"

李莲花叹道："他也是不想告诉我的，不过忍不住而已。"

卜承海笑了笑，沉默寡言地坐在一旁等。

他非等到方多病的消息不可。

过不多时，外边一阵喧哗，一名衙役惊慌失措地冲了进来："大人！大人！尚大人……尚大人在武天门外遇袭，当街……当街就……去了……"

卜承海一跃而起，脸色阴沉，"当啷"一声摔下碗筷，大步向外走去。

李莲花颇为惊讶，在牢中叫了一声："且慢……"

卜承海顿了一顿，并不理他，掉头而去。

尚兴行死了？李莲花真是惊讶，此人既然已经见过皇上，该说的不该说的应当都已说了，为何还是死了？为什么？为了什么？

是尚兴行还有话没有说，还是他们其实知道了些连他们自己都不知道的秘密？尚兴行死了，那赵尺呢？刘可和呢？

李莲花在牢里转了两圈，突地举手敲了敲牢门："牢头大哥。"

外边守卫大牢的衙役冷冷地看着他，自从这人进来以后，大牢中鸡飞狗跳，不得安宁，他看着此人也厌恶得很，只走过去两步，并不靠近："什么事？"

李莲花歉然道："呃……我尚有些杂事待办，去去就回，得罪之处还请大哥见谅了。"

那牢头一怔，差点不相信自己的耳朵："你说什么？"

李莲花一本正经地道："在下突然想到还有杂事待办，这就出去，最多二日就回，大哥不必担忧，在下万万不会兴那越狱私逃之事，不过请假一二……"

那牢头"唰"的一声拔出刀来，喝道："来人啊！有嫌犯意图越狱，把他围起来！"

李莲花吓了一跳，"咯"的一声推开牢门，在外头一群衙役尚未合围之际就蹿了出去，逃之夭夭，不见踪影。

那牢头大吃一惊，一边吆喝众人去追，一边仔细盯了一眼那牢门。

只见牢门上的铜锁自然开启，与用钥匙打开的一模一样，并无撬盗的痕迹，根本不知刚才李莲花是怎么一推就开的。牢头莫名其妙，暗忖：莫非将此人关入之时牢门就未曾锁牢？但如果牢门未锁，这人又为何不逃？或是此人本是盗贼，可他借由什么器具轻易开了锁？不过，大理寺的牢门铜锁乃是妙手巧匠精心打造，能轻易打开者非江洋大盗莫属。

"快飞报卜大人，说牢里杀害李大人的江洋大盗越狱而逃！"

"钟头儿，刚……刚……刚才那人已经不见了，我们是要往哪边追？"

"报神龙军统领，即刻抓人归案！"

李莲花出了大牢，牢外是大片庭院和花园，他刚刚出来，外边守卫的禁军已受惊动，蜂拥而来，但闻弓弦声响，顿时箭如飞蝗，其中不乏箭稳力沉的好手。李莲花东躲西闪，各侍卫只见人影一晃再晃，灰色的影子越来越淡，最后竟是一片朦胧，乱箭射去，那人也不接不挡，长箭一起落空，定睛再看，灰影就如消散在空中一般，一去了无痕。

这是什么武功？

几位修为不凡的侍卫心中惊异不已，那人施展的应是一种迷踪步法，但能将迷踪步施展得如此神乎其神，只怕世上罕有几人。

就在此时，武天门外也是一片混乱。尚兴行、赵尺几人的轿子刚从宫里出来，三轿并行，正待折返住所，指日离京归任而去，走到半路，担着尚兴行的几位轿夫只觉轿内摇晃甚烈，似乎有些古怪，还未停下，就听"啪啦"一声，轿中一轻，一样东西自轿中跌出，整得轿子差点翻了。

在轿夫手忙脚乱稳住官轿的同时，街上一片惊呼之声乍起，只见大街之上鲜血横流，一人身着官服摔倒在地，喉头开了个血口，鲜血仍在不住喷出，流了满身——正是尚兴行！

一时间大街上人人躲避，轿夫浑然呆住，赵尺和刘可和的轿子连忙停下，大呼救人，然而不过片刻，尚兴行已血尽身亡，那伤口断喉而过，他竟是半句遗言也留不得。

正在混乱之时，一道白影闪过，在轿旁停了下来："怎么回事？"

赵尺惊骇绝伦地看着尚兴行的尸体，手指颤抖，半句话也说不出来。

刘可和脸色青白："尚大人当街遇害了。"

这在大街上疾走的人自是方多病，他从方府出来，正要再去闯大理寺的大牢，却不想走到半路，猛地见了尚兴行死于非命。此时只见尚兴行横尸在地，官服上的彩线仍灼灼生辉，那鲜血却已开始慢慢凝结，黑红浓郁，喉上伤口翻开，煞是可怖。

方多病皱着眉头，撩开尚兴行轿子的门帘，只见轿中满是鲜血，却不见什么凶器，倒是座上的血泊中躺着一张小小的纸条。

赫然又是一张十字形的纸条，他极快地摸出汗巾，将那染血的纸条包了起来藏入怀里，探出头来："尚大人是被什么东西所伤？"

外边赵尺全身发抖，已是说不出话来，眼神惊恐至极。

刘可和连连摇头："我等……我等坐在轿中，出来……出来之时已是如此。"

"没有凶器？"方多病的脸色也很难看，"怎会没有凶器？难道尚大人的脖子自己开了个口子不成？"

赵尺一步一步后退，紧紧靠着自己的轿子，抖得连轿子也发起抖来，终于尖叫一声："有鬼！有鬼有鬼！轿子里有鬼……"

"没有鬼。"有人在他背后正色地道，"尚大人颈上的伤口是锐器所伤，不是鬼咬的。"

赵尺不防背后突然有人，"啊"的一声惨叫起来，往前狂奔，蹿到刘可和背后："鬼！鬼……"抬起头来，却见在他背后将他吓得魂飞魄散的又不是鬼，是那

"六一法师"。

方多病张口结舌地看着李莲花，方才他要死要活要拉他出来，这人却非要坐牢，把他气跑了，现在这人却又好端端一本正经地出来了。若不是赵尺不断尖叫有鬼，他也想大叫一声白日见鬼！

却见那将人吓得半死的灰衣书生正自温柔微笑："不是鬼，是人。"

"什……什么……么……人……"赵尺浑身发抖，"我我我……我我我……"

方多病凝视尚兴行颈上的伤口，那的确不是鬼咬的，偌大伤口，也非暗器能及，看起来极似刀伤，但若是刀伤，那柄刀何处去了？莫非竟能凭空消失不成？

或者这是一名飞刀高手，趁尚兴行轿帘开启的瞬间，飞刀而入，割断尚兴行的咽喉，那柄飞刀穿帘而出，所以踪影不见？但这里是闹市大街，若是有人飞刀而入、飞刀而出，又怎能全无踪迹？

方多病蓦然想到：莫非那把刀是无形的？

无形无迹的刀？世上真的有这种刀吗？他斜眼瞟了一眼李莲花，李莲花规规矩矩地站在赵尺和刘可和的轿子旁边一动不动，十分友好地看着赵尺和刘可和。

方多病咳嗽一声："你这大理寺重犯，怎的逃出了大牢？"

赵尺和刘可和也是惊异地看着李莲花，六一法师被卜承海关入大牢之事知道的人不少，这人怎会出现在此地？

"我乃修为多年、法术精湛的高人，区区一个分身之术……"李莲花对着赵尺和刘可和一本正经地道，"何足道哉？"他指了指地上的尚兴行，"尚大人当街被利器所害，不知他究竟做了何事，与谁结怨，让人不得不在此地杀他？"

赵尺和刘可和连连摇头，一个说与尚兴行十几年未见，早已不熟，更不知他的私事；另一个说在共住景德殿之前他根本就不认得尚兴行，自然更加不知他与谁结怨。

李莲花对着尚兴行的尸身着实仔细地看了一番："卜大人必会尽快赶来，两位切勿离开。卜大人明察秋毫，定能抓获杀害尚大人的凶手。"

赵尺颤抖地指着他："你你你……你……"

李莲花对赵尺行了一礼："赵大人。"

赵尺颤声道："你你……你不就是那……害死李大人的凶嫌……你怎的又出现在此？难道……难道尚大人也是你……你所害？"

李莲花一怔，只听刘可和退开两步道："你……你法术高强，如真有分身之术，那不着痕迹地害死尚大人也……也并非不能。"

李莲花张口结舌："啊？"

赵尺大吃一惊，吓得软倒在地："你你你……你一定用妖法害死了李大人和尚大人，说不定你就是虎精所变，王公公定是发现了你本来面目，你就在景德殿内吃了他！"

"那个……"李莲花正在思索如何解释自己既法力高强，又非虎精所变，既没有谋害那李大人，也没有杀死这尚大人，却听不远处凌乱的步履声响，有不少人快步而来，正是追踪逃狱重犯的大内高手。

方多病眼见形势不妙，刘可和、赵尺二人显然已认定李莲花乃是凶手，而背后大批人马转眼即到，此时不逃，更待何时？他当下一把抓住李莲花的手，沿着来路狂奔而去。

"啊……"李莲花尚未思索完毕，已被方多病抓起往东疾奔。方多病骨瘦如柴，不过百斤上下，那轻功身法自是疾若飞燕、轻于鸿毛，江湖上能快得过他的寥寥无几。他抓着李莲花狂奔，两侧屋宇纷纷而过，身后的吆喝之声渐渐远去。

过了片刻，方多病忽地醒悟，瞪眼看向李莲花："你居然跟得上老子？"

李莲花温文尔雅地微笑："我的武功一向高强得很……"

方多病嗤之以鼻："你小子武功若是高强得很，老子岂非就是天下第一？"

两人飘风逐月般出了京城，蹿进了一处矮山，一时半刻禁卫军是摸不到这儿来的，方才停了下来。

方多病探手入怀，将方才捡到的那染血的纸条摊在手心，道："死莲花，尚兴行之死绝对有玄机，他已经见过皇上，什么都说了，为什么还是死了？"

李莲花仔细地看了那纸条："那只说明他虽然说了，但皇上并没有明白，或者说他虽然知道其中的关键，自己却不明白，只有杀了他才能让人放心。"

方多病跃上一棵大树，坐在树枝之上，背靠树干，道："我爹说，皇上和赵尺几人的确谈了极乐塔，不过赵尺说当年他们被王公公丢进一口水井，却只有鲁方一个人在井底失踪，鲁方去了何处，他们并不知情。"

李莲花诧异："鲁方在井底失踪？那……那井底都是水，如何能失踪？"

方多病耸了耸肩："在井底失踪也就罢了，我爹说，当年极乐塔其实已经建成，却在一个狂风暴雨之夜突然消失……一座佛塔都能凭空消失，一个大活人在井底失踪有什么？说不定井底有个洞，那不会游水的沉下去自然也就消失了。"

李莲花欣然道："这说得极是……想那佛塔底下若是也有个洞，这般沉将下去自然也就消失了……"

方多病一怔，怒道："老子和你说正经的，哪里又惹得你胡说八道？现在尚兴行也死了，说不定下一个死的就是刘可和或赵尺，那可是两条人命！你想出来凶手是谁没有？"

李莲花道："这个……此时尚是青天白日，想那千年狐精、白虎大王都是出不来的，禁卫军既然在左近活动，卜大人也是不远，刘大人或赵大人一时半刻还不大危险。"

方多病瞪眼问："是谁杀了他们？"

李莲花张口结舌，过了半晌道："我脑子近来不大好使……"

方多病越发不满，悻悻然道："你就装吧，装到刘可和与赵尺一起死尽死绝，反正这江湖天天都在死人，也不差这三五个。"

李莲花哑口无言，过了半晌，叹了口气，自地上拾起根树枝，又过半晌，在地上画了两下。

方多病坐在树上，远眺山林，这里是京城东南方向，远眺过去是连绵的山峦，夕阳若血，渐渐西下，那金光映照得满山微暖，似重金鎏彩一般，他突然道："死莲花。"

李莲花不答，拿着根树枝在地上画着什么。

方多病自言自语："以前老子怎么不觉得这景色这么萧索……"他突地发觉李莲花刚才竟不回答，瞪眼向下看去，"死莲花。"

李莲花仍然不答，方多病见他在地上画了一串格子，也不知是什么鬼，问道："你做什么？"

李莲花在那一串格子之中慢慢画了几条线，方多病隐约听到他喃喃自语，不知道在念些什么东西，当下从树上一跃而下。他轻功极佳，一跃而下便如一叶坠地，悄然无声。李莲花居然也宛若未觉，仍对着地上那格子不知道念些什么。方多病站在他身边听了半晌，半句也听不懂，终于忍无可忍，猛地推了他一下："你做什么？念经吗？"

"啊……"李莲花被他一推，显然吓了一跳，茫然抬起头来，对着方多病看了好一会儿，方才微微一笑，"我在想……"

他顿了一顿，方多病差点以为连他自己都搞不清楚他刚才在念什么，却听李莲花道："两件轻容，一支玉簪，挂在木桥上的绳索，倒吊的李菲，离奇而死的王公公，四张纸条，被割喉的李菲，被割喉的尚兴行，十八年前失踪的鲁方，十八年后发疯的鲁方……消失的极乐塔，这一切必然有所关联。"

方多病不知不觉点头："这当然是有关联的，没有皇上召见他们要问十八年前的事，他们自然也不会死。"

李莲花道："皇上只是想知道极乐塔的遗址，而他们十八年前只是被沉入了一口井，无论那口井是否关系一百多年前极乐塔的旧址，十八年前那口井下，都必然有隐秘。"

方多病的思路顿时明朗，大喜道："正是正是！所以要清楚这几个人为什么会死，还是要从那口井的井底查起。"

李莲花却摇头："那口井在哪里，本就是一个死结。皇上要这个答案，赵尺和尚兴行却给不出来。"

方多病顿时又糊涂起来："井不知道在哪里，鲁方又发疯，凶手没留下半点痕迹，要从哪里查起？"

"凶手不是没有留下痕迹。"李莲花叹了口气，"凶手是留下了太多痕迹，让人无从着手……"

方多病瞪眼看着李莲花："太多痕迹？在哪里？我怎么没看见？"

李莲花极温和地看了他一眼，一本正经地道："两件轻容，一支玉簪，挂在木桥上的绳索，倒吊的李菲，离奇而死的王公公，四张纸条，被割喉的李菲，被割喉的尚兴行……"

方多病一个头顿时变两个大，头痛至极："够了够了，你要认为这些都是痕迹，那便算凶手留下了许多痕迹，但那又如何？"

李莲花抬起食指微微按在右眼眼角："我在想……两件轻容，一支玉簪，说明在这谜团之中，有一个干系重大的人存在……"

方多病同意："不错，这衣服和玉簪的主人一定与凶手有莫大关系，说不定他就是凶手。"

李莲花执起方才的树枝，在地上画了那玉簪的模样："轻容和玉簪都是难得之物，此人非富即贵，但在外衣之外穿着数件轻容，并非当朝穿着，当是百年前的风气。"

方多病吓了一跳："你说这衣服的主人其实是个死了很多年的死鬼？"

李莲花沉吟了好一会儿："这难以确定，虽然如今很少有人这么穿衣服，但也难说这样穿衣服的就一定不是活人。"他想了想，"只是这种可能性更大一些。"

"就算有这么个死鬼存在，那又如何？"方多病哼了一声，"那百年前喜欢轻容的死鬼多了去了，说不定你老子的老子的老子就很喜欢……"

李莲花睁大眼睛，极认真地道："既然有个死人存在，鲁方有他一件衣服和一枚发簪，李菲有他一件衣服，那鲁方和李菲多半曾见过那死人，或许见过尸体，或许见过那陪葬之物，这具尸体却是谁？"

方多病慢慢沉下心来："既然鲁方当年摔入一口井中，甚至从井底失踪，那这具尸体多半就在那井底的什么暗道或者坑洞之中，但十八年前的皇宫是皇宫，一百多年前的皇宫也还是皇宫，是什么人死在里面却无人收殓，难道是什么宫女、太监？"

"不，不是宫女、太监。"李莲花以树枝在那地上所画的玉簪上画了个叉，"此人非富即贵，绝非寻常宫女、太监，这支玉簪玉料奇佳，纹饰精绝，应非无名之物，或许可以从一个百年前在宫内失踪、喜好轻容、佩有孔雀玉簪的人着手……"他说得温淡，但眉头却是蹙着。

方多病倒是极少看李莲花如此拿捏不定，这皇宫里的事果然处处古怪："这死人应该是个男人，那支簪子是男簪。"

李莲花道："你小姨纵使不女扮男装，有时也戴男簪……"

方多病一怔，这说得也是："就算鲁方下到坑里见到了一百多年前的死人，那又如何？难道那死鬼还能百年后修炼成精，变了僵尸将鲁方吓疯，吃了王公公，再割了李菲和尚兴行的喉？这死人要是真能尸变，也要找当年的杀人凶手，隔了一百多年再来害人，害的还是十八年前见面的熟客，那又是什么道理？"

"那只能说明——那死人的事干系重大，重大到有人不惜杀人灭口，也不让人查到关于这死人的一丝半点消息。"李莲花叹气，喃喃地道，"并且这也仅是一种假说……要查百年前宫中秘事，少不得便要翻阅当时的宫中杂记。"

方多病脱口而出："咱们可以夜闯……"

李莲花歉然看了他一眼："还有另一件事，我想既然尚兴行被害，即使他未必当真知晓什么隐秘，他身上或许也有什么关系重大之物。他刚刚身死，身带的杂物多半还在行馆，你现在若去，说不定还来得及……"

方多病大喜："我知道他被安排住在哪里，我这就去！"言毕一个纵身，掉头向来路而去。

"嗯……不过……不过那个……"李莲花一句话还没说完，方多病已急急而去，他看着方多病的背影，这回方多病真是难得地上心，但偏偏这一次的事……

这一次的事事出有因，牵连甚广，事中有事。

方大公子这江湖热血若是过了头，即便是挂着三五个驸马的头衔，只怕也保不住他。

他微微笑了笑，站起身来拍了拍尘土，往皇宫的方向望了一眼。

【 七 御赐天龙 】

当夜，大内侍卫和禁卫军分明暗两路搜查那逃出大牢的杀人凶嫌，京城之内风声鹤唳。那二更三更时分突地有人闯将进门，喝问可有见过形迹可疑之人的比比皆是。有些人正追查一个精通开锁之术的江洋大盗，又有人仔细盘问的是一个邪术通天、能驱阴阳的法师，更有人正在缉拿一个残忍好杀、专门给人割喉放血的凶徒。京师百姓纷纷传言，近来大牢不稳，逃脱出许多凶犯，夜里切莫出门，只怕撞上这帮恶徒，性命堪忧。

三更时分，那精通开锁之术、邪术通天、专门割喉放血的凶徒不知自己在京师引起了何等轩然大波，吓得多少婴孩夜晚不敢入睡，他正跃上一棵大树，看着树下大内侍卫走动的规律。

皇宫之内，守卫果然森严，尤其是在内务府这等重要之地，那守卫的模样和御膳房全然不同。李莲花等候到两班守卫交错而过的刹那，翻身斜掠，轻巧地翻入内务府围墙之内，衣袂过风之时飘然微响，他指上一物飞出，射中方才的大树，只听枝叶摇晃，飘下不少残枝落叶。

"嗒"的一声微响，有人自不远处跃上树梢，仔细查看声响来源。李莲花连忙往内务府花园内一棵芍药后一蹲，皇宫大内，果然高手如云，可怕得很。过了半响，那暗处的人在树上寻不到什么，回到原处。李莲花这下知道这人就伏在右边三丈之外的墙角阴影之处，方才他翻墙的时候真是走了大运，这人不知何故竟是不知，莫不是他这翻墙翻得多了，精熟无比，连一等一的高手也发现不了？再过片刻，四下无声，他自芍药后探出头来，外边光线暗淡，一切尚未看清，猛听有人冷冷地道："花好看吗？"

"啊？"李莲花猛地又缩回芍药后，又过片刻方才小心翼翼地伸出半个头来，眯起眼睛，只见在外头昏暗的月光之下，一人红衣佩剑，就站在芍药之前。他张口结舌地看着那人，原来那人虽然回了原地，却又悄悄地摸了过来，显是早已看到他翻墙而入，却故意不说，只等关门打狗。

"你是什么人？"那红衣佩剑的侍卫却不声张，只淡淡地看着他，"夜入内务府，你可知身犯何罪？"

李莲花干笑一声:"这个……不知大人如何称呼?"

那人剑眉星目,甚是年轻俊俏,闻言笑笑:"你在这儿躲了两炷香时间,耐心上佳,武功太差,我料你也不是刺客,说吧,进来做什么?"

李莲花叹了口气:"皇宫大内,如大人这般的高手,不知有几人?"

那侍卫又笑了笑,却不回答,神色甚是自傲。

李莲花颇为安慰地又叹了口气:"如你这般的高手要是多上几个,宫内固若金汤矣……实乃我朝之幸、大内之福……"

那人饶有兴致地看着他:"小贼,你潜入内务府,究竟想做什么?"

李莲花慢吞吞地站起身来,将衣上的灰尘泥土逐一抖得干净,才正色道:"我来看书……"

那人扬起眉毛,指着他的鼻子:"小贼,你可知擅闯皇宫,我可当场格杀,我剑当前,你说话要小心。"

李莲花对答如流:"我听说王公公生前文采风流,喜欢写诗,我等儒生,对王公公之文采仰慕非常,特来拜会……"

红衣侍卫哈哈一笑:"你这人有趣得很,我只听说王公公在景德殿被妖物吃了,倒是从未听说他文采风流。"

李莲花漫不经心地道:"我说的是王桂兰王公公,不是王阿宝王公公,王阿宝公公的文采我没见识过,但王桂兰王公公的文采却是风流的,我听说他奉旨写过《玉液幽兰赋》《长春女华歌》等等传世名篇……"

"王桂兰王公公?"红衣侍卫奇道,"王桂兰王公公那是十几年前的人了,你夜闯皇宫,就是为了看他的诗歌?"

李莲花连连点头:"王公公做过内务府总管,我想他的遗作应当存放在内务府之中。"

红衣侍卫诧异地看着他,沉吟半晌:"胡说八道!"

"啊?"李莲花被他呛了口气,"千真万确,我确确实实就是为了看王公公的遗作而来,你看我不往寝宫不去太和殿,既没有在御膳房下毒,也没有去仁和堂纵火,我……我千真万确是个好人……"

红衣侍卫道:"不得了啊不得了,你的脑子里居然还有这许多鬼主意,看来不将你交给成大人是不行了。"他"唰"的一声拔出佩剑,"自缚双手,跪下!"

"且慢且慢——"李莲花连连摇手,"你看你也和我说了这许多话,算得上私通逆贼、纵容刺客,此时纵然你将我交给成大人,我必也是要如实招供,一一道来的。你说要如何才能放我一马，让我去看王公公的遗作？"

那红衣侍卫微微一笑："你倒是刁滑奸诈，要说如何放得过你，很简单，你胜得过我手中长剑，我自然放过你。"

李莲花道："喂喂喂……你这是以大欺小、恃强凌弱，大大地不合江湖规矩，传扬出去定要被江湖中人耻笑，令师门蒙羞，师兄师弟师姐师妹走出门去都抬不起头来……"

"哈！看来你很懂江湖规矩嘛，"红衣侍卫微笑道，"偏偏我师父早就死了，师兄师弟师姐师妹我又没有，江湖我也没走过，怎么办呢？"

李莲花退了一步，又退一步："你一身武功，没走过江湖？你难道是什么朝廷官员的家人弟子？"

红衣侍卫手中剑刃一转："赢了我手中长剑，一切好说。"

"唰"的一声，那一剑当面刺来，李莲花侧身急闪。这红衣侍卫年纪甚轻，功力却不凡，就如坐拥五六十年内劲一般，那柄剑尤其光华灿烂，绝非凡品。剑风袭来，凌厉异常，一剑直刺，内力直贯剑刃，剑到中途，那刚猛内劲乍然逼偏剑尖，"嗡"的一声，剑尖弹开一片剑芒，横扫李莲花胸口。红衣侍卫脸上微现笑容，蓦地却见剑下人抓起一物往胸前一挡，只听"嚓"的一声轻响，剑尖斩断一物，那弹开的剑芒顿时收敛，接着"啪"的一声轻响，剑尖刺中一物，堪堪在那人胸前停了下来。

剑芒斩断的东西，是一棵芍药。

剑尖刺中的东西，是半截芍药。

方才李莲花从地上拔了那株芍药起来，先挡住了他弹开的剑芒，剑芒切断芍药，又用手里半截芍药挡住了他最后剑尖一刺。

红衣侍卫眯眼看着那剑尖上的半截芍药，李莲花急退两步，又躲在一棵大树后面："且慢且慢，只需我赢了你手中长剑，你就让我去看王公公的遗作？"

红衣侍卫笑了笑："赢我？痴人说梦……若是方才我使上八成真力，你的人头现在可还在颈上？"

李莲花连连点头："那说得也是，不过我的人头自是在的。"

红衣侍卫一怔："我是说方才我若使上八成真力……"

李莲花正色道："你问我人头现在可还在我颈上，那自然是在的，若是不在，却又有人和你说话，那岂非可怕得很……"

他说到一半，声音慢慢地小了，语气也变得有些奇怪。红衣侍卫随他的目光转过头去，只见一张古怪的人脸在墙头晃了一下，外头树上"沙沙"一响，有个什么东西极快地向东而去。

"那是什么东西？"

"什么人？站住！"红衣侍卫长剑一提，往东就追。

李莲花小声叫了一声："喂喂喂……"

红衣侍卫追得正紧，充耳不闻，一晃而去。他在宫中日久，刺客见得多了，却是第一次见到个人不像人、鬼不像鬼的东西，自是绷紧了神经。

李莲花倒是看清了那东西的脸，与其说那是一个东西的脸，倒不如说是张面具，一张白漆涂底、黑墨描眉的面具，那五官画得简略，倒是在面具上泼了一片红点，犹如鲜血一般。并且那东西还披着层衣服一样的东西，依稀是个人形，笔直地往树上蹿去。

他往那红衣侍卫追去的方向看了两眼，想了一会儿，他是否也要追上去看两眼那面具底下究竟是啥？不过片刻之后，他欣然觉得还是王公公的遗作比较重要，弹了弹衣上小小的几点尘土，他往内务府走去。

内务府左近，侍卫仍有不少，但比之方才那红衣人自是差之甚远，李莲花顺利翻进一处窗户，在里头转了几圈，摸入了藏书之处。

要查百年前的宫中秘事，自是要看宫中的记载。不过在看百年前的记载之前，李莲花觉得如果当年确曾发生异事，那将鲁方几人沉入井中的王桂兰王公公难道不曾着手调查、不曾有所记载？官家史记往往为政者书，未必便是真实，十八年前的真相究竟为何？

王桂兰可曾查出当年井下藏有何物？

是不是当真有一位百年前的死人？

死者究竟是谁？

王桂兰是否曾为此事留下记载？

内务府的藏书房远没有皇宫太清楼那么戒备森严，自也没有多加整理。其中有许多是琐碎的清单、各类账目、东西的品相花色等手记。

李莲花没有点灯，就着月光看了这屋里林林总总的书册，那书册或新或旧，字迹或美或丑，有的飞瀑湍流、俊不可当，有的忽大忽小、奇形怪状，其中许多都落满灰尘。他毫不犹豫地动手，一本一本地翻看书目。

黑暗之中，月光朦胧得近似于无，李莲花的指尖却很灵敏，短短时间已翻过了二百余本，在众多书册之中，他拿起了一本纸页略带彩线的书册。

那是本装订整齐的书册，封面上写着三个大字"极乐塔"，里头以浓墨画了些珍珠、贝壳之类的图画，此外还画了些鸟。

这显然就是方多病从景德殿那个房间发现的那本书册，从房间消失后，出现在这里。李莲花将书册翻到底，想了想，扯开了装订的蜡线，自书册中取了一张纸出来，揣进怀里，再快手快脚地将书册绑好，放回柜里。

接着他很快找出仁辅三十三年的清单手记，果然在其中看到了王桂兰的手记。

那是一本青绶包皮的书册，因为王公公当年地位显赫，这手记被装订得很精美。翻开书本，其中正有《玉液幽兰赋》和《长春女华歌》，此外还有一些如《奉旨太后寿宴》或《和张侍郎梅花诗》之类的旷世佳作。

王桂兰的字迹清俊飘逸，不输士子名家，李莲花将他所写的诗词全都看了一遍，抓了抓头，本想背下来，然而这位公公文采风流，成诗甚多，其中有不少又相差不多，咏那梅花的诗句就有十七八首之多，要背下来未免有些勉强。他想了想，施施然将王桂兰的整个手记塞进怀里，整了整衣裳，自门口溜之大吉。

深夜的宫廷一片漆黑，走廊的红灯在夜色中昏暗失色，风吹树叶声中，一个灰蒙的影子在楼宇间飘忽，树影婆娑，有时竟难以分辨。只见那影子飘进了太清楼。太清楼是宫内藏书之处，地处僻静，戒备并不森严。过不多时，那影子又悠悠忽忽晃了出来，背上背了个小小的包袱，包袱虽小，却是沉实的模样，敢情这人从太清楼里盗了几本书出来。

这盗书的雅贼自然便是李莲花。

大内的史典也到手了，王桂兰的手记也到手了，他本要立即翻墙而出，快快逃走，但翻墙出去没两步，只见墙外树林中一人红衣佩剑，正似笑非笑地看着他。

"呃……"李莲花连忙笑了笑，"真是人生何处不相逢……"

红衣人以剑拄地，饶有兴致地看着他，也仔细看着他背上的包袱："小贼，你约莫不是来看王公公的大作，是要盗取太清楼的典籍书画，拿出去换钱吧？好大的胆子！"

李莲花连连摇手，极认真地道："不是不是，我的的确确是来看书的，不过此时天色已晚，又没有油灯，这许多书一时之间也看它不完，我只是暂借，等我看完之后，必定归还，必定归还。"

红衣人脸色冷了下来："说得很动听，胆敢入宫盗书的盗贼，我还是第一次见。"他也不搭话，右手一提，那长剑脱鞘而出，"束手就擒吧！"

李莲花抱起他的包袱掉头就跑："万万不可，我尚有要事，我说了我会归还……"

红衣人提剑急追，喝道："站住！"

随即一声清澈的哨响，四面八方骤然哨响连连，人声攒动，显然各路守卫都已闻讯而来。

李莲花"哎呀"一声，逃得更快了，红衣人提气直追，只见李莲花脚下也不见什么变化，却始终在自己身前三尺之遥。又追片刻，红衣人渐渐觉得奇怪，自己的轻功身法已将到极限，这人却依然在自己身前三尺，甚至并不怎么吃力的样子。

"你——"红衣人目光闪动，长剑一起，剑啸如雷，笔直地往李莲花身后刺去。

李莲花听闻剑啸，纵身而起，往前直掠。刹那之间，剑气破空而至，直袭他背后重穴。就在红衣人以为得手的瞬间，眼前人影一幻，只见那身灰衣就如在剑前隐隐约约化为迷雾一般，悄然散去，而又在三寸之前重新现形。

那模糊的瞬间极短，灰衣人仍是抱着包袱四处乱窜，红衣人却是大吃一惊，猛提真气，御剑成形，大喝一声，人剑合一，直追李莲花。李莲花乍然见到剑光缭绕，如月映白雪，又听那剑鸣凄厉响亮，无奈停下脚步："且慢，且慢。"

红衣人人剑合一，爆旋的剑光将李莲花团团围住，嘹亮的剑啸激得李莲花的耳朵差点聋了，但见利刃绕体而旋，削下不少被剑风激起的头发，乱发飞飘，风沙漫天，这御剑一击果然是旷古绝今的剑中绝学。李莲花抱头站在剑光之中，不忘赞道："好剑，好剑。"

过了好一会儿，剑芒剑啸剑风渐渐止息，红衣人再度现形，那柄长剑就已撩在李莲花颈上："你是何人？"

李莲花本能地道："我是盗字画的贼……"

红衣人喝道："胡说八道！方才你避我一剑，用的是什么武功？"

李莲花道："那是我妙绝天下、独步江湖、前无古人后无来者的逃命妙法，不可与外人道也。"

红衣人凝视着他："你有这等轻功，方才翻墙之时，倒是故意让我看见的了？"

李莲花连连叫屈："冤枉，冤枉，你既然不会次次御剑杀人，我自也不会次次都用压箱底的本事爬墙……何况大人你武功高强，钻在那旮旯里，我千真万确没看见。"

红衣人笑了笑，那笑里充满了讽刺的意味："你这是在赞我，还是在骂我？说——你究竟是什么人？"

李莲花道："那个……我姓李……你可以叫我李大哥。"

红衣人怒极而笑："李大哥！"他剑上略略加了一分力，李莲花颈上皮肉崩裂，鲜血顿时流了下来，"你再不老实说你是什么人，我一剑砍了你的脑袋！"

李莲花抱着包袱，也不敢动，突然问："刚才你去追那个面具人，后来如何了？"

红衣人武功虽高，毕竟年轻气盛，听闻他这一句，怔了一怔："刚才……"

刚才他追了过去，那古怪的人形在树木之间穿行，身法轻盈至极，追不到几下，那东西已消失不见，只留下一件衣裙和一个面具。

李莲花又问："那人是不是穿着一件轻容……"

红衣人目中凶光大盛，厉声道："你怎么知道她穿着什么东西？你和她是一伙的吗？难怪她及时将我引走，就是怕我杀了你，是吗？"

李莲花又想摇头，又怕那长剑在自己颈上多割出几道口子来，只得小心翼翼地道："那件……那件衣服呢？"

红衣人被他气得再次怒极反笑："你不担心自己的小命，却关心那件衣服？"

李莲花"嗯"了一声，又道："那件……那件衣服呢？"

红衣人目光闪动："你要那衣服何用？"

李莲花又"嗯"了一声："衣服呢？"

红衣人顿了一顿，蓦地道："我姓杨。"

李莲花吃了一惊，他是真的吃了一惊，皇宫大内姓杨的带刀侍卫，官阶从三品，不在各部侍郎之下，正是曾在我朝与西域诸国武道会上连败十三国好手，名列第一的"御赐天龙"杨昀春。据说此人师承三十年前大内第一高手"九步张飞"轩辕箫，又是王义钏的亲生儿子，也就是未来的昭翎公主的哥哥，连皇上都能御赐他一个"龙"字，前途自是大大无量。李莲花不想和他纠缠半夜的竟然是方多病未来的二舅子，瞠目结舌半响："原来是你。"

杨昀春自小拜轩辕箫为师。轩辕箫这人武功极高，到老来却疯疯癫癫，非说自己本姓杨，强逼王昀春非改姓杨不可。王义钏无奈，索性将二儿子过继给轩辕箫，反正他还有个长子王昀扬，不愁没人继承家业。不想杨昀春学武的天分却极高，轩辕箫一个高兴，临死之前将全身功力送与他这儿子，活生生造就了皇宫大内"御赐天龙"的一代传奇。听说皇上之所以收王义钏的女儿为义女，是大大沾了他这位二哥的光，正是杨昀春大败十三国高手，让他龙颜甚悦，一时想不出什么法子赏赐王家，便收了个公主，还分外恩宠。

杨昀春听李莲花道"原来是你",不知他心里想的是"原来你就是方多病未来的二舅子",眉心微蹙:"你认得我?"

李莲花道:"'御赐天龙',武功绝伦,横扫天下,莫不叹服,自武道会后有谁不知、有谁不晓?"

杨昀春颇有些自得,笑了一笑:"可我听说,江湖中有李相夷、笛飞声,武功不在我之下。"

李莲花正色道:"那个……听说他们都沉入东海好多年了,杨大人大可放心,您定是那天下第一,毋庸置疑、毋庸置疑。"

杨昀春手腕一挫,收回长剑:"你究竟是什么人?潜入宫中所为何事?你若肯实话实说,或许追兵到之前,我可饶你一命。"

李莲花耳听身后呼喝包抄之声,叹了口气:"既然阁下是杨大人……"他顿了一顿,"我要个清净的地方说话。"

杨昀春一点头,当先领路,两人身影如电,转个了方向,直往宫中某处而去。

月色明慧,清澄如玉。

大好月色之下,京城一处寻常别院之中,一人正鬼鬼祟祟地伏在一棵大树上。远远望去,此人身着黑色夜行衣,趴在树上也犹如枝丫一般,瘦得如此稀奇古怪之人,自然是方多病。

李莲花说,尚兴行之所以会死,既然不是因为他知道了什么隐秘,那可能是他得到了某样东西。如果鲁方有件轻容,李菲也有件轻容,那尚兴行所得的东西,难道也是一件轻容?听说百年前那些皇亲国戚、奸商儒客,有时能在自己身上套上一二十层轻容,且不说这传说是真是假,万一某个死人在自己身上套了七八件轻容,若是一人得了那么一件,那还得了?若是有这衣服的人统统都要死,岂不是要死七八个?方多病一边胡思乱想,一边在揣测尚兴行若是也有个宝贝,他会藏在何处。

有人杀了尚兴行,如果是为了他的某样东西,那会乘夜来取吗?方多病伏在树上,一本正经地思考着。要闯进尚兴行的房间翻东西很容易,卜承海的衙役现在忙着验尸,多半要到明天一早才会来取东西,现在闯进去很容易。

但是方多病多了个心眼。

他想知道今夜除了他这只螳螂,可还有一只黄雀?

微风摇曳,枝丫晃动,他极轻浅地呼吸着,身躯似早已与大树融为一体。时间已过去很久，一直没有人闯入行馆，他甚至看见赵尺叫了轿子去眠西楼，却没有看见人进来。又过了一个时辰，在他快要睡着的时候，尚兴行房中蓦地发出了一点微光。方多病吓了一跳，他只当会有什么夜行人闯入房中，却不想根本没有人接近那房间，房中却突然有人。

瞬间，他出了身冷汗——那个冷血杀手既然能进他房间取物如入无人之境，能在闹市无形无迹地将尚兴行割喉而死，武功绝对在他之上——那人居然早已潜伏在尚兴行屋里！

方才他若是贸然闯入，只怕也已成了具被割喉的血尸。

出了一身冷汗，风吹来，遍体皆凉，他的血却熊熊烧了起来——这是个意外！尚兴行房里潜伏着人是个意外，但这也是个机会——能让他第一次亲眼看到，那来无影去无踪、杀人于无形的凶手究竟是什么人。

房里的微光只微微闪了两下，随即灭了，方多病手心出了冷汗，却知机会只在瞬息之间，一咬牙，对着不远处的另一棵树弹出一截树枝。只听"嗖"的一声微响，对面树上一段树枝折断，树叶纷纷扬扬地落了下来。

那屋里隐约的声响立即没了，方多病扯起一块汗巾蒙面，笔直地对着尚兴行的屋闯了进去，手中火折子早已备好，入屋一晃一亮，乍然照亮八方——果不其然，屋里没人！

屋里空无一人！方才在屋里点灯的人早已不见。

但并非毫无动静。

方多病赫然看见地上丢着一卷绢丝样的东西，极浅的褐黄色，正是一件衣服，那衣服上下相连，衣后一块衣角绑在腰间，却是一件深衣。那深衣正是刚从尚兴行的床下翻出来的，藏有衣裳的木盒还翻倒在一边，方多病只瞧了一眼，正想抢起那衣服，却听门外"笃笃"两声，有人问道："谁在里面？"

不妙！方多病抓起桌上的油灯，正欲点火掷出，蓦地发现油灯里没有灯油，呆了一呆。却见窗外隐约有人影闪过，一支火折子破空而入，落在地上那衣服上，顿时"呼"的一声，火光四起，熊熊燃烧。

方多病大吃一惊——原来方才那人在屋里闪了几下微光，却是翻出衣服之后，灭了油灯，在衣上、屋里泼下灯油，只待烧了衣裳！不想他在屋外弄了声响，那人顺势避了出去，却把自己诓了进来放火就烧！

好奸贼！这屋门却是紧锁的，方多病勃然大怒，你当老子是省油的灯？四周火焰燃烧甚快，那人在屋里扯落了不少垂幔，丢下了几本书卷，加上灯油，屋里热浪汹涌，空气令人窒息。方大少运一口气，一声冷笑，也不破门而出，惊天动地地吼了起来："起火了！救人啊！起火了！救命啊！"

门外本来正在敲门的人吓了一大跳，一迭声地问："谁在里面？谁……谁谁谁在里面？"

方多病挥了两下衣袖，驱去烟气，没好气地道："方尚书的大公子，昭翎公主的意中人。"

外面的人魂飞魄散："方……方公子？来人啊！方公子在里面，这里面怎的起火了？天啊天啊，方公子怎么会在里面？谁把他锁在里面了？来人啊！"

方多病捏着鼻子只管站在屋里，屋里浓烟滚滚，他灵机一动，忍着烟气在烈火中翻寻起来——方才那人走得匆忙，或许还有什么东西来不及收拾带走。

火焰很快将屋里能烧的东西烧了个干净，方多病东张西望，他身上那件衣服里串着少许金丝，隐隐约约也热了起来，却并没有看到什么异样的东西。突然屋里有个东西"啪"的一声炸开了，方多病闻声望去，只见一物从尚兴行的床头跳了起来，一个闪闪发光的东西掉落在地，是什么东西被烈火烤得炸裂开来，他拾起一看，却是一枚戒指。

戒指上残留着碎裂的宝石，剩余的宝石尚莹绿光润。便在此时，大门轰然被重物撞开，外边人声鼎沸，不少人急着救驸马，抬了根木桩将门顶开了。此时屋里已是不堪再留，方多病笔直地蹿了出去，衣发皆已起火，吓得门外众人端茶倒水，唤更衣的唤更衣，传大夫的传大夫。

方多病哼哼哈哈地任他们折腾，一口咬定是卜承海请他夜探尚兴行的房间，不想却被凶手锁在屋内放火！众人皆是叹服，纷纷赞美方公子英雄侠义、果敢无双、勇气惊人，为卜大人两肋插刀、赴汤蹈火、在所不惜，这等人才品德，世上几人能有？

方多病心里却充满迷惑。

那件已经烧掉的衣服，是一件男人的深衣。

除了质地精良，并无什么特异之处，甚至连花都没有绣。

除了是件男人的深衣，委实看不出这东西有什么值得人甘冒奇险杀了尚兴行，然后点火来烧的价值。

一件衣服上能有什么隐秘？鲁方也有一件衣服，李菲也有一件，但那杀人凶手非但没有烧掉他们的衣服，甚至还将一件轻容硬生生套在了李菲的身上，但他却烧了尚兴行的这一件。

这是为什么？

这一件和其他两件的差别，只在于这一件是深衣，而那两件是轻容。

方多病越发迷茫。

那藏匿在尚兴行房里的人是谁？

他是在起火的时候趁乱走了，还是就在外面救人的人之中呢？

方大少很迷茫，很迷茫。

皇宫之中。

御膳房内。

杨昀春和李莲花坐在大梁之上，杨昀春手里端着一盘菜，李莲花手里拿着一双筷子，斜眼看着杨昀春，叹气道："京师百姓要是知道'御赐天龙'竟然会跑到厨房偷吃东西，心里想必难受得很。"

杨昀春笑道："御膳房都知道我晚上会来吃消夜，这几盘新菜都是特地给我留的。"

李莲花从他手里那盘三鲜滑鸡拌小笋里头夹了根小笋出来吃，嚼了两下，赞道："果然与那萝卜干滋味大不相同。"

杨昀春皱眉："萝卜干？"

李莲花咳嗽一声："没事。"他正襟危坐，只是右手还往杨昀春的盘中夹去，"杨大人可知发生在景德殿中的几起凶案？"

杨昀春怔了一怔，奇道："你竟是为了那凶案而来？我自然知道。"他非但知道，还知道得很清楚，毕竟他妹子王为君正要受封昭翎公主，而皇上钦点的他妹子未来的夫婿方多病就住在那景德殿中。

李莲花道："方驸马是我多年好友。"说了这句，他微微一顿，"景德殿频发凶案，鲁大人疯，李大人、王公公、尚大人死，凶手穷凶极恶，若不能擒拿，则民心难安、朝廷失威。"

杨昀春倒是奇了，这人居然能一本正经说出一番有理有据的话来，方才这人畏首畏尾、鬼鬼祟祟，看似一个小贼，如今他多瞧了这人两眼，才发现这人衣着整齐、眉目端正，居然是个颇为文雅的书生模样，年纪看似也不大，二十四五的模样，称得上"俊雅"二字。

"驸马侠义热血，对几位大人之死耿耿于怀，"李莲花继续正色道，"不查明真相，只怕方驸马再也睡不着。"

杨昀春对方多病此人全然陌生，只知此人是方尚书之子，曾以七岁之龄考中童生，也算少时颖慧，听闻李莲花此言，倒是有三分好感。又听李莲花继续道："那个……方驸马以为，这几位大人或许曾经知晓了什么隐秘，招致被杀人灭口，而这个隐秘多半也就是皇上召见他们的原因。"

杨昀春越发惊讶，暗忖这未来的妹婿果然不差："说得也是，我听说皇上召见他们，是为了询问极乐塔的地址。皇上要为为君妹子重修宫殿，我朝祖训，极乐塔以南不得兴修土木，皇上不过想知道当年的极乐塔究竟在何处而已。"

"不错，据说这几位大人年少之时，曾摔入宫中一口井中，在井内颇有奇遇。皇上约莫觉得那口井中有古怪，也许与极乐塔有关。"李莲花微微一笑，一边用右手的筷子仔细地从杨昀春的菜碟里挑出一块鸡翅膀，一边慢吞吞地道，"方驸马以为既然是十八年前几位大人有了奇遇，也许王桂兰王公公会有所记载，又既然事关极乐塔，那百年前关于极乐塔的一切记载也当细看。由是种种，驸马今夜太忙，便请我入宫来借几本书。"他的神色和方才一般文雅从容，带着愉悦的微笑，"看过之后，定当归还。驸马有钱得很，不管是名家字画或是金银珠玉，他都多得要命，委实不必行那盗宝之事。"

杨昀春往嘴里抛了块滑鸡，嚼了两下："听你这么说，似乎也有些道理。"

李莲花道："道理自然是有的。"

杨昀春又嚼了两下，吐出骨头，蓦地露出个神秘的微笑："你想知道那口井在哪里吗？"

李莲花呛了口气，差点被嘴里的那块笋噎死："喀喀喀……"

杨昀春颇为得意，忍不住左右各看了一下："那口井在……"

"那口井在长生宫后，柳叶池旁。"李莲花好不容易把那块笋吞了下去，忙忙地提起酒杯喝了两口。

杨昀春蓦地呆住，见了鬼似的看着李莲花："你……你怎么知道？"

李莲花从怀里摸出本书来，翻到其中一页，指着其中一首诗。杨昀春勤于练武，读书不精，皱眉看着那首诗。

那首诗叫作《夜怀感初雪》，王公公那俊逸的字迹写道：

雪落金山寺，三分入池塘。

飞花化作雨，落毡沾为霜。

林上出明月，和雪照凄凉。

星辰长交换，桃李共嗟伤。

一抔珍珠泪，百年日月长。

杨昀春将这首诗看了几遍，指着那本子："这……这诗？"

李莲花干笑一声："这首'诗'自是写得好极，你看他写'雪落金山寺'，那说明他写的时候约莫是坐在一个能看到金山寺的位置。而宫中那座金山寺，据我方才逃窜所见，似乎在长生宫左近，而长生宫左近只有一个池塘，叫作柳叶池。"

杨昀春皱眉："那又如何？"

李莲花持着筷子在空中比画："'飞花化作雨，落毡沾为霜'，那说明那天在下小雪，但是雪下到王公公眼中所见的某个地方，化作了雨，而这个雪落在他自家毡帽上却结成了冰霜。那说明在长生宫左近的某个地方，下雪的时候比其他地方暖和，能将小雪融化，那若非有地热温泉，便是有一口深井。"

杨昀春难以苟同："这……万一当年王公公不过是随便写写，你所说的岂不都是空的？"

李莲花又夹一块鸡肉，施施然吃了下去："反正本是全无着落的事，赌输了也不过就依然是全无着落，这等不会吃亏的事自然是要赌的。"

杨昀春张口结舌，他从没听过有人对一首不知所云的"诗"胡思乱想，却又丝毫不以为有错。

只听李莲花又道："'林上出明月'，说明在那口井的旁边有树林，明月尚能'和雪照凄凉'，我想既然要与明月交辉，那'雪'自也不能稀稀拉拉，至少有一小片雪地，方能'照'得出来……"

杨昀春这下真的瞠目结舌，这人非但是胡思乱想，已然是胡言乱语、异想天开。

"且……且慢……"李莲花却已说得高兴起来，"既然在金山寺旁有个池塘，池塘边有树林，树林旁尚有一片雪地，就在这范围之内，或许有一口井。"

"且慢！"杨昀春忍无可忍，一把压住李莲花又要伸向他那盘滑鸡的筷子，"宫内一百多口井，你怎知就是这一口？"

李莲花惋惜地看着被他压住的筷子，微笑道："不是吗？"

杨昀春为之语塞，呆了一呆。

李莲花小心地将他的筷子拨到一边，夹了条他心爱的小笋起来，心情越发愉快："王公公日理万机，陪着皇上忙得很，你看他平日许多杰作要么奉旨，要么便是那些文人大臣应和，他这一手好字都是向先皇学的，你说这样一位一人之下万人之上的大忙人，怎会突然间'有感'起来了？他这半夜三更的不睡觉，跑到长生宫来看金山寺做什么？"

杨昀春倒是没想到这首诗既然写到明月，那就是夜晚，的确，王桂兰夜晚跑到长生宫来做什么？

长生宫是历朝贵妃居所，是后宫重地，但先皇与皇后伉俪情深，虽有佳丽若干，却无一封为贵妃，故而长生宫一直是闲置的。

长生宫与王桂兰的居所相隔甚远。

半夜三更，王桂兰去长生宫做什么？

"何况这首诗的的确确不是奉旨，那是王公公自己写的，你看他诸多感慨，究竟在感慨什么？"李莲花点着那本手册，"是什么事能让这样一位铁腕冷血的老太监'嗟伤'？能让他感慨'百年日月长'？"

杨昀春心中微微一凛，脱口而出："难道当年王公公他……"

李莲花露齿一笑："十八年前，身为头等太监，统管内务府的王公公，说不定早就知道那井底下的秘密。"他拍了拍手，"这就是我认为那口井在长生宫柳叶池旁的理由，你呢？"

杨昀春皱眉："我？"

李莲花瞪眼问："你又如何知道那口井的事？"

杨昀春突然笑了起来，放下那盘子，就着酒壶大大地喝了一口，李莲花越发惋惜地看着那壶酒，大内好酒，既然杨昀春喝过了，那就不能再喝了。却听杨昀春道："我看见了。"

李莲花奇道："你看见了什么？"

"十八年前，我看见王公公将鲁方几人沉进那口井里。"杨昀春眨眨眼睛，"那时我六岁，刚刚在宫里跟着师父学武，那天我听到长生宫中偌大的动静，吵得鸡飞狗跳，所以就摸过去看看。原来是几个小侍卫偷了长生宫内的东西，这种事本也经常发生，但王公公不知为什么大发雷霆，叫人把那几个小侍卫绑了起来，扔进井里。"

李莲花啧啧称奇："这种事也能让你看见，这也稀罕得很了。"他想了想，又问："他们偷了长生宫里什么东西？"

杨昀春耸了耸肩："我怎么知道？我躲在草丛中，只看见王公公气得脸都绿了，想必是偷了什么重要的东西。"

李莲花摇了摇筷子："我本以为这几人老迈糊涂，日子久了真的忘了井在何处,但既然那口井在长生宫,那地方又不是人人能去,只去过一次的人怎么会忘记?看来他们是偷了不得了的东西,至今也不敢让皇上知道,所以坚决不敢透露那口井就在长生宫。"

杨昀春又耸了耸肩:"等我明日把赵尺从卜承海那里要过来,将他关起来问问就知道了。"

"既然井在长生宫,既然你我都认得路,"李莲花微笑,"不如……"

杨昀春一怔,哈哈大笑:"长生宫是历朝贵妃居所,虽然现在没有人住,但也不是你我可以进去的。"

李莲花叹道:"你连御膳都偷了,居然还怕闯空屋……"

杨昀春傲然道:"长生宫虽然不能进,但既然刺客进去了,我自然也是要追进去的。"

李莲花吓了一跳:"刺客?"

杨昀春领首,神态很是理所当然。

李莲花叹了口气,喃喃地道:"刺客就刺客吧,反正……反正……那萝卜干也是不错。"他忽然起了兴致,掷下筷子,"今夜也有明月,说不定长生宫的月色也是美得紧。"

杨昀春悻悻然看着他,这人全然没有自觉,不想自己做的是杀头的大事,还在妄想长生宫的月色。

【 八 长生之井 】

长生宫是本朝历代贵妃的居所,在这里住过两位贵妃,都是开国皇帝太祖爷的嫔妃,一位是淑贵妃,另一位就是先皇的祖母慧贵妃——也就是后来的康贤孝慧皇太后,就连先皇之父也就是当今皇帝的祖父太宗爷也是在这里出生的。太祖与其他嫔妃并无所出,只得慧贵妃所生的太宗爷一子,而后太宗爷登基,母凭子贵,慧贵妃就成了慧太后。

在太宗爷之后的两朝皇帝——先皇与今上都与皇后感情甚深,皇后又都生有太子,故而皆未立妃,长生宫就一直空着,保留着慧太后生前的样子。

鲁方几人少年时居然敢到这里偷东西,连李莲花这等胆大妄为之徒也十分佩服。这里既然是慧太后曾经的寝宫,说不定真有许多宝贝。

两人很快到了长生宫，长生宫虽无贵妃，却还有几个宫女住在其中，负责打扫房间和庭院。不过那几个宫女既老且聋，纵有一百个杨昀春从她们身边过去，她们也不会发现，难怪当年鲁方几人轻易就偷了东西。

　　靠近长生宫，果然看到四周树木甚多，蔚然成林，树林之旁一口柳叶形的池塘在月下灼灼生辉，甚是清凉悦目。李莲花抬头看了看左近金山寺的方向，杨昀春已笔直地向树林中的某处走去。

　　月色皎洁，长生宫外那片树林不算茂密，斑驳的月光随树叶的摇晃在地上移动，一晃眼，有若翩跹的蝶。

　　接着，李莲花看到了一口井。

　　他本以为会看到一口普通的水井，石块所砌，生满青苔。

　　但并不是。

　　那是有丈许方圆的一口圆形水井，水井上盖着一块硕大的木质井盖，李莲花自少年时便浪迹江湖，倒也很少看到这么大的井，乍见之下吓了一跳："这……这原是用来做什么的？"

　　"这口井在长生宫与金山寺之间，这里本是个死角，谁知道原来是做什么用的。"杨昀春耸耸肩，他怎会知道？

　　李莲花左右张望了几眼，此地地势极低，附近又有天然所生的柳叶池，无怪此处会有水，只是既然已有柳叶池，为何还要在此开挖一口如此巨大的水井？这皇家之事真是玄妙莫测，让人全然摸不着头脑。

　　那口水井上的木质井盖已颇为腐朽，杨昀春一手扭断井盖上的铜锁，将偌大的井盖抬了起来："当年我看见王公公就是把他们几人从这里扔下去的。"

　　李莲花探出头来，往井下望去，只见这口井井水距离井口甚远，一股暖气扑面而来，看来地下确实略有地热。月光映在水面上，但见粼粼微光，晶莹闪烁，却看不清井下究竟有什么。他撩起衣裳，一只脚迈入井中，就待跳下去。杨昀春皱眉："你做什么？"

　　李莲花指着井下："不下去怎知底下有什么秘密？"

　　杨昀春将井盖一扔："我和你一起下去。"

　　李莲花漫不经心地"嗯"了一声，念念有词地看着那硕大的井。

　　杨昀春反而有些奇了："你不问我为何不拦你？"

　　李莲花一本正经地道："既然刺客被杨大人追得跳了井，那尸身也总是要捞出来的……"

杨昀春哈哈大笑:"你这人有意思,下去吧!"

当下两人各脱了件外衣,绑起中衣的衣角,"扑通"两声,一起跳入了水井之中。

水井很大,两个人一起下来并不拥挤,难怪当年王公公能把鲁方四人"一起"沉入井底。月光映照着水面,透下少许微光,李莲花和杨昀春闭气沉入井中,井中的水十分清澈,刚刚下去的时候,还看得清井壁。

井壁十分斑驳,仿佛还有些凹凸不平,杨昀春凝神看着目力所及的地方,蓦地眼前一黑,有块隐约的黑色方框自眼前掠过,不知是什么东西,正要游过去细看,李莲花却拉了拉他的衣袖。

杨昀春只得随他沉下,在沉下的半途中一块接一块的黑色方框掠目而过,直至四周一片漆黑,只觉李莲花扯着他的衣袖,沉入水底,径直往另一侧游去。这水井底下竟出奇地宽敞,杨昀春稀里糊涂地被他拖着直往深处而去,再过片刻,李莲花突然往上游去,只听"哗啦"一声,两人竟是一起出了水。

睁开眼睛,四周依旧是一片漆黑,却听李莲花道:"少林寺有一种武功叫作'薪火相传',不知杨大人会否?"

杨昀春学武已久,虽然一步未曾踏入江湖,却也知道"薪火相传"是一种掌法,运掌之人出掌如刀,在柴火之上连砍七七四十九下,终能点燃柴火,这门功夫他却不会,不由得摇了摇头。他虽然摇头,李莲花却道:"原来杨大人不会……不过这门功夫的心法,我在许多年前曾听少林寺的和尚讲过。"

杨昀春心知两人全身入水,身上火种全湿,而这个地方多半就是井底的隐秘所在,李莲花想引火照明,他虽无心偷学少林寺的武功,却也不得不临时抱佛脚:"你将心法念来,我看能否在浸水的衣服上引出火来。"

李莲花果然念了一段不伦不类的心法,杨昀春隐隐约约觉得这似乎与他所知的少林武功相去甚远,却也另有门径。李莲花脱下白色中衣,杨昀春依照李莲花所说一试,三掌之下,衣服便干,十掌之后,李莲花那件衣服"呼"的一声亮起火光来,两人一起向四周望去,只见这里竟是个密室。

这里显然已经不是井底,却是个颇大的房间,四面是坚实的石壁,在远端的石壁下有一团黑影,看似一张床。李莲花和杨昀春从水里出来,走得急了,差点一脚踩空,杨昀春提着李莲花那引火的衣裳快步向那张床走去,只见火光辉映之下,那张床上七零八落地散着一些斑驳的东西,却是一堆尸骨。

杨昀春大吃一惊,他做梦也没想到竟能在井下发现一堆尸骨。李莲花却是料到多时，他皱眉细看，那尸骨显然已有年月，那张床本是木质，却也腐朽得差不多了。床上除了尸骨和一些仿若衣物的残片，并无其他，但床下最靠墙之处却藏有一个硕大的箱子。那箱子是用黏土捏了、自然风干而成，显然是就地取材，并非从外面带入。

杨昀春脱下外衣，并未解剑，此时拔出剑来，一剑削去那箱子黏合的口，只听"嚓"的一声微响，那早已干透的坚硬泥板应手而下，就如真是箱盖一般。

箱盖一开，一股柔和的光从箱子里透了出来，倒把两人吓了一跳，定睛再看，才知那箱子里居然堆满了金银珠宝。

杨昀春伸手入箱，随手取了一件出来，在火光与箱中夜明珠的映照下，那东西纤毫毕现，却是一串浓绿色的珠子，入手冰凉，颇为沉重，火光下晶莹剔透，十分美丽。

李莲花也伸手翻了一样东西出来，却是一块玛瑙，但见这玛瑙之中尚有一块圆形水胆，玛瑙清澈透明，颜色红润，质地奇佳，里头的水胆也是清晰可见，堪称上品。

杨昀春将手中的珠子看了好一会儿，茫然问："这是什么？"他见过的珠宝玉石也有不少，但这东西水晶不像水晶，琉璃不像琉璃，却是他前所未见的。

"这个东西叫作颇梨。"李莲花又顺手从箱子里翻出一串洁白如玉的珠串，只见其上有一朵含苞欲放的莲花，其后以金丝穿着一百零八颗黄豆大小的白色圆珠，线条细腻圆融，全无棱角，单是雕工已是绝品。

杨昀春看着李莲花手里的白色珠串，那东西似瓷非瓷，竟也是他前所未见："那是……"

"这是砗磲。"李莲花叹了口气，"颇梨以红色、碧色为上品，像你手里这么大一串，品色又如此之好，若是拿去卖钱，只怕那三五十亩良田马马虎虎也是买得的。像我手里这串一百零八颗的砗磲珠子，若是拿去卖给少林寺，只怕法空方丈便要倾家荡产。"

杨昀春笑了起来，从箱底翻出一块沉甸甸的东西："我要买良田使这个就好，提着那串珠子，若是有人不识得货，岂不糟糕？"那东西一提出来满室生光，差点闪了李莲花的眼睛，却是一块硕大的金砖。

说起金砖，他在玉楼春家里见了不少，但玉楼春家里那些金砖和皇宫中的金砖相比，果然还是小气许多。杨昀春手里这块金砖堪称一块"金板"，竟有一尺余长，一尺余宽，约半寸厚，并且如这样的"金板"在那泥巴箱里还有许多，整整齐齐地叠在箱子底下。

　　李莲花张口结舌，瞪眼看了杨昀春半响，杨昀春叹了口气，将手里的颇梨放回箱子："这许多稀世罕见的珍宝，怎会藏在这里？"

　　李莲花摇了摇头，过了片刻，又摇了摇头，杨昀春奇道："怎么了？"

　　"我想不通，鲁方当年要是沉下来到了此处，瞧见这许多金银珠宝，怎会不拿走？"李莲花叹了口气，指指杨昀春手里那块"金板"，"即使黄金太大太沉，那玛瑙却不大，即使不认得颇梨，也至少认得珍珠吧……"

　　箱里不止一串珍珠，而是有许多串珍珠，甚至还有未曾穿孔的原珠，串成珠链的颗颗圆润饱满，大小一致，光泽明亮，那些散落的原珠也至少有拇指大小，或紫光，或红光，均非凡品，即使让傻子来看，也知价值连城。

　　鲁方却一样也没带走。

　　为什么？

　　"说不定他胆子太小，这都是皇上的东西，他又不是你这等小贼。"杨昀春笑道，"何况这箱子原封未动，说不定他进入此地之时紧张慌乱，根本不曾看过。"

　　李莲花摇了摇头："这泥箱子根本就是鲁方捏的，他怎会没有看过？"

　　杨昀春吃了一惊，失声道："鲁方捏的？怎会是鲁方捏的？"

　　李莲花指着水道旁他方才踩空的地方，那儿有个刨开的泥坑，显然捏箱子的泥土就是从那里来的："这些东西的主人自是万万不会捏个泥箱来藏的，你看这地上的印记……"李莲花指着地上坑坑洼洼的痕迹，"还有那床上的尸骨。"

　　"那尸骨怎么了？"杨昀春瞪眼看了泥地和那堆尸骨好一阵子。

　　李莲花一本正经地道："那尸骨如此凌乱，自不会是他自己将自己整成这般七零八落的模样……那就是他变成一把骨头之后，有人把他彻底地翻了一遍，说不定还扒了他的衣服。"

　　杨昀春点了点头，指着地上的印记："有道理，这又如何？"

　　"你要记得，方才我们在水里的时候，是什么也看不见的。"李莲花越发正色道，"如杨大人这般武功绝世的第一高手都看不见，那鲁方自然更是看不见的。"

　　杨昀春又点头："那是自然。"

　　李莲花咳嗽一声："既然这里如此黑，鲁方显而易见也不会什么'薪火相传'的绝世武功，那他是如何知道要游到这里？如何知道这里有个密室？又如何知道这里有金银珠宝的呢？"

　　杨昀春也觉得奇了，李莲花只怕是早就猜到底下有密室，但鲁方当年沉下来的时候却不可能事先知道这里有密室，底下漆黑一片，他又是如何进入密室的？却听李莲花慢吞吞地道："但这其实很简单……"

杨昀春皱眉："很简单？莫非鲁方早就知道这里有密室？"

李莲花叹道："连皇上都不知道的事，鲁方怎会知道？他能摸到这里来，不是因为他有少林寺的绝世武功，而是因为他看到了光。"

杨昀春奇道："光？"

李莲花指着箱里发光的那些夜明珠，十分有耐心地看着杨昀春微笑道："他来的时候这些东西都滚在地上，他沉下井的时候看到有光，就顺着光摸了过来，于是找到了密室。"

杨昀春一怔，这答案如此简单，他却不曾想到，委实让他有些没有面子："光……"

李莲花颔首："这地上还有挖起东西的印记，因为鲁方来的时候，这些金银珠宝不是藏在箱子里的，而是放在外面的，珠宝之中恰有数颗夜明珠，所以救了他一命，让他找到这里。"

杨昀春恍然："所以你说是鲁方将这些东西挖了出来，然后捏了个泥箱子藏了起来。"

李莲花连连点头："杨大人英明，不过按地上的痕迹，地上的珠宝也许比箱子里的多很多。"

杨昀春摸了摸脸颊，李莲花这句"杨大人英明"让他没啥面子："如此说来，鲁方就是本有预谋，要将这些珍宝盗走了？"

李莲花又连连点头："这许多稀世珍宝聚在一起，想要盗走也是人之常情……"

杨昀春"呸"了一声："如你这般小贼才会见了珍宝就想盗走。"

李莲花连连称是，也不知听清楚了没有，又道："我想不通的是，既然鲁方早已准备好要将宝物盗走，为何最后却没有盗走，甚至如今莫名其妙地被什么东西吓得发了疯？"

杨昀春淡淡一笑，指着那床上的尸骨："那自然是他招惹了些不该招惹的东西。"

李莲花也微笑了："杨大人也信这世上有鬼吗？"

杨昀春摇头："鬼我不曾见过，难说有还是没有。不过我想这个密室里最大的秘密只怕不是那些金银珠宝，而是床上这个人吧。"他从箱里抓起一颗夜明珠，对着那死人细细地照了好一会儿，奈何一具七零八落的骨骸，委实看不出什么来："这人是谁？"

"鲁方当年若是有杨大人一半聪明，或许就不会惹来杀身之祸。"李莲花叹气，"后宫禁忌之地，井下隐秘之所，居然藏有人，若非此人半点也见不得光，又何苦如此？我想'这个人是谁'就是鲁方疯、李菲、王公公、尚兴行死的答案。"

杨昀春静默了一会儿，缓缓放下那颗珠子，李莲花言下之意他听懂了，又过了一会儿，他突然道："但这个人已经死了很久了。"

李莲花静静地道："杨大人，你很清楚，此地的金银珠宝都是佛门圣物。《佛说阿弥陀经》有云：'舍利弗，彼土何故名为极乐？其国众生，无有众苦，但受诸乐，故名极乐。又舍利弗，极乐国土，七重栏楯，七重罗网，七重行树，皆是四宝周匝围绕，是故彼国名为极乐。又舍利弗，极乐国土有七宝池，八功德水充满其中。池底纯以金沙布地。四边阶道，金、银、琉璃、玻璃合成。上有楼阁，亦以金、银、琉璃、颇梨、砗磲、赤珠、玛瑙而严饰之。池中莲花，大如车轮，青色青光，黄色黄光，赤色赤光，白色白光，微妙香洁。'这里的珍珠、黄金、玛瑙、颇梨、砗磲等等，都是佛门七宝之一，这些东西，都是当年极乐塔里的珍品。"

杨昀春又静默良久，长长吐出一口气："不错。"

李莲花指着那堆骨骸："极乐塔突然消失，塔中珍宝却到了此处，这个人是不是毁塔盗宝之人？如若是，他是如何做到的？又为何死在此处？如若不是，极乐塔又是如何消失的？塔中珍宝又是如何到了此处？盗宝之人是谁？毁塔之人是谁？他又是谁？"

杨昀春苦笑："我承认你问的都是问题。"他叹了口气，"此地必然牵涉百年之前一段隐秘……一段绝大的隐秘……"话说到此，他心中竟隐约泛起一阵不安，以他如此武功、如此心性都难以镇定，这隐秘终将引起怎样的后果？可会掀起惊涛骇浪？

李莲花看他脸色苍白，又叹了口气："那个……我也不爱探听别人家的私事，何况是死人的私事。不过……不过……事到如今，还有人在为了这个杀人。"

杨昀春点头："不错，无论如何，不能再让人为此而死。当年极乐塔之事无论真相如何，终该有个了结。"

李莲花微微一笑，然后又叹了口气，他走向那张床左侧，提起烧得差不多的中衣对墙上照了照："这里有风。"

杨昀春凑了过去，两人对着那有风的墙细看了一阵，李莲花伸手按在那有风的缝隙上,略略用力一推,只觉泥墙微微一晃,似乎藏有一扇门。杨昀春内力到处,那门只"咔嚓"一声断开,泥墙上无声无息地开了一扇泥门。

原来墙上有门,却是一扇泥门,那扇门竟然是从外面闩上,若非杨昀春这等能隔墙碎物的高手,密室里的人是不能打开的。两人面面相觑,提着燃烧的中衣往前便走。前面是一条密道,却修筑得十分宽敞,四壁整齐,还嵌着油灯。密道并不长,道路笔直,两人没走多远,就看到了另一扇门。

那也是一扇黄泥夯实的泥门,古怪而坚固,两人用力敲打,那扇门却是被封死的,完全推不开。李莲花奇道:"这里既然是封死的,怎会有风?"他举高火焰,但见火焰直往后飘动,抬起头来,在那被封死的泥门之上,有一排极小的通风口,不过龙眼大小,并且似乎年久失修,已经堵死了不少。

两人一同跃起,攀在泥墙上,凑目向外看去。

外头月明星稀,花草葱葱,红墙碧瓦,十分眼熟。

竟是长生宫的后花园。

李莲花和杨昀春面面相觑,杨昀春大感不解:"那井下的密室怎会通向长生宫?"

李莲花喃喃地道:"糟糕,糟糕,不妙至极,不妙至极……"

杨昀春颇觉奇怪,皱眉问:"怎么了?"

李莲花叹道:"既然今夜你我到了此地,少不得出去之后,也要和鲁方、李菲等人一般命运。"

杨昀春哈哈大笑:"若是有人向我动手,我生擒之后,必会让你多看两眼。"

李莲花欣然道:"甚好,甚好。"

既然那泥门被封死,两人只得再回密室,又在密室内四处寻了一阵,李莲花从泥箱里选了一颗最大的夜明珠,与杨昀春一起通过水道,潜回井底。

夜明珠朦胧的光晕之下,两人一起往井壁看去,只见井壁上依稀刻有花纹,时日太久,早已模糊不清。李莲花伸手触摸,那井壁果然不是石砌,而是腐烂的木质,用力一划,便深入其中,露出白色的木芯。

两人在井壁上照了一阵,未曾发现什么,夜明珠的光晕一转,两人蓦地看见,在那清澈的井底有一块似乎是布匹之类的东西在随水而动。杨昀春再次沉了下去,轻轻扯了扯那布匹,一阵泥沙扬起,珠光之下,只见另一具骷髅赫然在目。

李莲花和杨昀春面面相觑,不想这井下竟是两条人命,却不知究竟是谁和谁死在这井中,他们是一起死去,还是只是偶然?

围着那意外出现的第二具骷髅转了两圈，这骷髅留有须发，年纪已大，死时姿态扭曲，他身上残留少许衣裳，衣上挂的物品闪闪发光，李莲花从骷髅胯骨上拾起一只铜龟，对杨昀春挥了挥手，两人一起浮上。

　　浮上水面，外边星月交辉，悄无声息。

　　李莲花那件中衣已经烧了，爬上岸来，光裸着上身，方才在密室里光线暗淡，杨昀春也没留心，此时月光之下，只见李莲花身上肤色白皙，却有不少伤痕。杨昀春本来不欲多看，却是看了一眼，又看了第二眼。李莲花见他对着自己看个不停，吓得抱起外衣，急急忙忙要套在身上。

　　杨昀春一把抓住他的手："且慢！"

　　李莲花被他看得浑身寒毛都竖了起来："做什么？"

　　杨昀春看着他身上的伤痕，喃喃地道："好招……此招之下，你……你却为何未死……"

　　李莲花手忙脚乱地系好衣带，东张西望了一阵，确定全身上下再无半点伤痕可让杨昀春看见，方才松了口气。

　　杨昀春蓦地"唰"的一声拔出剑来，在月下比画了几个招式，一剑又一剑，比着李莲花身上的几道伤痕，显然在冥思苦想那绝妙剑招。李莲花见他想得入神，那长剑比画来比画去，招招向自己招呼，若是杨大人一个不留神学会了，这一剑下来自己还不立毙当场？到时他说不定吸取教训，为防"你却为何未死"，一剑过后，再补一剑，便是有两个李莲花也死了。

　　越想越是不妙，再待下去，说不定杨大人要扒了他的衣服，将他当成一本"剑谱"。李莲花足下微点，飘若飞尘，趁着杨昀春醉心剑招之时，没入树林，三晃两闪，半点声息未露，已消失得无影无踪。

【 九　井下之秘 】

　　方多病夜闯尚兴行的房间被困火海，卜承海很快赶来，对方大少那番说辞不置可否，他既然不否认，那就是默认。皇上也听闻方多病协助卜承海办案，却遭遇埋伏，险些送命，顿时大为赞赏，第二日一早就召见方多病。

　　方多病一夜未睡，一直坐在昨日起火的那行馆中。昨日傍晚，方则仕闻讯赶来，对他这等冒险之举一顿疾言厉色的教训，又啰唆了一晚上见到皇上要如何遵规守纪，如何恭谦和顺，如何察言观色，如此等等。偏生他这儿子坑蒙拐骗、杀人放火什么都会，就是不会遵规守纪，两人大吵一夜，不欢而散。

李莲花自皇宫归来，背着好几本书，揣着一颗硕大的夜明珠，本想给方大少炫耀炫耀他昨夜居然见识到了大内第一高手杨昀春，无奈方多病和方则仕吵架正酣，他在屋顶上听方大少昨夜的英雄侠义听到一不小心睡去，醒来之时天已大亮，日上三竿。

醒来的时候，正巧看见方多病换了一身衣裳，花团锦簇地被拥上一顶轿子，抬往宫中去。李莲花坐起又躺下，阳光映在身上，暖洋洋的，甚是舒服。又过了一会儿，只听下边又有动静，有人在搬动东西，"咔嗒咔嗒"作响。他爬起来一看，却是赵尺在将行李打包，准备回淮州。

赵尺搬了一个颇大的箱子，那箱子看似十分沉重，李莲花心中微微一动，揭起一片屋瓦，"啪"的一声击中那箱子。赵尺正吆喝着两个伙计帮他抬行李，瓦片飞来，正撞箱角，"砰"的一声巨响，那箱子仰天翻倒，里面东西顿时滚落出来。

赵尺大吃一惊，只见身旁的屋顶探出一个头来，那人灰衣卓然，趴在屋顶上对他挥了挥手，正是六一法师。

这……这人不是那逃出大牢的重犯吗？禁卫军追捕了他一日一夜毫无消息，怎生会躲在自家屋上？

只见那六一法师指了指他木箱里掉出的东西，露齿一笑，阳光下，那口白牙灼灼生辉。赵尺面如土色，手忙脚乱地将那些东西匆匆塞回木箱，那木箱已然摔坏，他却顾不得了，指挥伙计立刻抬走。

李莲花眯着眼睛，那从箱子里掉出来的东西是数个布包，有个布包当场散开，里头依稀有几串珠子，一串是红色的珊瑚珠子，一串是黄金的莲花莲蓬。

原来如此。

他懒洋洋地躺在屋顶上，仰天摊开四肢，数日以来，从未如此惬意。

方多病被他老子逼着换了身花团锦簇的衣裳，被塞进轿里抬进了皇宫。也不知在宫中转了多少个圈，方多病终于听到外边太监尖细的嗓门吆喝了一声："下轿。"

他精神一振，立刻从轿子里蹿了出来。方则仕在一旁怒目而视，嫌弃他毫无君子风度，方多病却不在乎，东张西望地四处打量这所谓的皇宫。

下了轿子，进了个院落，又跟着太监转了不知多少走廊，才进了一个屋子。只见这是间有些年月的屋子，里头光线暗淡，虽然木头的雕刻十分精美，但方多病对木雕全无兴趣，自是视而不见。墙上挂着一幅字画，自也是什么名人所留，价值连城，偏生方多病少年时不爱读书，虽然认得是某幅字，却不知究竟好在何处。正张望得无趣，只听身侧"扑哧"一声，有人笑了出来，那声音却是好听。

那人道："你看他这样子，就像土包子。"

方多病转过身来，顷刻摆出一副彬彬有礼、温文尔雅的模样，对说话的人行了一礼，微笑道："不知公主觉得在下如何像土包子？"

此言一出，方则仕气得七窍生烟，脸色铁青，面前坐着的人斜举起衣袖掩住半边面颊，嫣然一笑："就你问的这句，分外像。"

方多病却不生气，两人对看两眼，都笑了起来。

只见那坐在房中的公主一身藕色长裙，发髻斜绾，插着一支珍珠簪，肤色莹润，便如那发上的珍珠一般，眉目婉转，风华无限。她身后站着两个年纪甚小的丫鬟，也是美人坯子。方多病瞧了两眼便赞道："美人啊美人。"

方则仕气得全身发抖，怒喝道："逆子！敢对公主无礼！"

那公主却掩面"咯咯"娇笑："方叔叔，你家公子有趣得很，和我以前见过的都不同呢。"

方多病也赞道："你这公主美貌得很，和我以前所想的都不同。"

昭翎公主放下衣袖，露出脸来，那袖下的容颜果然是娇柔婉转，我见犹怜，闻言奇道："你以前所想的是什么模样？"

方多病一本正经地道："我以为公主在宫中吃了就睡，睡了就吃，多半身高五尺、腰如巨桶、面如磐石……"

方则仕大喝一声："方多病！"

方多病仰天翻了个白眼，就是不理。

公主笑得打跌，过会儿坐端正了道："皇上过会儿就来，在皇上面前，你可不能这么说话。"她挥了挥衣袖，给自己扇了扇风，"皇上指婚，要我下嫁与你，我本在好奇方叔叔的公子究竟是什么样的人，若是死死板板的读书人，我可不愿。"

方多病大喜，指着方则仕："就如这般死死板板的读书人万万不能嫁，你若是嫁了，那就如我娘一样，几十年被这负心人丢在家中，一年也见不得几次面。"

公主微微收敛了笑容，小心看了方则仕一眼，只见他已气到脸色发黑，倒也再看不出气上加气是什么模样，稍微放了点心，背过身来对方多病悄悄一笑，做口型道:"那你娘命苦得很。"

方多病连连点头,便如瞬间得了个知己一般。

方则仕气则气矣,却见两位少年意气相投,他本以为方多病顽劣不堪,一旦得罪公主,少不得被打断两条腿,谁知两人越说越有趣,倒是一见如故。

未过多时,门外太监扬起声音,尖声道:"皇上驾到——"

昭翎公主站起身来,屋里人一起跪了下去:"皇上万岁万岁万万岁。"

方多病还没打定主意要跪,然而既然仪态万方的美人儿都跪了,他也马马虎虎跪上一跪,不过跪虽然跪了,"万岁"是万万不说的。

进来的是一位穿明黄衣裳的中年人,这便是当今衡徵皇帝。方多病本以为皇帝老儿在宫中也是吃了就睡睡了就吃,闲着没事还抱抱美人,多半既老且胖,还纵欲过度,结果进来这人不过四十出头,眉目俊朗,居然既不老也不胖,更不丑。

衡徵进了屋子便请大家平身,几人站了起来,方则仕便又拉他跪下,对衡徵道:"这便是劣子方多病。"

衡徵的神色甚是和气,微笑问:"爱卿读书万卷,却如何给自己儿子起了个这样的名字?"

方则仕略有尴尬之色:"劣子出生之时下官并不在家,夫人说他自幼身体瘦弱,怕难以养活,故而起了个'多病'的小名,之后……也就未起正名。"

衡徵哈哈大笑:"爱卿忠君爱国,却把妻子儿女看得太淡了些,这可不好。"

方则仕连连称是,方多病在心里一顿乱骂,脸上却依然恭谦温顺。

衡徵和方则仕说了几句,便让方多病平身。方多病站了起来,只觉这皇帝老儿不但不老,甚至比他还高了点,年轻之时多半还是个美男子,心里不免悻悻。身为皇帝,已享尽荣华富贵,坐拥江山美人,居然还是个美男子,岂非让普天之下当不成皇帝的男人都去上吊?

衡徵自然不知方多病心里的许多曲折,见他也眉清目秀,心里甚是喜爱:"朕早听说方爱卿有一儿子,武功高强,英雄仗义,少时有神童之誉,现有侠客之名,十分了得。"

方多病对自吹自擂从来不遗余力,听衡徵这么说,难得有些脸红,惭愧得不知该说什么好。要说自己少时并非神童,但自己确实早早考了童生;要说自己并不怎么英雄侠义,但似乎自己真做了不少英雄侠义的事,虽然那些事倒也不全是自己一个人做的……

"我这个女儿……"衡徵一手拉起昭翎公主,公主嫣然而笑,容色倾城,只听衡徵道,"是朕'御赐天龙'杨昀春的亲妹子,杨爱卿武功绝伦,在大内数一数二,不知你与他相比又是如何?"

方多病差点呛了口气,瞪大眼睛看着衡徵,杨昀春那是得了轩辕箫数十年的功力方才如此"少年英雄",他方多病又不是自娘胎里就带出武功来,如何能与杨昀春相比?正要认输,又听衡徵说:"若是你胜过了杨爱卿,我这公主就嫁你为妻,你说如何?"

方多病那认输的话到了嘴边又噎住,只见公主正对他微笑,那温婉的眉目,光润的肌肤……一时间认输的话竟说不出来,心里叫苦连天,这当驸马的活儿也忒辛苦,原来还不是白当的,皇上还要摆一次比武招亲,方才肯将公主嫁他。

方则仕站在一旁,他虽然和儿子不亲,却也知方多病比之杨昀春远为不如,正要婉拒,却听公主道:"父皇,那英雄侠义岂是以武功高低来分的?我哥武功虽高,怎比得上方公子昨夜为了缉拿凶徒被困火海来得英雄侠义?"

此言一出,衡徵一怔,方多病一呆。

衡徵哈哈大笑:"朕本想将你嫁与一个没有功名的小子,你多半不愿,如今看来是朕多虑了。"

方多病脸上发烧,心里却是苦笑——昨夜被点了把油灯就大叫救命,似乎与那"英雄侠义"也不大沾得上边……

"既然昭翎如此说法,比武之事再也休提。"

接着,衡徵微笑问方多病道:"你既然与卜承海一起缉拿杀害李菲、尚兴行的凶犯,不知可有进展?那凶徒究竟是何人?"

方多病张口结舌,不知如何说起,若是旁人问了,他自然是半点不知,这却是衡徵问了,他方才还在公主口中"英雄侠义",总不能"英雄侠义"得一无所知吧!正在水深火热之际,耳边却蓦地有极细的声音悄悄道:"你说——你已知道凶徒是谁。"

方多病整个人差点跳了起来,这声音如此耳熟,不是李莲花是谁?他当昨夜这死莲花夜闯皇宫一夜未归,一定是让卜承海抓了回去,却不想死莲花居然跟进了皇宫,现在多半是伏在屋顶上对他传音入密,果然是胆大包天、不知死活。

方则仕心中暗道不妙,早知皇上要考李菲一案,就该叫方多病天天跟在卜承海身边才是,如今再做功课已来不及,看来公主不娶也罢,只盼方多病莫要惹怒衡徵,招来杀身之祸才是。

"呃……皇上，那凶徒便是刘可和。"方多病却道，"工部监造，刘可和刘大人。"

"什么？"衡徵脸色骤变，沉声道，"此话可有凭据？"

方则仕大吃一惊，方多病不知道凶徒是谁也就罢了，他居然还信口开河，诬赖到刘大人身上。这……在皇上面前信口开河，这欺君之罪可是要株连九族的！刹那间，他脸色惨白，冷汗涔涔。

公主却很是好奇，一双明亮的眼珠眨也不眨地看着方多病，问道："刘大人？"

方多病点了点头，像模像样地道："当然是刘大人。鲁大人发疯的时候，他在景德殿；李大人死的那日，他和李大人同住；尚大人死的时候，他就在尚大人身边。"

衡徵眉头深锁："但鲁方发疯那日，景德殿中尚有许多旁人……"

方多病干脆地道："景德殿中了解鲁大人之人寥寥无几，不过李大人、尚大人、赵大人三人，既然李大人、尚大人先后已经死了，自然不是凶手。"

衡徵点了点头："依你这么说，凶徒为何不是赵尺，而是刘可和？"

"赵大人没有死，是因为他真的什么也不知道。"方多病道，"或者说，他知道得不太多。皇上可知，今日早晨，赵大人带着一箱稀世罕见的珠宝打算回淮州去，而那杀人的凶徒却不在乎珠宝。"

衡徵奇道："珠宝？赵尺何来许多珠宝？"

方多病竖起一根手指，学着李莲花那模样神神秘秘地"嘘"了一声："皇上，李大人、尚大人以及王公公被害之事，说来复杂。"

衡徵知他心意，微微颔首，向方则仕与昭翎公主各看了一眼，两人何等精乖，纷纷托词退下，只留下方多病与衡徵独处。

衡徵在屋里负手踱了几步，转过身来："你说凶手是刘可和？他与鲁方几人无冤无仇，为何要杀人？"

方多病道："此事说来话长。皇上可知，在不久之前，江湖之中有一个叫清凉雨的年轻人，不惜身冒奇险也要得到一柄宝剑，呃……这年轻人为了那柄叫作'少师'的宝剑，花费了许多心思，甚至最后送了性命。"

衡徵皱起眉头："那是江湖中事，朕听说江湖有江湖规矩，死了人也不能都向朕喊冤吧？"

方多病干咳一声："江湖自然有江湖规矩，不过……我……"他在李莲花威逼利诱之下，被逼出一个"我"字，满头大汗，"我却以为，少师剑虽然是名剑，却并非神兵利器，清凉雨是为了什么，想要盗取这柄剑？"他加重语气，一字一字地道，"直至我见到了'御赐天龙'杨昀春杨大人的那柄剑，我才明白清凉雨为何要盗取少师剑。"

他说得郑重，衡徵虽然并未听懂，却脱口而出问道："为什么？"

"为了杨大人的'誓首'。"方多病缓缓地道，"'少师'与'誓首'同出一炉，都以刚猛无锋出名。'挥少年之师而出，誓取敌首而回'——世上只有'少师'能抗'誓首'一击。"

衡徵虽然也不是很懂，但对这长剑之事却很感兴趣："如此说来，那年轻人是为了与杨爱卿一战？"

方多病长长地吐出一口气："这个……清凉雨已经死了，他说他取'少师'是为了救一个人，他已经死了，谁也不知道他究竟要救谁，但是杨大人既然身在宫中，清凉雨所要救的人，显然也在宫中，否则他不必盗取少师剑，意欲与誓首剑一决高下。"

衡徵显然诧异："救人？"

这皇帝老儿显然丝毫不觉他这皇宫之中有谁需要被救。

方多病叹了口气："清凉雨死了，有人在他身上放了张纸条。"

他从怀里摸出一沓纸条，打开其中一张："便是这张。"

衡徵看过那张写着"四其中也，或上一下一，或上一下四，或上二下二等，择其一也"的纸条，显然也是不知所云，皱眉道："这是何物？"

方多病将手里的纸条一一摊开，指着其中浸透血迹的一张："这是李大人身死之后，在血泊之中发现的。"他又指着另一张染了半边血迹的纸条，"这是尚大人身死之时，在他轿子里发现的。"

衡徵看着那些血淋淋的东西，毛骨悚然，忍不住退了一步："这……这凶徒莫非是同一个人？"

方多病点头："这当然是同一个人，这凶手用的是百年前失传的金丝彩笺，这些纸来自皇宫，是贡纸。"

衡徵颤声道："金丝彩笺？宫中？"

方多病又点头："所以我说这件事说来话长，十分复杂。这些纸的确是从宫中流传出去的。皇上请看……"他打开第二张纸，第二张纸上写着"九重"两个大字，第三张纸上写着"百色木"三字，"第一张纸条上的话，是在指点人如何将白纸折成一个方块。"

衡徵莫名其妙："方块？"

方多病颔首："不错，方块。"他指着第二张纸，"九重，最简单的说法，就是九重天，也就是九层的意思。"

衡徵在屋里又踱了两步："第三张呢？"

方多病道："百色木，是一种木材。"

衡徵脸色微变："木材？"

方多病轻咳一声："很轻的一种木材。"他慢慢打开染血的第四张纸条，那纸上的血迹虽已干涸，却依然触目惊心，"而第四张纸条上只有一个点，中心点。"

衡徵忍不住又多看了那些纸条几眼："然后呢，又如何？"

方多病道："皇上难道还想不到？这些纸上画着线条写着材料，这是一些关于建筑物的设想，或者是图纸。"

衡徵紧紧皱眉："这个……"

方多病道："这些图纸都是从内务府一本题名叫作《极乐塔》的小册子上拆下来的，皇上若是不信，可以请大理寺仵作或者是翰林院学子去看那本小册子，小册子里的金丝彩笺与这几张纸条一模一样。"

衡徵脸色阴晴不定："你是说，这杀害朝廷命官的凶徒，他居然能潜入内务府，盗取一本叫作《极乐塔》的小册子？"

方多病坦然道："是！"

衡徵脸色阴沉了半响："那杀人的凶徒，居然也是冲着极乐塔而来的？"

方多病点头："我想内务府的那本小册子，是当年残留的建造极乐塔的图纸和构想，凶手从中间取了几页出来，一则不想让人查出极乐塔究竟在何处，二则用以做杀人的留言。"

衡徵在屋里大步走来走去："你说凶徒是刘可和，可有什么证据？他为何要盗取内务府一本手记册子，用以做杀人的留言？"

方多病目光闪动，定定地看着衡徵。

衡徵心烦意乱，见他如此，反而诧异起来："朕在问你话，为何不回答？"

"皇上，"方多病放低了声音，"接下来我要说的……是事关皇上自己的一件绝大的隐秘。"

衡徵奇道："关于朕的绝大隐秘？"

"皇上……有人杀了李大人、尚大人，吓疯了鲁大人，在他们身边留下极乐塔的图纸，自然不是儿戏。"方多病叹了口气，"看在皇上英明神武的分上，我就直说了。"他轻咳了几声，"他们会被杀，是因为他们知道了极乐塔的秘密。"

"极乐塔的秘密？"衡徵张口结舌，不及追究方多病失礼，"他们对朕说，不知道极乐塔之事，也不记得当年摔下的水井究竟在何处，这世上难道真的有人知晓极乐塔之谜？"

"有。"方多病肯定地道，"不止一个人知道极乐塔之谜的真相。皇上……"他沉吟了好一会儿，方才真心实意地道，"有人在掩盖极乐塔的真相。"

"极乐塔已是百年前的事了，"衡徵道，"有什么真相如此重要？"

方多病微笑："皇上，是你想知道其中的真相，你召见了鲁方几人，导致了不可挽回的后果。在皇上心中，难道对极乐塔之事没有任何怀疑？百年前神秘失踪的极乐塔，不得兴修土木的祖训，这一切看起来都如此神秘，显而易见，包含着隐情。"

衡徵哑然，过了半晌："朕的确想知道为什么康贤孝慧皇太后会留下祖训，说极乐塔以南不得兴修土木。此塔分明早已不存在，康贤孝慧皇太后却留下这样一条祖训。"

方多病叹气："皇上，你可知极乐塔在何处？"

衡徵眼睛一亮，走上两步："爱卿不但查明了凶徒是谁，甚至帮朕查清了极乐塔所在？真是少年睿智、冠绝天下啊！"

方多病苦笑："皇上，鲁方几人当年沉下的那口井，的确与极乐塔有关，那口井的所在，就是极乐塔的旧址！"

衡徵在屋里踱得越来越快，显然心中甚是激动："那口井……那口井在何处？"

方多病道："那口井在长生宫外，一处树林之中。"

衡徵一怔，抬起头来："长生宫？"

方多病站在原地一动不动，脸色略微有些苍白："不错，在长生宫外的树林之中。"

衡徵的脸色有些微妙的变化："那是康贤孝慧皇太后做贵妃时的住所……"

方多病长长吸了一口气："不错！极乐塔就在长生宫外，佛经有云，极乐世界'极乐国土，七重栏楯，七重罗网，七重行树，皆是四宝周匝围绕，是故彼国名为极乐。又舍利弗，极乐国土有七宝池，八功德水充满其中。池底纯以金沙布地'。长生宫外那树林共有七层，正是'七重行树'，柳叶池就在左近，那里地下有暗泉水道，储有地热，正是'七宝池'与'八功德水'。"

"如果那里确实是极乐塔之所在，为何现在却是一口井？"衡徵厉声道，"那是康贤孝慧皇太后做贵妃之时的居所，你不要信口雌黄，若是你一句有假，方爱卿也难逃欺君之罪！"

方多病摸了摸鼻子，暗忖：我说的是雌黄还是雄黄，连我自己都不知道。耳边李莲花仍轻声在说，他只得硬着头皮继续说下去："那口井的所在，就是极乐塔的旧址。"

"既然你口口声声说那口井就是极乐塔的旧址，那极乐塔当年又是如何不见的？"衡徵怒色未消，"它是如何变成一口井的？"

方多病却松了口气，脸上露出了点笑意："这个……"

他从桌上另外取了几张纸条，将它们裁成与那些染血的纸条差不多大小，然后一一折成方块，之后将那些方块叠了起来："这便是极乐塔。"他补充道："当然当年的极乐塔乃是八角之塔，不是我这方形的，这些纸条上都有痕迹，要将方块的四角整齐切去或折下，这方块就会变成一个八角，但也就将就了。"

衡徵眉头大皱："这用来做什么？"

"这就是极乐塔，当年极乐塔共有九层，层层相叠，一层比一层小。"方多病道，"由于它是个用于放置骨灰的墓塔，所以修建得不是很大。皇上你看这些层叠的方块……"他以指甲在第一个方块上面浅浅地划下属于第二个方块的痕迹，"可发现什么异常？"

"什么异常？"衡徵脱口问。

"旁人建佛塔，都是一层比一层略小，而这些图纸之中，极乐塔上一层比下一层小了很多，甚至完全可以——"方多病小心地将第二个、第三个、第四个方块的底下和顶上的两层都剪了下来，然后把第四个放进第三个里头，再把第三个放进第二个里头，再把第二个放在第一个里头，"完全可以把它的上一层楼、上上层楼一一吃进肚子里。"

"这……"衡徵张口结舌，"这……这……"

"这就是极乐塔会消失的秘密，你看这些纸条上的线条，这有一部分是绳索，极乐塔是以悬挂和镶嵌的方式修筑的。"方多病一本正经地道，"如果极乐塔的内部完全是空的，并无隔层，只是个高达五丈的巨大空间，那么一旦支撑二楼、三楼、四楼等等悬挂的力量崩溃，你猜会怎样？"

衡徵摇了摇头，方多病将那几个被剪开的纸圈小心翼翼地按圈放好，用一条细绳将它们绑住吊了起来:"这是极乐塔,如果这根绳子突然断了……"他放手,那些楼层一圈圈套入第一张纸条叠成的底座上,再不见高耸之态。

衡徵目瞪口呆:"可是……可是极乐塔若是如此消失,也会有第一层楼留下遗址,怎会变成一口井?"

方多病无奈且遗憾地看了衡徵几眼:"如果极乐塔摔在平地上,第一层楼会留下遗址,说不定还是四分五裂,但它并没有摔在平地上。"

"不是平地?"衡徵沉吟,摸着三缕长须,"不是平地?"

"恕我直言,当年太祖要修建极乐塔,怀念忠烈是其次,主要的是他与两位贵妃、一位皇后相处多年,膝下始终无子。太祖是想以忠烈之名大兴土木,在宫中风水最差之处修建一座风水塔吧?"方多病一字不差地转述李莲花的话,装得一副精通风水的模样,"风水塔应修筑在地势低洼的水源之处,这也是太祖为何选择在长生宫外修筑极乐塔。太祖想通过修建极乐塔改风水求子,宫中无人不知、无人不晓,但极乐塔修筑了大半年,两位贵妃和皇后都依然没有动静。不论太祖在塔中供奉了多少真金白银、奇珍异宝,太祖都没有子息。但就在这时,慧贵妃突然怀孕了。"他看了衡徵一眼,"这是天大的喜讯,慧贵妃自此踏上皇后、太后之路,光宗耀祖,意气风发,而她的那位皇子便是太宗爷。"

衡徵点了点头:"不错。这又如何?"

方多病道:"慧贵妃是在极乐塔快要修好的时候怀孕的,她之前一直没有孩子,有了孩子之后,极乐塔与其中供奉的绝世奇珍一起消失,然后慧贵妃变成了康贤孝慧皇太后,留下极乐塔以南不得兴修土木的祖训。皇上是聪明人,难道当真不懂其中的玄机?"

衡徵脸色惨白:"你……你……"

方多病叹了口气:"皇上,极乐塔修筑于水泽之上,有人在它底下挖了一个大坑,它与柳叶池相近,地下充满泉水,所以那坑里充满了水。有人在一个狂风暴雨之夜砍断维系极乐塔平衡的绳索,极乐塔因自重坠落,一个套一个,倒沉入塔底的坑道之中——这就是极乐塔消失之谜的真相。"他提起手里纸折的方块,让它一个一个往下掉,"你看……当一楼沉下去的时候,二楼能比它沉得更深些,因为三楼比二楼更小,三楼能沉得比二楼更深……如此整个极乐塔就倒挂在水中,它就从一座塔变成了一口井。"

"依你所说,那是在主持修筑极乐塔之时,那造塔之人就已经处心积虑地如此预谋,要毁去极乐塔。"衡徵道,"但谁敢?谁有这么大的胆子,敢与太祖作对!"

"皇上……极乐塔中藏有举世无双的珍宝，"方多病无奈地看着衡徵，"而且不是一件两件，是一堆两堆，难以计算的珍宝，只要拿出任何一件，都足够一个人活一辈子了。有多少人想要塔中的珍宝而不可得？无论谁拿走其中一件都会被官府追杀，列为巨盗，所以不能只拿走一件，要拿就全都拿走，假造极乐塔消失的假象，让藏满珍宝的塔连同珍宝一起消失，如此就不会有人再追问那些珍宝哪里去了。大家只会讨论极乐塔为什么消失了，是不是建造得太符合如来佛祖的心意，极乐塔已经被如来召唤上了西天，等等等等。"

"你说的莫非是当年极乐塔的监造，刘秋明？"衡徵沉声道，"但刘秋明一生勤俭，他与极乐塔一同消失，之后再未出现过，塔中宝物也不曾现世。"

方多病一笑："单单是刘秋明一个人，他也真不会有这么大的胆子想要盗取所有的珍宝，此事必然有人与他合谋，并且这个人许诺他许多好处，甚至允诺能保障他的安全。"

"谁？"衡徵脱口而出。

"慧贵妃。"方多病一字一字地道，"皇上，你可知道，在长生宫那口井下，共有两具尸骨，地下尚有一个密室，密室之中有个暗道，与长生宫相通！若不是当初修建极乐塔的监造同意，甚至亲自设计，那地下怎会无端生出密室和暗道来？密室里有床，床上有一具尸骨。"

他又补充了一句："男人的尸骨。"

衡徵毛骨悚然，连退三步："你说什么？"

"我说慧贵妃与刘秋明合谋，她默许刘秋明在修建极乐塔之事上作假，在皇上面前为他掩护，配合他盗走珍宝，刘秋明则帮她在地下修建一个密室，然后送来一个男人……"方多病缓缓地道，"能让女人生孩子的男人。"

"你说什么？"衡徵当场失声惊叫起来，"你说什么？你说康贤孝慧皇太后与……与他人私通……方才……方才……"

方多病道："不错。宫中正史记载太祖一生有过不少女人，从无一人怀孕，除了太宗之外，他再无子女，太祖很可能并不能生育。那慧贵妃是如何怀孕的？"他看了衡徵一眼，"慧贵妃住在深宫，见不到半个男人，除了刘秋明在长生宫外不远之处修建极乐塔外，她再无机会。刘秋明既然要修筑极乐塔，自然要引入工匠和材料，如他能将慧贵妃的什么青梅竹马或是私订终身的男人借机带入，或者是用什么别的方法运进来，藏在地底密室之中，慧贵妃的怀孕便合情合理。"

衡徵已快要晕厥，方多病居然说先皇与他甚至连太宗都并非太祖亲生，而是一个根本不知道是谁的野男人的血脉！这让他如何能忍？"你……你这……"他半晌想不出一个什么词语来形容这大逆不道的少年，一句话堵在喉中，"咯咯"作响。

"而后慧贵妃怀孕，圣眷大隆，她便将密室中的男人灭口，沉尸地下，又将长生宫通向密室的密道封死——这就是极乐塔以南不得兴修土木的理由——她作了孽，生怕被后人发现，但她却不知后世史书以春秋笔法略去修筑极乐塔之事，甚至无人知晓极乐塔的地点，导致这条祖训分外惹人怀疑。"方多病叹气，"在极乐塔地下的密室中，藏有一个男人的尸骨——这就是极乐塔最大的秘密，关键既不在珍宝，也不在尸骨，而在于他是个男人。在皇上面见赵大人和尚大人之后，尚大人为何依然遭到杀害？尚大人居住的房屋为何会起火？是因为他藏有一件来自极乐塔地下那密室的深衣。鲁大人和李大人手里的轻容不分男女，但尚大人手里的深衣却是一件男人的衣服！"

"你……你……"衡徵的情绪仍很激动，一句话也说不出来。

方多病安慰地看着他："皇上，不论先皇和你究竟是谁的血脉，先皇是个明君，皇上你也依旧是个明君。那杀害李大人、尚大人的凶手不也正是为了隐瞒真相、保护皇上，故而才出手杀人的吗？"

"隐瞒真相？保护朕？"衡徵脑中此时一片混乱，"你在说什么？你……你是不是疯了？"

"杀害李大人和尚大人的凶手是为了保护皇上。"方多病看着衡徵，"他曾在鲁大人屋外用绳索吊起一件轻容，留下极乐塔的一张图纸，用意是警告知晓此事的人务必保守秘密，否则——就是死。而鲁方鲁大人，是他志在必得、必杀无疑的人，他意外吓疯鲁方，就去找李菲李大人试探，我想李大人非但不受威胁，只怕还激怒了凶手，所以他将李菲割喉，倒吊在树林之中，往他身上套了一件轻容。隔了一日，皇上召见尚兴行尚大人，尚大人虽然什么也没说，但是凶手却知道他藏有一件男子的深衣，为防尚兴行将那件衣服的来历说出去，也为防有人查到那件衣服上，他又放火烧了尚兴行的遗物，甚至差点把我烧死……"

方多病换了口气："凶手知道那些衣裳与极乐塔底下的尸骨有关，知道尚兴行手里那件深衣一旦泄露出去，说不准就会有人知道慧贵妃的寝宫之侧曾经藏着一个男人。但那些衣服却是如何落在鲁方几人手中的？"他看着衡徵，"首先，王桂兰将他们丢进了极乐塔垮塌之后形成的那口水井中，然后鲁方沉了下去，他发现了密室。之后——若是按照赵尺的说辞，其余三人什么也不知道，只以为鲁方死了，却不料他第二日又活生生地出现——这不合情理，以常理而言，至少也会询问鲁方去了何处，而鲁方当年不过是十几岁的孩子，我以为他并无城府能隐瞒如此巨大的隐秘。"

衡徵呆滞地看着方多病，也不知是否在听。方多病又道："我猜鲁方将井下的秘密和珍宝告诉了其他三人，之后李菲和尚兴行同他一起下井，出于某种原因，他们带回了那死人的衣服——例如三人各解下尸骨身上的一件衣裳包裹住密室里的部分珍宝，将它们带了出来。而赵尺却更聪明些，他不会游水，故而没有下水，而是威胁鲁方要将此事告诉王公公，从中敲诈了大量珍宝——赵尺现在正要离开京城，皇上若派人去拦，或许还可以从他的木箱里找到当年极乐塔中的部分珍藏。赵尺不是凶手，他握有鲁方几人的把柄，又已屡次敲诈得手，要说加害，也该是鲁方几人将他害死，而非他害死鲁方三人，更无必要在武天门冒险杀死尚兴行，更何况赵尺不会武功，如何在众目睽睽之下杀人？"

"朕……朕只想知道，为何凶手是刘可和？"衡徵的声音分外干涩，脸色也变得惨白。

"皇上，要知道在鲁方几人下井之后，那具尸骨上就没了衣服，而凶手却知道尚兴行暗藏的那件衣服就是极乐塔尸骨所穿的，非将它焚毁不可——这说明什么？"方多病叹了口气，"这说明凶手早在鲁方之前就已经到过密室，他认得衣服，知道那件衣裳是关键之物。"

衡徵脸上再无一丝血色："在鲁方之前就有人到过密室……"

"不错，在鲁方之前就有人到过密室，却不曾拿走任何东西。那井底密室之中所藏的极品，被鲁方暗藏在泥箱之中，他后来却未能拿走，他为何后来未能拿走？"方多病十分严肃地道，"那说明鲁方几人之后再也没有机会接近极乐塔，那是为什么？因为在鲁方沉而不死的消息传开之后，王桂兰已经着手在追查水井之谜。王桂兰王公公在宫中日久，他在世之时侍奉过先皇，甚至见过慧太后本人，他要追查这百年秘史比任何人都容易得多。他想必派遣人手探查水井，也发现了密室，见到了尸骨，也即刻知晓那是怎么一回事，为保密起见，他借口宫中清除冗兵，将这四人除了军籍，远远发配。王桂兰既然知道了真相，那么鲁方又怎会有机会再摸到水井？所以……"

"朕只是问你，为何凶手是刘可和！"衡徵提高了声音，"你当朕的话是耳边风……"

"皇上，极乐塔消失之后，刘秋明亦消失不见，那井下有两具尸骨，其中一具在密室床上,另外一具沉在井底——"方多病也提高声音,"那另外一具的身上挂有铜龟,铜龟背面写着刘秋明的名字!"

衡徵脸上变色:"那铜龟呢,铜龟在何处?"方多病一呆,那铜龟……那铜龟生得什么模样他都不知道,何况在哪里……

正在瞪眼之际,只见一物当空坠下,方多病反应敏捷,一把抓住。

衡徵目瞪口呆地看着那东西凭空出现,指着那东西:"那那那那……那是……"

方多病将那东西往前一递,一本正经地道:"皇上,这就是铜龟。"

衡徵脑中一片混乱:"不不不,朕……朕是说这铜龟怎会……怎会突然在此……"

方多病正色道:"皇上圣明,自然有神明相佑,以至心想事成,皇上呼唤铜龟,铜龟自现,正所谓天命所归,祥瑞现世之兆。"

衡徵张口结舌,连退两步,半身靠在木桌之上:"啊……啊?"

方多病翻起铜龟,铜龟肚上果然隐约可见"刘秋明"三字。衡徵认得那铜龟,那确是百官所佩,绝非仿造,当下脸如死灰。

"极乐塔如期垮塌,化为水井,身为监造,刘秋明必然要被太祖治罪,所以他必须在当夜就取宝逃走。"方多病将铜龟放在衡徵身边,"他将珍宝转移藏匿在密室之中,结果珍宝尚在,刘秋明却失踪了,说明什么?"

他一字一字地道:"说明——他已与井下那人同葬。"

"胡……胡说!"衡徵怒喝。方多病这是赤裸裸地指责慧太后下毒手杀人,非但说她谋害那莫须有的男人,还说她谋害朝廷命官,"你好大的胆子,当着朕的面辱及慧太后……"

"刘秋明的铜龟在此,他的尸身尚在井底。"方多病冷冷地道,"皇上不是要问我,为何凶手是刘可和?当年井下之事,刘秋明知道,慧太后知道。既然刘秋明都死了,纵然当年尚有其他知情之人,想必也早已化为尘土,那谁能在鲁方之前潜入井中,看到那死人骨头?慧太后有儿子登基为帝,也有曾孙是当今皇上,那刘秋明呢?"方多病语气变得阴森森的,"刘秋明的儿子当然姓刘,叫刘文非,刘文非的孙子也姓刘,刘家监造自古有名,当今工部监造刘可和便是。"

"刘秋明与极乐塔一起失踪不见,刘家自然着急,想必对此事追查甚久。以刘可和对建造之精熟、出入宫廷之便、与同僚之交,都能助他拿到刘秋明当年设计极乐塔的那本手记。"方多病道,"拿到手记之后,他一看便知极乐塔是如何凭空消失的,所以他拆下那些可能泄露机关的图纸,然后寻到地头,潜入水井,发现了井下的隐秘。刘秋明就沉在井底,井底尚有一具男尸,事已至此,他非但不能替曾祖父收殓尸骨,还必须小心谨慎隐瞒真相,因为一旦事情暴露,势必引起轩然大波,朝廷动荡不说,刘秋明犯下如此大罪,刘家岂能幸免?"

"后来又发生了王桂兰将鲁方几人沉入水井之事。当时鲁方几人年幼无知,虽然见得尸骨,却只贪图珍宝,王桂兰将几人开除军籍,逐出京城,鲁方未能再度下井,刘可和也就未再有动作。不料十八年后,皇上将那几人召了回来。"方多病看了衡徵一眼,叹了口气,"皇上要查极乐塔之谜,刘可和岂能不心急如焚?不知让刘可和与鲁方几人一起居住景德殿,究竟是皇上自己的主意,还是刘大人的主意?"

衡徵的脸色已渐渐缓和过来,初闻的震惊过后,各种杂思纷至沓来:"那是刘可和请旨,说那四人或许别有隐秘,要朕下旨让他们一起居住景德殿,他与王公公可从中观察。"

"不错,"方多病见他已经缓了过来,也不禁佩服这皇帝老儿果然有过人之处,"他是想从中观察鲁方几人十八年后,是否有人察觉了真相。"

"结果——便是他动手吓疯鲁方,杀死李菲、尚兴行?"衡徵此时说话充满疲惫,"可有证据?"

空中一本书卷突然掉落,方多病这次已经镇定自若,伸手接住,施施然翻开其中一页:"这是本朝史书《列传·第四十五》,其中记载刘秋明生平,提到刘秋明严于教子,他的儿子叫作刘文非,《列传·第六十九》记载刘文非生平,也记载刘文非严于教子,还记载了他儿子的名字,虽然并未记载他孙子的名字,但众人皆知,他的孙子叫作刘可和。"

衡徵在第一次震惊过后,也已经麻木,那本书卷中还夹带一张白纸,方多病取出白纸摆放在那些染血的字条之旁:"这是自那本《极乐塔》手记中拆下的白纸,皇上请看,纸质与这些字条一模一样。刘可和与鲁方四人同住景德殿——"方多病指了指自己的鼻子,"我住进景德殿的第一个晚上,有人在庭院的花园里悬挂了鲁方的轻容,又在轻容的衣袖上插入了一支玉簪,放了一张极乐塔的图纸——是谁能知晓鲁方带着那件轻容?是谁又知道那支玉簪本来插在何处?赵尺不知道,因为赵尺不会游水,他没有见过井下的尸骨,不知道那支玉簪原本插在何处,更不可能有极乐塔的图纸。"

"即使刘可和是刘秋明的曾孙,即使刘可和能够取得刘秋明的手记,那也不能说明他就是杀人凶手！"衡徵厉声道，"你可知你刚才所说的，句句大逆不道，任何一个字朕都可以让你人头落地！"

"只有住在景德殿中的人才能盗取鲁方的衣服，同样也只有住在景德殿中的人才能知道当夜六一法师要做法事，李菲几人被王公公安排住在他处。而当夜李菲是如何到了那处树林之中的？他是何时离开别馆的？为何赵尺几人竟不知情？谁能轻易找到李菲将他带走？宫墙外巡逻的禁卫军为何竟没有发现？是谁知道那片树林夜晚僻静无人？又是谁为了什么而将李菲割喉，又将那轻容硬套在他身上？"方多病昂首挺胸，"因为李菲看破了真相。"

"真相？"衡徵变了颜色。

"慧太后生子的真相。"方多病吐出口气，"十八年后，李菲脱胎换骨，岂是当年可比？刘可和吓疯鲁方，之后便去试探李菲，只怕李菲非但没有识趣而退，反而要挟刘可和，于是刘可和一怒之下将他杀死，倒吊在树林之中，然后留下第三张纸条，用以恐吓尚兴行。"

"这仅是你一面之词，并无证据。"衡徵咬定不放，若是认了刘可和是杀人凶手，等同认了刘秋明做过那大逆不道的事，等同认了自己与先皇甚至还有太宗爷都不是太祖的血脉，这如何可以？

"简单地说，是一个能轻易拿到鲁方行李中物品的人吓疯鲁方，也是一个轻易能拿到李菲行李中物品的人杀死李菲，这两人留下相同的纸条，是同一个人。"李莲花对方多病传音入密道，"而杀死尚兴行的人，是一个知道他行李物品中藏有一件深衣的人，也是武天门外在尚兴行身边的人，也是吓疯鲁方和杀死李菲的人。能轻易拿到鲁方物品的人有李菲、赵尺、尚兴行、刘可和——他们居住在相近的屋子里，表面关系融洽，十分熟悉。能轻易拿到李菲物品的人有赵尺、尚兴行、刘可和。能知道尚兴行有一件深衣，尚兴行遇害时在他身边的人有赵尺、刘可和。"

方多病依言照念，幸得他记性极好，除了照样念出之外，还外加斜眉瞪目，指手画脚，气势做足了十分。

衡徵沉默了。

"而赵尺不知道这些衣服的含义。"方多病慢慢地道，"他也不能将玉簪插入那件轻容的孔隙中，他从未潜入井下密室，直接盗宝的人也不是他，他最多不过分了些赃，并没有多做什么，何必要杀人灭口？他根本不会武功，不可能在武天门外杀死尚兴行。所以——"

"所以杀人灭口的不是赵尺？"

"凶手是刘可和还有一个重要的原因。"方多病一字一字地道，这段话是他自己说的，不是李莲花传音入密，"昨晚我去行馆探查尚兴行的遗物，一直埋伏在屋外等凶手现身来取尚兴行的遗物，等了很久没有人出现，尚兴行房里的灯却亮了。"

"什么？"衡徵脱口而出，"你看到了凶手？"

方多病冷冷地道："不错，我看到了凶手，但这凶手并没有从我面前经过，直接就在屋里出现了——那说明什么？说明这人原本就在行馆内，根本不需要夜闯偷袭就能进到尚兴行的房间！那是谁？那会是谁？赵尺那夜去了青楼，不在行馆里，那行馆里的人是谁？"

话说至此，衡徵面如死灰，牙齿"咯咯"作响，过了好一会儿，他缓缓地道："刘可和如何……能在武天门外杀死尚兴行？我听说那是妖物所致，尚兴行人在轿中，突然间咽喉开裂，血尽而死，并没有人动手杀他，也没有任何兵器，没有任何人看到凶手……"

"兵器就在皇上面前。"方多病露齿一笑，指着那在尚兴行轿中发现的纸条，"这就是将尚兴行割喉的凶器。刘可和趁自己的轿子与尚兴行并列之际，飞纸入轿，将尚兴行断喉而死，于是不留痕迹。"

衡徵目瞪口呆，方多病拈起那张对折的纸条："金丝彩笺坚韧异常，百年不坏，皇上若是不信，请御膳房带一头猪进来，我可以当场试验……呃……"他突然抬起头对着屋顶瞪了一眼，这飞纸杀人的本事他又不会，若是皇上当真叫进来一头猪，他要如何是好？

屋顶上的李莲花连忙安慰道："莫怕莫怕，若是当真有猪，你飞纸不死，我就用暗器杀猪，料想皇上不会武功，也看不出来。"

方多病心中大骂死莲花害人不浅，诓他在皇上面前说了如此一大堆大逆不道的鬼话，过会儿衡徵一旦回过神发起怒来，方家满门抄斩之际，他非拖上李莲花陪葬不可！

"不必了。"衡徵盯着那染血的金丝彩笺看了一阵，叹了口气，目中神色更加疲倦，"如此说来，刘可和实是一名高手。"

方多病忙道："自然是高手，高手中的高手。"

衡徵凝视着桌上一字排开的图纸："如果当真是他，他如何吓疯鲁方？"

方多病抓了抓头："这个……这个……"

屋顶上，李莲花在他耳边又说了一大堆鬼话，他犹豫了好一会儿，勉强照说："这个……皇上，刘可和用一种……那个千年狐精、白虎大王之类的东西吓疯了鲁方。"

"千年狐精？白虎大王？"衡徵奇道，"那是什么东西？"

"妖怪。"方多病老实地道。

衡徵目中怒色骤起："你——"

"皇上少安毋躁，"方多病忙道，"我认识一名法术高强的大师，皇上今夜月上之时移驾景德殿，那法师便能当场捉拿吓疯鲁方的千年狐精、白虎大王，让皇上治罪。"

衡徵哑然看着方多病，看了好一会儿，他缓缓地道："只要你今日能生擒刘可和，让他在朕面前亲口认罪，朕今夜便移驾景德殿。不过朕丑话说在前头，今日所谈之事，不论真假，若是有半个字泄露出去，朕要方家满门抄斩；若今日你生擒不了刘可和，朕便将你凌迟处死，方家株连九族！"

方多病张大嘴巴看着这清俊的皇帝。

衡徵很累，自己寻了张椅子坐了下来，缓缓地道："叫你屋顶上的朋友下来，朕虽然糊涂，还不昏庸，擅闯禁宫的大罪，朕免了。"

方多病的嘴巴张得更大，原来这皇帝老儿倒是客气了，他只怕也不怎么糊涂。

屋上天窗之处微微一响，一人飘然落地，微笑道："皇上果然圣明。"

衡徵看了这埋伏在自己头顶许久的"刺客"一眼，心中本来甚是厌烦，宫中自杨昀春以下无一不是无用之辈，居然能让这人在自己头顶埋伏如此之久，看了一眼，他突地一怔，又细看了两眼。

李莲花见衡徵皱着眉头上上下下细看自己，随着衡徵的目光也将自己统统看了一遍，两眼茫然地看着衡徵，不知这圣明的皇上究竟在看些什么。

屋中一阵静默。

"真像。"衡徵突然喃喃地道。

"真像？"李莲花和方多病面面相觑。

"十三年前，朕在宫中饮酒，见有仙人夜出屋檐，亦饮酒于屋檐之上。当夜月色如钩，朕宫中有一本罕见的异种昙花足足开了三十三朵，朵朵比碗还大，雪蕊玉腮，幽香四溢，那仙人以花下酒，坐等三十三朵开尽，携剑而去。"衡徵叹了口气，幽幽地道，"朕印象颇深，提酒而来，兴尽而去，即使是朕也不禁心向往之……"

"仙人？"方多病古怪地看了李莲花一眼，这家伙如果是仙人，本公子岂非是仙外之仙？却听衡徵又道："但细看之下，你又不是。"

李莲花连连点头，方多病咳嗽一声："皇上，这位就是……那位法力高强的大师，六一法师，方才法师表演凌空取物，神妙莫测之处皇上已亲眼所见，今夜……"

"君无戏言。"衡徵淡淡地道，"今日你生擒刘可和，让他对朕亲口认罪，朕今夜便去看那白虎大王；若你做不到，朕便将你凌迟处死，株连九族，满门抄斩！"言罢，他拂袖而去，等候在门口的太监高呼一声："起轿——"

但听脚步声响，衡徵已怫然而去。

方多病张大嘴巴看着衡徵拂袖而去的方向，半晌道："死莲花，你害死我了。"

李莲花微笑："要生擒刘可和，有什么难的？"

方多病瞪眼："刘可和狡猾得很，我当初进景德殿的时候，竟没发现他会武功，你确定凶手就是他？万一这人不会武功，或是武功太高，你就是自打嘴巴，连累我方家与你一同满门抄斩。"

李莲花道："要生擒刘可和容易得很，待会儿我就去刘大人府上，闯进门去和他动手，你飞报杨昀春，叫他来抓逃狱的杀人嫌犯，你说杨昀春在，要生擒刘可和，有什么难的？"

方多病张口结舌，半晌道："你就直接闯进去动手？"

李莲花极认真地道："我是涉嫌杀人的江洋大盗，这江洋大盗爱闯入谁家便闯入谁家，爱与何人动手便与何人动手，何须理由？"

方多病语塞，悻悻然道："你确定杨昀春一定会来？万一他不来，老子便打算即刻带老子的老子逃出京城，举家远走高飞了。"

"方公子，"李莲花温文尔雅地看着他，"自你不持玉笛以来，似乎将那诗书礼易遗忘了不少，气质略有不佳，只怕是和尚庙里的烤兔子吃得太多，有些火气攻心。"

方多病望天翻了个白眼："老子——本公子——脱略形迹，早已用不着那些皮相，俊逸潇洒只在根骨，何须诗书礼易。"

李莲花十分佩服，欣然道："你终有一日说得出这番道理……"

方多病大怒："老子——本公子放个屁也在你意料之中？"

李莲花连连摇头："揣测他人何时放屁何等不雅，我岂会做那不雅之事？话说此时快到正午,你若再不去飞报江洋大盗之行迹,只怕杨大人就要收队吃饭了,这吃饭之事,还是打架之后再吃比较稳妥……"

方多病掉头而去,恶狠狠地道:"等老子回来,最好看见你横尸街头!"

【 十　白虎大王 】

"江洋大盗?"杨昀春并不难找,尤其是皇上刚刚在紫霄阁,他就在紫霄阁外不远处。但李莲花跃上紫霄阁屋顶之时他却不在,故而并不知道方才那江洋大盗就伏在紫霄阁顶。

方多病点头,这名震京师的"御赐天龙"杨昀春生得俊朗,眉宇间一股英挺之气,生机勃勃,虽然一身官袍,但掩不住少年得意。"从大理寺大牢逃脱的重犯方才闯入刘可和刘大人府上,只怕是被禁卫军追得走投无路,要拼个鱼死网破了!还请杨大人快快救命。"他边说边暗忖:老子……呃,不,本公子信口开河之术果然已是炉火纯青。

杨昀春果然重视:"刘大人府上在何处?"

"随我来。"方多病身形一晃,直往刘可和的刘府而去。

刘可和的刘府坐落在宫墙外不远。刘家监造家传数百年,早在刘秋明的爷爷辈上就为皇宫大内建造宫殿楼宇,只是所居官职各有不同。刘府黑墙青瓦,是一派江南之气,十分素雅,李莲花翻墙而入,只见屋中一名童子正在扫地,见状大吃一惊,"啊"的一声尖叫起来。

"谁?"屋里有人沉声喝道。

李莲花绑起一方汗巾将大半边脸遮了起来,压低声音道:"少废话!把你家金银珠宝,压箱底的东西统统给老子抬出来!"

那童子见他凶恶,吓得魂飞魄散:"老爷!老爷!有贼!有飞贼!"他径直往屋内跑去。

李莲花未带兵器,顺手将院中一把柴刀扛起,"啊"的一声吐气,一刀下落,但见刀光如雪,院中相连的两张石桌应刀裂开,轰然落地。这一刀开两石,李莲花气息微喘,索性以那沙哑的嗓子怒骂道:"别给老子装死!今日无钱就拿命来!"说着,扛着那柴刀就闯进门去。

就在他要闯进门之时,屋内一物飞出,微小如蝇,隐然也带了苍蝇那"嗡嗡"

之声。李莲花柴刀一晃，挡住那如苍蝇一般的小物，只听"当"的一声脆响，柴刀从中折断，那物跌落在地，却是一枚极薄极小的四刃飞刀，长不过一寸，却寒芒四射，显然是一门罕见的暗器。

"'四象青蝇刀'！"李莲花见那飞刀，手腕一挫，收回断了半截的柴刀，"你——"

屋中人缓缓走了出来，黑色长袍，三缕微须，是一位身材高大、不失威仪的中年人，正是刘可和。他眼色不变，对这擅闯入门的不速之客既无惊讶之色，也无愤怒之意，只淡淡地道："识得'四象青蝇刀'，不是寻常之辈。"

"昔年金鸳盟座下三王，'炎帝白王''四象青尊''阎罗寻命'——你——"李莲花一双眼睛看着刘可和，"昔年一战，'炎帝白王'被擒，'阎罗寻命'死，'四象青尊'销声匿迹，却不想你竟是在朝为官。"

刘可和目中掠过一丝极淡的惊讶之色："你是何人？"

李莲花不答，刘可和缓缓地道："我本就是朝官世家，'四象青尊'不过少年一梦，你是何人？识得'四象青蝇刀'之人，世上寥寥无几。"

"'四象青尊'当年行踪神秘，虽享大名，却并无什么劣迹。"李莲花轻轻叹了口气，"你并非大奸大恶之辈，杀李菲是出于无奈，杀尚兴行是防患于未然，但你为何要杀王公公？"他看着刘可和，目光很平静，"他是无辜的，你知道。"

刘可和淡淡地道："胜了我手中刀，我回答你一切疑问。"

李莲花放下柴刀："我没有兵器。"

刘可和的瞳孔略略收缩："你用什么兵器？"

李莲花缓缓地道："剑。"

刘可和道："童儿，上剑！"

那原先被李莲花吓得要死的童子畏畏缩缩地递上一柄剑，李莲花接过长剑，拔剑出鞘："我胜你之后，你自缚双手，回答皇上一切疑问。"

刘可和淡淡一笑："好大口气。"

李莲花剑在手，面上虽然蒙着汗巾，却也见微笑："若是胜不了你，我回答你一切疑问。"

刘可和目光闪动："哦？"

李莲花道："包括当年教你'四象青蝇刀'的那个人的下落。"

刘可和一怔，目光陡然大炽："你知道芸娘的下落？"

李莲花颔首，干净利落地道："来吧。"

刘可和的长袖无风自动，面上杀气陡现，李莲花一剑递前，微风徐来，中规中矩。刘可和袖中三点乌星打出，李莲花剑刃微颤，但见剑身嗡然弹动，"铮铮铮"三响，弹开三把"四象青蝇刀"，这一剑剑光缭绕，气开如莲，虽是好看，但终不及挥剑拍开来得沉实，其中一把"四象青蝇刀"掠面而过，差点就在他脸上开出一道血痕。刘可和不欲恋战，一声大喝，十点乌星飞出，同时左手一翻，一柄如月的弯刀自袖中一闪而过，刀光流动如水，急切李莲花颈项。

他看出李莲花内息不足，剑法再好也需强劲内息方有伤人之力，这十把"四象青蝇刀"飞出，足以令他手忙脚乱，这划颈一刀绝难失手！他这划颈一刀当年在江湖中有个名号，叫作"十星一刀斩"，死在这一刀之下的人物名声都很响亮，他用这一刀来杀李莲花，已是对其方才一眼看出"四象青蝇刀"的赏识了。

"铮——嗡——"

一阵急剧而连续的颤鸣声起，刘可和一刀向前，陡然变色——只见李莲花剑刃一斩，如行云流水，竟似那书写山水一笔长河的名匠一般，一剑蜿蜒横斩，刹那之间，一剑连斩十星！那十把"四象青蝇刀"分射十处，高低不一，强弱不同，李莲花剑出在手，怎可能一剑斩十星？这剑鸣之声就如他连斩十星之前毫无间隙一般，刘可和心下骇然——这只有一种可能！

他这一剑，斩第二星的剑速比第一星快上一点，斩第三星的时候又比第二星快上一点，越来越快，当他斩落第十星的时候，剑速已不知究竟是多快，方能令那十声撞击听来宛如一声长音，这种快在瞬息之间，既不见于眉目也不现于手足。

一剑长书，过如浮云。

此人内息虽弱，但绝不简单！刘可和大骇之后便开始后悔——但人已扑出，不能收回，只得刀上加劲，化切为砍，拼出十成功力必杀李莲花！

"死莲花！"不远处一声惊呼，有人一声狂喝，"'九天龙云一啸开'——"

刘可和顿觉身后狂风大作，手中刀未及李莲花颈项，惊人的掌劲已拍到身后，匆忙之间回掌相应，"啪"的一声，刘可和口角溢血，来人"咦"了一声："好厉害！"

李莲花早在来人之时远远避开，方多病站在屋檐之上，他却不曾看见李莲花那一剑斩十星："本公子要是来迟一步，正好可以看见你横尸街头。"

李莲花喘了口气，只见杨昀春和刘可和战作一团，刘可和虽然负伤，但暗器厉害，杨昀春显然从未遭遇如此强劲的对手，略显紧张，虽然拔剑而出，却仍有些施展不开。

方多病看了一阵，摇了摇头："这位杨大人江湖经验大大地欠缺，对敌经验也大大地没有，虽然武功很高，却不大会使，万——……"

他看向李莲花，李莲花一本正经地道："万一杨大人出手太重，一个死了的刘可和要对皇上自认罪行，倒也可怕得很。"

方多病一怔，勃然大怒："你——"

突然"啸"的一声锐响，刘府之内一道刀光暴涨，以迅雷不及掩耳之势直袭杨昀春！方多病一个"你"字尚未说完，眼见刀光袭来，心中尚未反应过来，只见身侧一亮，如青天白日却跌下一轮明月，一道剑光掠过，刹那间下了一场狂沙似的雪。

"当"的一声微响。

杀伐之气并不太浓，天空为之一暗，四处似纷纷扬扬下了一场充斥冰针的雨，那沾肤便锐然一痛的刀意与剑气针针仿若有形，直刺入人心肺骨髓，彻骨生凉。

方多病说完那个"你"字之后便再说不出半个字来。

杨昀春一剑撩在刘可和颈上，此后刘可和不再挣扎，杨昀春也纹丝不动。

头顶那碎针沙雪般的一刀一剑。

那沾衣落发的锐然。

衣袂涤荡之间，虽痛……却快意。

持刀的是一位戴着面纱的红衣女子，半点肌肤不露，站在屋上，那微飘的长发也能见妩媚之姿。

持剑的是李莲花。

万籁俱静，过的虽是片刻，却如千年万年。

"咯咯……"那红衣女子预谋甚久，一刀落空，居然并不生气，蒙着面纱依稀是对李莲花娇笑，转身飘然而去。

方多病呆呆地看着李莲花。

李莲花垂下剑来，长长吐出一口气。

杨昀春缓缓转过头来，目光出奇地明亮："好剑！"

李莲花苦笑，方多病仍是呆呆的，仿佛眼前这人他全然不认识了。李莲花叹了口气，向他看了一眼，喃喃地道："我说那柄'少师'是我施展一招惊世骇俗、惊才绝艳、举世无双、空前绝后的剑招打败封磬，白千里对我敬佩得五体投地，双手奉上……你却不信。"

方多病的眼珠终于见了些生气，微微动了一下："你……你……"

李莲花长剑拄地："喀喀……"他似是吐了口血，随手扯下脸上的汗巾擦拭。

方多病呆了好一会儿，终于走了过去："你……你……"

杨昀春点住刘可和数处大穴，还剑入鞘，空出手来扶李莲花，李莲花对杨昀春一笑，却径直走向刘可和。

刘可和方才正对李莲花，那刀剑一击，他看得很清楚，此后他一言不发。只见李莲花对他弯下身来，轻轻地在他耳边道："'玉蝶仙子'宛芸娘，十年之前便已死在我的剑下。"

刘可和面无表情，过了片刻，他点了点头："是你赢了。"

李莲花微微一笑，点了点头，却又摇了摇头。

这个时候，方多病才突然惊醒，大叫一声："死莲花！"

李莲花脖子一缩，回过头来，方多病一张脸表情可谓精彩，惊恐、怀疑、兴奋、不信、期待、好奇、迷惑等等，五色纷呈。李莲花十分欣赏地看着他的脸色，越发佩服地看着他脸色的变幻，稀罕地赞道："你怎么能一张脸同时挤出这么多表情……"

方多病一把抓住他猛烈摇晃："死莲花！那一剑！那一剑你是哪里学来的？哪里偷学来的？你偷看了什么剑谱吧？你没练到家吧？快把你那剑谱交出来！让老子来练！快快快……"

"且……且慢……"李莲花被他抓住猛地一阵摇晃，唇角微微溢血，接着他索性往方多病身上一倒，不再起来了。

"死莲花！"手中人突然晕厥，方多病一呆，大吃一惊，摇得越发用力，"死莲花！"

杨昀春过来探脉："没事，他不过内力耗尽，伤到真元，所以气血紊乱，休息一阵就好。"

方多病连忙探手入怀，在怀里一阵乱摸，终于找出个玉瓶来。

那瓶子里装着方氏培元固本的疗伤圣药"天元子"，据说这是一位沉迷棋艺的方家元老所制，珍贵无比。方多病将李莲花扶起，不管三七二十一就往他嘴里灌。

"喀喀喀……"

地上那"昏厥"的人突然叹气道："我只想睡个好觉，并不怎么饿，你就算不想我睡死，也不要让我噎死……"

方多病一呆，杨昀春哈哈大笑，方多病勃然咆哮："死——莲——花——"

"昏厥"的人一跃而起，抱头就跑，瞬间逃之夭夭。

据说刘可和随方多病与杨昀春回去面圣之后，果然老实，所说的一切和李莲花所猜并无太大差异，衡徵听过之后赐他鹤顶红，刘可和倒也干脆，当殿饮毒自尽。

这日夜里，衡徵便按照约定，移驾景德殿，来看那白虎大王。

李莲花换了件宽大的道袍，假惺惺地梳了个道士头，在景德殿花园之中摆了个法坛。

衡徵御驾来到，本有十数位贴身侍卫，李莲花请衡徵屏退左右，衡徵居然也照做。花园之中，只留下法力高强的六一法师、方多病，以及六一法师的一名弟子。

这名弟子生得粉嫩雪白，又白又胖，正是在牢里睡了几日的邵小五。

但见今日法坛之上摆的不是三素三荤，或是什么水果香饼，而是用绳子拴的活鸡两只、活鸭两只、血淋淋的山羊半只、肥猪的内脏一盘。

那鸡鸭血肉的腥味飘散老远，众人欲呕。李莲花请一干人等躲在树林之中，屏息静静等待。

过了一炷香时间，庭院中来了一只小狐狸，叼了块内脏很快逃走。李莲花、方多病、邵小五三人不免同时想念起那只"千年狐精"来，未过多时，一把黄毛在草丛中摇晃，那只"千年狐精"又从草地里蹿了出来，跳上法坛。

狗鼻子在法坛上嗅来嗅去，却什么都不吃。方多病心知这鬼东西喜欢吃熟的，这一桌血腥难怪它现在不喜欢，口味太重。

就在"千年狐精"跳上法坛不久，它的双耳突然竖起，警觉地四处转动，随即转过身来，对着一处压低身子，低声咆哮。

李莲花几人越发屏息，连衡徵都知道——来了。

草丛中未见动静，只听树叶一声"沙沙"的微响，一团硕大的东西在树杈之间闪了几闪，落了地。

大家一见此物，都忍不住倒抽了口凉气。

这是什么鬼东西！

但见这下来的东西穿着衣服，衣服里似乎塞着败絮般鼓鼓囊囊的东西，四肢着地，人不像人，鬼不像鬼，一出现就带来一股浓烈的恶臭。

"这——"衡徵脱口而出，"这是什么？"

李莲花拾起一块石子，并指弹出，那东西正和"千年狐精"对峙，被他一石弹中，顿时翻了个身，警觉不敌，便要反身而去。却见来路之上伸出一只又白又胖的大手，临空将它提起，那人剩下一只手捏住鼻子，嫌弃道："我见过山猫，却还没见过这么臭的山猫。"

"山猫？"衡徼愕然，这团古怪又恐怖的东西只是一只山猫？

邵小五拖着那只"妖怪"向衡徼走来，方多病凑上去围观。

众人仔细一看，纷纷掩鼻跳开，邵小五叫苦不迭。

原来这不是"一只"山猫。

这是"两只"山猫。

山猫比寻常家猫大得多，比寻常土狗都大上一些，身手敏捷，能袭击山猪和羚羊，昼伏夜出。刘可和为装神弄鬼，声东击西，捕捉了两只山猫，将它们的颈项绑在一处，然后在它们身上套了一件女裙。

如此一来，就弄出一个长着怪异头颅，若有人形，却又四肢扭曲，不住蠕动，行走怪异却又如风的怪物。

方多病恍然大悟——那天晚上他发现有人从他屋顶上经过，那其实不是人，是这两只山猫跳过他的屋顶，难怪他没有察觉到人的气息。但那盗取他小册子的却是谁？

"鲁方发疯那夜，我猜刘可和在鲁方房间里放了什么山猫爱吃的东西，然后他把这怪物放了出去。这东西在去鲁方房间的过程中跃过了你的屋顶。"李莲花道，"你上屋查看，结果那夜王公公却恰好经过你的房间，他看见了那本《极乐塔》。"

"所以他就进屋拿走了？"方多病恍然，"那本书应该就是王公公帮刘可和找出来的，刘可和为了留下字条，将书带了出来，原本藏在我房里，却被我翻了出来。王公公恰好看见，就把册子拿走，还给了内务府。"

李莲花点头："然后这怪东西去了鲁方那儿，不知被鲁方看成了什么，吓疯了。"

方多病看着那团古怪的东西，若是他做了什么亏心事，半夜看到这鬼东西，真的会被吓出病来："这东西真是有些可怕。"

"我猜这对山猫已经被刘可和抓住很久了，它们颈项被捆，难以进食，想必饥肠辘辘。"李莲花叹气，"所以刘可和杀了李菲，将他吊起来放血，这东西嗅到血腥气也追了过去，可惜它看得见却吃不到嘴里。"

衡徼忍不住指着那东西："难道是它们……它们吃了王公公？"

"皇上让王公公与刘可和一同监视鲁方几人，刘可和在明，王公公在暗。王公公虽然不常出现，却时常在夜间暗访。"李莲花道，"山猫是独行的畜生，刘可和硬生生把两只山猫这么绑在一起，尤其这两只还都是公的，自被绑住颈项的那日开始，这两只山猫就争斗不休，直至一方死去——"他指着那破烂不堪的女裙里那团败絮似的东西，"那就是死去的那只。"

衡徵眼见那团发出恶臭的东西，有些不忍地移开目光："这只死去之后，颈圈松动，另一只就能进食。王阿宝夜访景德殿，发现了这'妖怪'的真相，所以刘可和杀了他，将他喂了山猫。"

"不错，刘可和装神弄鬼，还曾经给它戴过面具，放入皇宫……"李莲花说到一半，突然一呆——他想到这事并不一定是刘可和做的。

如此残忍、扭曲，附带一条女裙和诡异的鬼面。

这像另一个人的喜好。

角丽谯。

"快把它身上那些东西拆了，尽快放生。"衡徵不想再听关于刘可和杀人之事的任何细节，仰起头来长长吐出一口气，"方多病。"

"在。"方多病心头惴惴，不知这皇帝是不是要杀人灭口，正好他已经赐死了刘可和，不如也赐死他方家满门，那百年前的事就谁也不知道了。

"朕或许……可能不是太祖血脉，"衡徵望着明月，"但朕是一个好皇帝。"

方多病连忙道："皇上圣明。"

"朕要将公主嫁你，你可愿意？"衡徵突然问。

方多病蓦然呆住。

这难道就是所谓的和亲？从此他方大少与皇帝一荣俱荣、一损俱损。

衡徵徐徐闭上眼睛："你有方爱卿的凛然正气，也有不惧危难求道之心，生死之前，十分坦然。"他轻轻叹了口气，"不辱没昭翎公主。"

"这个……"方多病张口结舌，他早已盘算好今日生擒不了刘可和便点了他老子的穴道，带他远走高飞，这等"生死之前，十分坦然"之心却不能让衡徵知道。

耳边突然有人传音入密悄声道："谢皇上。"

方多病不假思索，跟着道："谢皇上……"

三个字一出，方多病呆若木鸡。

邵小五哈哈大笑，抱拳对方多病道："恭喜恭喜。"

方多病满脸尴尬，想起公主那花容月貌，笑靥如花，心里也是一团高兴，但也有种说不出的迷惘："啊……哈哈哈哈哈……"斜眼去看李莲花，只见李莲花嘴角含笑，站在一旁，面上的表情十分愉悦。

倒真的不像在笑话他。

方多病多看两眼，心里慢慢坦然，倒也跟着高兴起来。

毕竟能娶一个美貌公主为妻，那是所有男人毕生的梦想。

一个月后，普天同庆。

皇上为昭翎公主赐婚，尚户部尚书方则仕之子方多病为驸马，方多病获封爵位，赐"良府"一座、金银千两、锦缎玉帛数百匹、稀世珍宝无数。

第十六章

血染少师剑

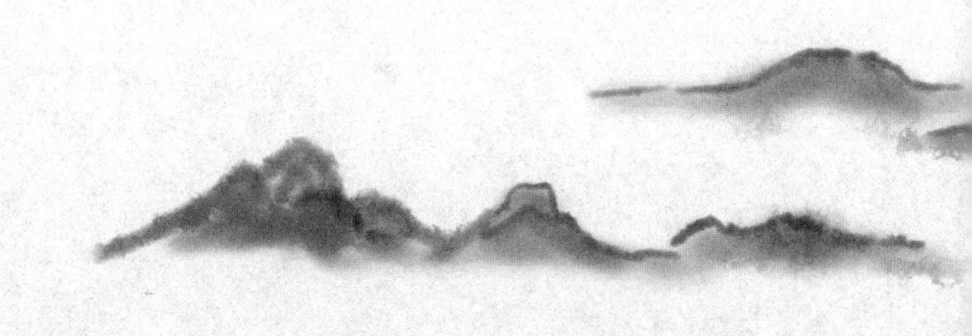

【 一 有友西来 】

"咕噜咕噜……"

阿泰镇后山的一处竹林之中,有一座木质沧桑、雕刻细腻的木楼。那楼身上刻满莲花图案,线条柔和流畅,芙蕖摇曳,姿态婉然,若非其中有几块木板显而易见乃是补上的,此楼堪称木雕之中的精品杰作。

此时这精品杰作的大门口放着三块石头,石头中间堆满折断拍裂的木柴,弄了个临时的小灶。柴火上搁着个粗陶药罐,药罐里放了不少药,正在微火之上作响,似乎已经熬了有一会儿了。

石头之下仍生长着青草,可见这药灶刚刚做成,柴火也点燃不太久。粗陶的药罐十成新,似乎是刚刚买来,不见陈药的残渣,反倒有种清新干净的光亮,药罐里头也不知熬的什么东西,山药不像山药,地瓜不像地瓜,在罐里滚着。

熬药的人用青竹竹条和竹叶编了张软床,就吊在两棵粗壮的青竹中间,脸上盖着本书睡得正香。

药罐里微微翻滚的药汤,飘散的苦药香气,随柴火晃动的暖意,以及竹林中飒然而过的微风……

林中宁静,随那苦药不知何故飘散出一股安详的气氛,让人四肢舒畅。

一只黄毛土狗眯着眼睛躺在那三块石头砌的"药炉"旁,两只耳朵半耷半立,它看起来昏昏欲睡,但那微动的耳毛和那眼缝里精光四射的小眼珠子,显出它很警觉。

一只雪白的小蝴蝶悄悄地飞入林中,在"药炉"底下那撮青草上轻轻地翩跹,黄毛土狗的嘴巴动了一下,小蝴蝶不见了,它舔了舔舌头,仍旧眯着眼懒洋洋地躺在那里。

竹床上的人仍在睡觉，林中微风徐来，始终清凉，阳光渐渐暗去，慢慢林中便有了些凉意。

　　"汪！汪汪汪！汪汪！"突然那只黄毛土狗翻身站起，对着竹床上的人一阵狂吠。

　　"嗯？哦……"只听"啪嗒"一声，那人脸上的书本跌了下来，他动弹了一下，迷迷糊糊地看着头顶"沙沙"作响的青竹叶，过了一会儿才小小地打了个哈欠，"时辰到了？"

　　黄毛土狗扑到他竹床边缘，努力露出一个狗笑，奋力摇着尾巴，发出"呜呜"的声音。

　　从竹床上起来的人一身灰袍，袖角上打了补丁的地方也微微有了破损，但依然洗得很干净，晒得松软，不见什么褶皱，若非脸色白中透黄，若是他眉间多几分挺秀之气，这人勉强也算得上八分的翩翩佳公子。可惜此人浑身软骨，既昏且庸，连走路都有三分摸不着东南西北，显是睡得太多。

　　药罐里的药此时刚好熬到剩下一半，他东张西望了一阵，终于醒来，慢吞吞地回木楼去摸了一只碗出来，倒了小半碗药汤，慢吞吞地喝了下去。喝完之后，灰衣人看着趴在地上蹭背的那条大黄土狗，十分惋惜地道："你若是还会洗碗，那就十全十美……"

　　地上那条狗听而不闻，越发兴高采烈地与地上的青草亲热地扭成一团。

　　灰衣人看着，忍不住微笑，手指略略一松，"当啷"一声，那只碗在地上摔了个粉碎。

　　黄毛土狗一下子翻身而起，钻进灰衣人怀里，毛茸茸的尾巴在他手上直蹭。灰衣人蹲了下来，抚摸着黄毛土狗那硬挺的短毛，手指的动作略显僵硬，只听他喃喃地道："你若是只母鸡，有时能给我下两个蛋，那就十……"那只狗头一转，一口咬在灰衣人手上，自咽喉发出极具恶意的咆哮。

　　灰衣人微微一顿，笑意却更开了些，揉了揉那狗头，从怀里摸出块馍馍，塞进它嘴里。黄毛土狗一溜烟叼着馍馍到一旁去吃，他站起身来，拍了拍手。

　　这灰衣人自然便是在京城一剑倾城的李莲花，那黄狗自然便是喜欢蹄髈的"千年狐精"。方多病在京城欢天喜地地迎娶美貌公主，自是无暇理会他这一无功名二无官位的狐朋狗友，李莲花即便是要给驸马送礼都没有资格，此后要见驸马只怕大大地不易，于是他早早从京城归来，顺便带上了这只他看得很顺眼的"千年狐精"。

　　天色渐晚，竹林中一切颜色渐沉暮霭，仿若幻去。李莲花站在莲花楼前，望着萧萧竹林。

在他的眼中，有一团人头大小的黑影，他看向何处，那团黑影便飘到何处。微微皱眉，揉了揉眼睛，这团鬼魅似的黑影影响了他的目力，李莲花望着眼前的竹林，暮色下的竹林一片阴暗，却静谧至极，唯余遥遥的虫鸣之声，最外围的一弯青竹尚能染到最后一缕阳光，显得分外青绿鲜好。

以如今的眼睛，看书是不大成了，但还可以看山水。

李莲花以左手轻轻揉着右手的五指，自刘府那一剑之后，除了眼前这团挥不去的黑影之外，一向灵活的右手偶尔无力，有时连筷子都提不起来。

如今方是五月。

到了八月，不知又是如何？

"汪！汪汪汪！"叼着馍馍到一旁去吃的"千年狐精"突然狂吠起来，丢下馍馍，蹿回李莲花面前，拦在他前面，对着竹林中的什么东西发怒咆哮。

"嘘——别叫，是好人。"李莲花柔声道，"千年狐精"咆哮得小声了点，却依然虎视眈眈。

一人自黑暗中慢慢走了出来，李莲花微微一怔，当真有些意外："是你！"

来人轻轻咳嗽了两声："是我。"

"我尚未吃晚饭，你可要和我一起到镇里去吃阳春面？"李莲花正色道，"你吃过饭没有？"

来人脸现苦笑："没有。"

"那正好……"

"我不饿。"来人摇了摇头，缓缓地道，"我来……是听说……少师剑在你这里。"

李莲花"啊"了一声，一时竟忘了自己把那剑收到何处去了，冥思苦想了一阵，终于恍然："那柄剑在衣柜顶上。"

眼见来人有诧异之色，他本想说因为方多病给它整了个底座，横剑供在上面，找遍整个吉祥纹莲花楼也找不到如此大的一个柜子能收这柄长剑，只得把它搁在衣柜顶上，但显然这种解释来人半点也不爱听，只得对他胡乱一笑。

"我……我可以看它一眼吗？"来人低声道，容色枯槁，声音甚是凄然。

李莲花连连点头："当然可以。"他走进屋里，搬来张凳子垫脚，自衣柜顶上拿下那柄剑来，眼见来人惨淡之色，他终是忍不住又道："那个……那个李相夷已经死了很久了，你不必——"

"铮"的一声脆响！

李莲花的声音戛然而止，"啪"的一声，一捧碎血飞洒出去，溅上了吉祥纹莲花楼那些精细圆滑的刻纹，血随纹下，血莲乍现。

一柄剑自李莲花胸口拔出，"当啷"一声被人扔在地上，来人竟是夺过少师剑，拔鞘而出，一剑当胸而入，随即挫腕拔出！"千年狐精"的狂吠之声顿时惊天动地，李莲花往后软倒，来人一把抓住他的身子，将他半挂在自己身上，乘着夜色飘然而去。

"汪汪汪汪汪……""千年狐精"狂奔跟去，无奈来人轻功了得，数个起落，已将土狗遥遥抛在身后，只余那点点鲜血淹没在暗淡夜色之中，丝毫显不出红来。

星辉起，月明如玉。

随着二人一狗渐渐远去，竹叶"沙沙"，一切依旧是如此宁静、沁凉。

数日之后。

清晨。

晨曦之光映照在阿泰镇后山半壁山崖上，山崖顶上便是那片青竹林，因为山势陡峭，故而距离阿泰镇虽然很近，却是人迹罕至。

今日人迹罕至的地方来了个青衣黑面的书生，这书生骑着一头山羊，颠着颠着就上了山崖，也不知他怎的没从山羊背上掉下来。

山羊上了山顶，书生嗅着那满山吹来的竹香，很是惬意地摇晃了几下脑袋，随后霹雳雷霆般地一声大吼："骗子！我来也！"

满山萧然，空余回音。

黑面书生抓了抓头皮，这倒是怪哉，李莲花虽然温暾，倒是从来没有被他吓得躲起来不敢见人。他运足气再吼一声："骗子！李莲花！"

"汪汪汪——汪汪汪汪——"竹林中突然蹿出一条狗来，吓了黑面书生一跳，定睛一看，只是一只浑身黄毛的土狗，不由得道："莫非骗子承蒙我佛指点，竟入了畜生道，变成了一只狗……"

那只土狗扑了上来，咬住他的裤管往里便扯。

好大的力气。这黑面书生自然便是"皓首穷经"施文绝了，他听说方多病娶了公主当老婆，料想自此以后绝迹江湖，安心地当他的驸马，特地前来看一眼李莲花空虚无聊的表情，却不料李莲花竟然躲了起来。

"汪汪汪——"地上的土狗扯着他的裤管发疯，施文绝心中微微一凛——随着竹林中的微风飘来的，除了缥缈的竹香，还夹杂着少许异味。

血腥味！

施文绝一脚踢开那土狗，自山羊背上跳下，就往里奔。

冲入竹林，李莲花那栋大名鼎鼎的莲花楼赫然在目，然而楼门大开，施文绝第一眼便看到——

蜿蜒一地的血。

已经干涸的斑驳的黑血，自楼中而出，自台阶蜿蜒而下，点点滴滴，最终隐没入竹林的残枝败叶中。

施文绝张大嘴巴，不可置信地看着眼前的血痕："李……李莲花！"

楼中无人回应，四野风声回荡，萧萧作响。

"李莲花！"施文绝的声音开始发颤，"骗子！"

竹林之中，刚才威风凛凛扯他裤管的土狗站在风中，蓦地竟有了一股萧萧易水的寒意。施文绝倒抽一口凉气，一步一步缓缓走入楼中。

莲花楼厅堂中一片血迹。

墙上溅上一抹碎血，以施文绝来看，自是认得出那是剑刃穿过人体之后顺势挥出的血点。地上斑驳的血迹，那是有人受伤后鲜血狂喷而出的痕迹，流了这么多血，必然是受了很重的伤，也许……

施文绝的目光落在地上一柄剑上。

那柄剑在地上灼灼生辉，光润笔直的剑身上不留丝毫痕迹，纵然是跌落在血泊之中也不沾半点血水。

它的鞘在一旁。

地上尚有被沉重的剑身撞击的痕迹。

施文绝的手指一寸一寸地接近这柄传说纷纭的剑，第一根手指触及的时候，那剑身的清寒是如此令人心神颤动。它是一柄名剑，是一位大侠的剑，是锄强扶弱、力敌万军的剑，是沉入海底丝毫未改的剑……

剑。

是剑客之魂。

少师剑。

是李相夷之魂。

但这一地的血，这一地的血……施文绝握剑的手越来越紧，越来越紧……

难道它——莫非它——

竟然杀了李莲花？

是谁用这柄剑杀了李莲花？

是谁？

是谁……

施文绝心惊胆战、肝胆俱裂。

不过数日，百川院、四顾门、少林、峨眉、武当等江湖帮派都已得到消息：吉祥纹莲花楼楼主李莲花遭人暗算失踪，原因不详。

小青峰上，傅衡阳接到消息已有二日，他并不是第一个得到消息的人，但也不算太慢。李莲花此人虽然是四顾门医师，却甚少留在四顾门中，近来四顾门与鱼龙牛马帮冲突频繁，此人也未曾现身，远离风波之外。经过龙王棺一事，傅衡阳已知此人聪明、运气兼而有之，绝非寻常人物，此时却听说他遭人暗算失踪，生死不明，心头便有一股说不出的古怪。

能暗算得了李莲花的，究竟是什么人物？

与此同时，百川院中。

施文绝正在喝茶。

他自然不是不爱喝茶，但此时再绝妙的茶喝进他嘴里都没有什么滋味。

他已在百川院中坐了三天。

纪汉佛就坐在他旁边，白江鹀在屋里不住地走来走去，石水盘膝坐在屋角，也不知是在打坐还是在领悟什么绝世武功。

屋内寂静无声，虽然坐着许多人，却都是阴沉着脸色，一言不发。

过了大半个时辰，施文绝终于喝完了他那一杯茶，咳嗽一声，说了句话。

他说："还没有消息？"

白江鹀轻功了得，走路无声无息，闻言不答，又在屋里转了三五个圈，才道："没有。"

施文绝道："偌大百川院，江湖中赫赫有名，人心所向，善恶所依，居然连个活人都找不到……"

白江鹀凉凉地道："你怎知还是活人？阿泰镇那儿我看过了，就凭那一地鲜血，只怕人就活不了，要是他被人剁碎了拿去喂狗，即便有三十个百川院也找不出个活人来。"

施文绝也不生气，倒了第二杯茶当烈酒一般猛灌，也不怕被烫死。

"江鹀，"纪汉佛沉寂许久，缓缓开口，说的却不是李莲花的事，"今天早晨，角丽谯又派人破了第七牢。"

白江鹬那转圈转得越发快了，直看得人头昏眼花，过了一会儿，他道："第七牢在云颠崖下……"

天下第七牢在云颠崖下，云颠崖位于纵横九岳最高峰纵云峰上，纵云峰最高处称为云颠崖，其下万丈深渊，第七牢就在那悬崖峭壁之上。这等地点，如无地图，不是熟知路径之人，绝不可能找到。

"佛彼白石"四人之中，必有人泄露了地图。

纪汉佛闭目而坐，白江鹬显是心烦意乱，石水抱着他的青雀鞭阴森森地坐在一旁，这第七牢一破，莫说百川院，江湖皆知"佛彼白石"四人之中必然有人泄露地图，至于究竟是有意泄露，还是无意为之，那就只能任人评说了。一时间江湖中关于"佛彼白石"四人与角丽谯的艳史横流，那古往今来才子佳人生死情仇因爱生恨甚至于人妖相恋的许多故事四处流传，人人津津乐道，篇篇精彩绝伦。

"江鹬，"纪汉佛睁开眼睛，语气很平静，"叫彼丘过来。"

"老大——"白江鹬猛地转过身来，"我不信，我还是不信！虽然……虽然……我就是不信！"

"叫彼丘过来。"纪汉佛声音低沉，无喜无怒。

"肥鹅，"石水阴沉沉地道，"十二年前你也不信。"

白江鹬张口结舌，过了好一会儿，恶狠狠地道："我不信一个人十二年前背叛过一次，十二年后还能再来一次。"

"难道不是因为他背叛过一次，所以才能理所当然地再背叛一次？"石水阴森森地道，"当年我要杀人，说要饶了他的可不是我。"

"行行行，你们爱窝里反，我不介意，被劫牢的事我没兴趣，我只想知道阿泰镇后山的血案你们管不管？李莲花不见了，你们根本不在乎是不是？不在乎早说，我马上就走。"施文绝也阴森森地道，"至于你们中间谁是角丽谯的内奸，时日一久，自然要露出狐狸尾巴，百川院好大名声，标榜江湖正义，到时候你们统统自裁以谢罪江湖吧！"他站起身来，挥挥衣袖便要走。

"且慢！"纪汉佛说话掷地有声，"李楼主的事，百川院绝不会坐视不理。能暗算李楼主的人，世上没有几个，并不难找。"

"并不难找？并不难找？"施文绝冷笑，"我已经在这里坐了三天，三天时间你连一根头发也没有给找出来，还好意思自吹自擂？三天工夫，就算是被扔去喂狗，也早就被啃得尸骨无存了！"

"江鹬，"纪汉佛站起身来，低沉地道，"我们到蓼园去。"

蓼园便是云彼丘所住的小院子，不过数丈方圆，非常狭小，其中两间小屋都堆满了书。白江鹑一听纪汉佛要亲自找上门去，已知老大动了真怒，此事再无转圜，他认定了便是云彼丘，这世上其他人再说也是无用，当下噤若寒蝉，一群人跟着纪汉佛往蓼园走去。

蓼园之中一向寂静，地上杂乱地生长着许多药草，那都是清源山天然所生，偏在云彼丘房外生长旺盛。那些药草依季节花开花落，云彼丘从不修剪，也不让别人修剪，野草生得颓废，颜色暗淡，便如主人一样。

众人踏进蓼园，园中树木甚多，扑面一阵清凉之气，虫鸣之声响亮，地方虽小，却是僻静。虫鸣之中隐隐约约夹杂着咳嗽之声，那一声又一声无力的咳嗽，仿若那咳嗽的人一时半刻便要死了一般。

施文绝首先忍耐不住："云彼丘好大名气，原来是个痨子。"

纪汉佛一言不发，那咳嗽之声，他就当作没听见一般，大步走到屋前，也不见他作势，但见两扇大门蓦地打开，其中书卷之气扑面而来。施文绝看见屋里到处都是书，少说也有千册之多，东一堆、西一摞，看着乱七八糟，却竟是摆着阵势，只是这阵势摆开来，屋里便没了落脚之地，既没有桌子，也放不下椅子，除了乱七八糟的书堆，只剩一张简陋的木床。

那咳嗽得仿佛要死了一般的人正伏在床上不住地咳，即使纪汉佛破门而入，他也没太大反应，"喀喀……喀喀喀……"咳得虽然急促，却越来越有气无力，渐渐地，根本连气都喘不过来一般。

纪汉佛眉头一皱，伸指点了那人背后七处穴道。

七处穴道一点，体内便有暖流带动真气运转，那人缓了口气，终于有力气爬了起来，倚在床上看着闯入房中的一群人。

这人鬓上花白，容颜憔悴，却依稀可见当年俊美仪容，正是当年名震江湖的"美诸葛"云彼丘。

"你怎么了？"白江鹑终是比较心软，云彼丘当年重伤之后一直不好，但他武功底子深厚，倒也从来没见咳成这样。

门外一名童子怯生生地道："三……三院主……四院主他……他好几天不肯吃东西了，药也不喝，一直……一直就关在房里。"

纪汉佛森然看着他："你这是什么意思？"

云彼丘又咳了几声，静静地看着屋里大家的一双双鞋子，他连纪汉佛都不看，道："一百八十八军的地图，是从我屋里不见的。"

纪汉佛道："当年那份地图我们各持一块，它究竟是如何一起到了你房里的？"

云彼丘回答得很干脆："今年元宵，百川院上下喝酒大醉那日，我偷的。"

纪汉佛脸上喜怒不形于色："哦？"

云彼丘又咳了一声："还有……阿泰镇吉祥纹莲花楼里……李莲花……"

此言一出，屋里众人的脸色情不自禁都变了，"佛彼白石"中有人与角丽谯勾结，此事大家疑心已久，云彼丘自认其事，众人并不奇怪，倒是他居然说到了李莲花身上，却让人吃惊不已。

施文绝失声道："李莲花？"

"李莲花是我杀的。"云彼丘淡淡地道。

施文绝张口结舌，骇然看着他。

纪汉佛如此沉稳也几乎沉不住气，沉声喝道："他与你无冤无仇，你为何要杀他？尸体呢？"

"我与他无冤无仇，"云彼丘轻轻地道，"我也不知为何要杀他，或许我早已疯了。"他说这话，神色居然很镇静，倒是半点不像发疯的样子。

"尸体呢？"纪汉佛终是沉不住气，厉声喝道，"尸体呢？"

"尸体？我将他的尸体……送给了角丽谯。"云彼丘笑了笑，喃喃地道，"你不知道角丽谯一直都很想要他的尸体吗？李莲花的尸体，是送角丽谯最好的礼物。"

"铮"的一声，石水拔剑而出。他善用长鞭，那柄剑挂在腰上很久，一直不曾出鞘。上一次出鞘，便是十二年前一剑要杀云彼丘；时隔十二年，此剑再次出鞘，居然还是要杀云彼丘。

眼见石水拔剑，云彼丘闭目待死，倒是神色越发镇定，平静异常。

"且慢。"

就在石水一剑将出的时候，白江鹒突然道："这事或许另有隐情，我始终不信彼丘做得出这种事，我相信这十二年他是真心悔悟，何况他泄露一百八十八牢的地图，杀害李莲花等等，对他自己毫无好处……"

"肥鹅，他对角丽谯一往情深，那妖女的好处，就是他的好处。"石水阴恻恻地道，"为了那妖女，他背叛门主、抛弃兄弟，死都不怕，区区一张地图和一条人命算得上什么？！"

白江鹒连连摇头："不对！不对！这事有可疑。老大，"他对纪汉佛瞪了一眼，"能否饶他十日不死？反正彼丘病成这样，让他逃也逃不了多远。地图泄露乃是大事，如果百川院内还有其他内奸，彼丘只是代人受过，一旦一剑杀了他，岂非灭了口？"

纪汉佛领首，淡淡地看着云彼丘。"嗯。"他缓缓地道，语气沉稳凝重，"这件事一日不水落石出，你便一日死不了，百川院不是滥杀之地，你也非枉死之人。"

云彼丘怔怔地听着，那原本清醒的眼神渐渐显得迷惑，突然又咳了起来。

"老大，"石水杀气腾腾，却很听纪汉佛的话，纪汉佛既然说不杀，他还剑入鞘，突然道，"他受了伤。"

纪汉佛伸出手掌，按在云彼丘顶心百会穴，真气一探，微现诧异之色。白江鹑挥袖扇着风，一旁看着。施文绝却很好奇："他受了伤？"

"三经紊乱，九穴不通。"纪汉佛略有惊讶，"好重的内伤。"

屋中几人面面相觑，云彼丘多年来自闭门中，几乎足不出户，却是在何时何处受了这么重的伤？

打伤他的人是谁？

纪汉佛凝视着云彼丘，这是他多年的兄弟，也是他多年的仇人。

这张憔悴的面孔之下，究竟隐藏着什么秘密？

他在隐瞒什么？

为谁隐瞒？

云彼丘坐在床上只是咳嗽和喘息，众目睽睽，他闭上眼睛只作不见，仿佛此时此刻，即使石水剑下留人，他也根本不存继续活下去的指望和期盼。

〖 二 负长剑 〗

"喂……你说他会不会死？"

一间空荡荡的屋子，地上钉着四条铁柱，一张精钢所制的床，铁柱之上铐着玄铁锁链，一直拖到钢床上，另一端铐住床上那人的四肢。四根铁柱上铸有精铁所制的灯笼，其中燃有灯油，四盏明灯将床上那人映照得纤毫毕现。

两个十二三岁的童子正在给床上的人换药，这人已经来了四五天，一直没醒，帮主让他们用最好的药，那价值千金的药接二连三地用下去，人是没死，伤口也没恶化，但也不见得就活得过来。

毕竟是穿胸的伤啊，一剑断了肋骨又穿了肺脏，换了谁不去半条命？

"嘘……你说帮主要救这个人做什么啊？我来了三年，只看过帮主杀人，没看过帮主救人。"红衣童子是个女娃，悄悄地道，"这人生得挺俊，难道是……难道是……"她的脸绯红。

青衣童子是个男童，情窦未开，却是不懂："是什么？"

红衣女童扭捏地道："帮主的心上人。"

青衣童子哈哈一笑，神秘地指了指隔壁："玉蝶，你错啦，帮主的心上人在那儿，那才是帮主的心上人。"

红衣玉蝶奇道："那里？我知道那里边的人被关了好久啦，一点声音都没有，里面关着的是谁？"

青衣童子摇摇头："我不知道，那个人是帮主亲自送进去的，每天吃饭喝水都是帮主亲自伺候，肯定是帮主的意中人啦！"他指了指床上这个，"这个都四五天了，半死不活的，帮主连看都不看一眼，肯定不是。"

"但他像个好人……"红衣女童换完药，双手托腮看着床上的人，"你说帮主为什么不喜欢他呢？"

青衣童子翻了个白眼："你烦不烦？弄好了就快走，想让帮主杀了你吗？"

红衣女童一个哆嗦，收拾了东西，两人悄悄从屋里出去，锁上了门。

钢床上躺着的人一身紫袍，那以海中异种贝壳之中的汁液染就的紫色灿若云霞，紫色缎面光泽细腻，显而易见不是这人原本的衣裳。那人睡了几日，或许是灵丹妙药吃得太多，脸色原本有些暗黄，此时气色却是颇好，他原本眉目文雅，双眼一闭又不能见那茫然之色，难怪红衣女童痴痴地说他生得挺俊。

两个童子出去之后，床上的人慢慢睁开眼睛，微微张开嘴。他的肺脏重伤，喉头闷的全是血块，却是咳不出来，睁开眼睛之后，眼前一片漆黑，过了良久才看到些许颜色，眼前那团飘浮的黑影在扭曲着形状，忽大忽小，烟似的飘动。他疲倦地闭上眼睛，看着那团影子不住晃动，看了不多久，眼睛便酸涩难耐，还不如不看，唯一的好处是当那影子不再死死霸住他视觉的中心，而扭曲着闪向边角的时候，他还可以看见东西。

四肢被锁，重伤濒死。

如果不是落在角大帮主手里，他大约早已被拖去喂狗，化为一堆白骨了。

角丽谯要救他，不是因为他是李莲花，而是因为他是李相夷。

李莲花是死是活无关紧要，而李相夷是死是活，那是足以撼动江湖局势的筹码。

他看着木色凝重的屋梁，可以想象角丽谯救活他以后，用他要挟四顾门和百川院，自此横行无忌，四顾门与百川院碍于李相夷偌大名声，只怕不得不屈从，而那该死而不死的李相夷也将获得千秋骂名。

李莲花闭了会儿眼睛，睁开眼睛时哑然失笑，若是当年……只怕早已自绝经脉，绝不让角丽谯有此辱人的机会。

若是当年……

若是当年……或许彼丘一剑刺来的时候，他便已杀了他。

他叹了口气，幸好不是当年。

或许是怕他早死，又或许是根本不把他这点武功放在眼里，角丽谯并没有废他武功。李莲花"扬州慢"的心法尚在，只是他原本三焦经脉受损，这次被彼丘一剑伤及手太阴肺经，真气运转分外不顺，过了半晌，他终是把闷在咽喉的血块吐了出来，这一吐一发不可收拾，逼得他坐起身来，将肺里的瘀血吐了个干净。但见身上那件不知从何处来的紫袍上淋漓了一大片一大片的黑红血迹，触目惊心，浴血满身一般。

既然角丽谯不想让他死，李莲花吐出瘀血，调息片刻，就挥动手臂上的铁链敲击钢床，顿时只听"当当当当"之声不绝于耳。

那两个小童耳听"当当当当"之声，吓了一大跳，急忙奔回房内，只见方才还昏迷不醒的人坐在床上，那身紫袍已被揉成一团丢在地上，他裸露着大半个身子，用铐着手腕的铁镣"当当当"地敲着钢床。

红衣女童一迈入屋内，只见那人对她露出一个歉然却温和的微笑，指了指自己的咽喉，抬起手指在空中虚画"茶"。她恍然，这人肺脏受伤，中气不足，外加咽喉有损，说不得话，见他画出一个"茶"字，忙忙地奔去倒茶。

青衣童子见他突然醒了过来，倒是稀奇："你怎么把衣服扔了？这件紫袍是帮主赏你的，说是收了很多年的东西呢，怎么被你弄成这样了？"他奔到屋角捡起那件衣服，只见衣服上都是血迹，吓了一跳。

"脏了。"李莲花比画，"要新的。"

新的？青衣童子悻悻然，这半死不活的还挺挑剔，刚醒过来，一会儿要喝茶，一会儿要新衣服。"没新的，帮主只给了这么一件，爱穿不穿，随便你。"

李莲花比画："冷。"

青衣童子指着床上的薄被："有被子。"

李莲花坚持比画："丑。"

青衣童子气结，差点伸出手也跟着他比画起来，幸好及时忍住，记起自己还会说话，骂道："关在牢里还有什么丑不丑的？你当你穿了衣服就俊俏得紧吗？"

这时红衣女童已端了杯茶进来，李莲花昏迷多日，好不容易醒来，她兴奋得很。不料茶一端来，李莲花一抬手掀翻那杯茶，继续比画："新衣服。"

红衣女童目瞪口呆，青衣童子越发气结："你——"

李莲花温文尔雅地微笑，比画："衣——"

那个"服"字还没比画出来，青衣童子暴怒，换了别人，他早就拳脚相加了，奈何眼前这个人半死不活只剩一口气，还是自己辛辛苦苦救回来的，忍了又忍："玉蝶，去给他弄件衣服来。"

红衣女童玉蝶闻言又奔了出去，倒是高兴得很："我再去给他倒杯茶。"

青衣童子越发生气，怒喝道："你知道这里是什么地方？容得你如此嚣张？若不是看在帮主对你好的分上，我早就一刀砍了你！"

李莲花将那薄被斯斯文文卷在身上，方才他吐出瘀血之时也很是小心，薄被甚是干净，并未染上血迹。只见他将被子卷好，方才微笑着对青衣童子比画出一连串的字符。

可惜青衣童子年纪甚小，记性不佳，悟性也不高，瞪眼看他比画良久，也不知他在说些什么，瞠目以对。

李莲花见他瞠目，不知其所以然，微笑得越发愉快，越发对着他颇有耐心地比比画画，然则青衣童子牢牢盯着他那手指比画来比画去，始终浑然不解他在说些什么。

于是李莲花的心情越发愉快了。

玉蝶此时端了一杯新的热茶进来，手臂上搭了一件深黛色的长袍，这衣裳却是旧的。李莲花眼见此衣，满脸赞叹，对着那衣服又比画出许多字来。

玉蝶满脸茫然，与青衣童子面面相觑，轻声问："青术，他在说什么？"

青衣童子两眼望天："鬼知道他在说什么，这人的脑子多半有些问题。"

玉蝶将衣服递给李莲花，李莲花端过那杯热茶，终是喝了一口，对着玉蝶比画出两个字"多谢"。玉蝶嫣然一笑，小小年纪已颇有风情。

李莲花肺脉受损，不敢立即咽下热茶，便含在口中，玉蝶递上一方巾帕，李莲花顺从地漱了漱口，第一口热茶吐在巾帕之中，但见全是血色。

漱口之后，玉蝶又送来稀粥。角丽谯既然一时不想要他死，李莲花便在这牢笼之内大摇大摆地养伤，要喝茶便喝茶，要吃肉便吃肉，仗着不能说话，一双手比画得两个孩童上天无路、入地无门，差遣得水里来火里去，但凡李莲花想要的，无一不能没有。

如此折腾了十二三日后，李莲花的伤势终于好了些，玉蝶和青术对他已然很熟，深知这位文雅温柔的公子哥很是可怕，对他的话颇有些不敢不从的味儿——莫说别的，只李莲花那招"半夜铁镣慢敲床"他们便难以消受，更不必说李莲花还有些不必出声便能一哭二闹三上吊之类的奇思妙想，委实让两个孩子难以招架。

而这十二三日过后，角丽谯终是踏进了这间监牢。

角大帮主依然貌若天仙，纵使穿了身藕色衣裙，发上不见半点珠玉，那也是倾城之色。李莲花含笑看着她，这么多年来，踏遍大江南北、西域荒漠，真的从未见过有人比她更美，无论这张皮相之下究竟如何，看看美人总是件好事。

角丽谯一头乌丝松松绾了个斜髻，只用一根带子系着，那柔软的发丝宛若她微微一动便会松开，让人见了便想动手去帮她绾上。她穿着双软缎鞋子，走起路来没半点声息，打扮得就像个小丫头，丝毫看不出她已年过三十。见她轻盈地走了进来，玉蝶和青术便退了下去，她一走进来便笑盈盈地看着李莲花。

李莲花微笑，突然开口道："角大帮主驻颜有术，还是如此年轻貌美，犹如十七八岁的小姑娘。"已过了十二三日，他的喉咙早已好了，只是实心眼的玉蝶小姑娘和青术小娃儿若是听见，只怕又要气坏。

角丽谯半点不觉惊讶，嫣然一笑："在刘可和家里，我那一刀如何？"

"堪称惊世骇俗，连杨昀春都很佩服。"他是真心赞美。

她越发嫣然："看来我这十年苦练武功，确有进步，倒是李门主大大地退步了。"

李莲花微微一笑，这句话他却不答。角丽谯叹息一声，他不说话，她却明白他为何不答——纵然角丽谯十年苦练，所修一刀惊世骇俗，那也不过堪堪与李莲花一剑打成平手。

只是李莲花，却不是李相夷，那句"李门主大大退步了"不知是讽刺了谁。角丽谯心眼灵活，明白过来也不生气，仍是言笑晏晏："李门主当年何等威风，小女子怕得很，做梦也想不到有朝一日能与李门主打成平手。"

她明眸流转，将李莲花上上下下细看了一遍，又叹道："不过李门主终归是李门主，小女子实在想象不出你是如何将自己弄成这番模样……这些年来，你吃了多少苦？"

"我吃了多少苦，喝了多少蜜，用了多少盐多少米之类……只怕角大帮主的探子数得比我清楚。"李莲花柔声道，"这些年来，你何尝不是受苦了？"

角丽谯一怔，秀眉微蹙，凝神看着李莲花——李莲花眉目温和，并无讽刺之意。她这一生还从未听人说过"你何尝不是受苦了"这种话，倒是大为奇怪："我？"

李莲花点头，角丽谯凝视着他，那娇俏动人的神色蓦地收了起来，改了口气："我不杀你，料想你心里清楚是为了什么。"

李莲花颔首，角丽谯看着他，也看着他四肢上的铁镣，道："这张床以精钢所制，铁链是千年玄铁，你是聪明人，我想你也该知道寻死不易，我会派人看着你。"

李莲花微微一笑，答非所问："我想问你一件事。"

"什么事？"角丽谯眉头仍是蹙着，她素来爱笑，这般神色极是少见。

"你与刘可和合谋杀人，刘可和是为了刘家，你又是为了什么？"李莲花握住一节铁镣，轻轻往上一抛，数节铁镣相撞发出清脆的声响，他抬手接住，"你在宫中住了多少时日？清凉雨是你的手下，盗取'少师'对'誓首'，为了什么，逼宫？"

角丽谯缓缓地道："不错。"她面罩寒霜，冷漠起来的样子当真皎若冰雪，"我想杀谁便杀谁，向来如此。"

李莲花又道："你想做皇帝？"

角丽谯红唇抿着，居然一言不发。

李莲花笑了笑，十来天不曾说话，一下说了这许多，他也有些累了，慢慢地道："四顾门、百川院，什么肖紫衿、傅衡阳、纪汉佛、云彼丘等等，都不是你的对手，老至武当前辈黄七，少至少林寺第十八代的俊俏小和尚，统统拜倒在你石榴裙下，你想在江湖中如何兴风作浪便如何兴风作浪——你不是做不到，只是厌了——所以，想要做皇帝了？"

角丽谯秀眉越蹙越深，既不承认也不否认，目光灼灼地看着他。

李莲花本不想再说，见她如此眼色，却仿若等着他说个干净，于是换了口气，缓缓说了下去："你到了皇宫，见了刘可和——或许你本想直接杀了皇帝，取而代之，但朝廷不是江湖，即便你将皇帝杀十次，百官也不可能认你……所以你必须想个办法。"他温柔地看着角丽谯，"这个时候，皇上召鲁方等人入宫，你在刘可和身边，从他古怪的举动中发现——皇上其实不是太祖的血脉。天大的秘密被你得知，你便知道你不必杀人，便可以做皇帝——"他望着角丽谯，"你可以拿这天大的机密做把柄，威胁当今皇上做你的傀儡。"

角丽谯淡淡地看着他，就如看着她自己，也如看着一个极其陌生的怪物。

李莲花又道："你一直是个谨慎小心的人，做事之前必求周全，确保自己全无破绽——你手里有皇帝的把柄，也必须有不可撼动的实力，他才可能屈从。皇上有'御赐天龙'杨昀春，那绝非易与之辈，而你呢？"他露出微笑，"你却把笛飞声弄丢了。"

角丽谯那严若寒霜的脸色至此方才真的变了："你——"她目中乍然掠过一抹杀机，扬起手来，就待一掌拍落。

李莲花看着她的手掌，仿佛看得有趣得很，接着道："若是笛飞声尚在，两个杨昀春也不在话下，你却让清凉雨去盗剑——盗'少师'只能对'誓首'——莫非这逼宫篡位之事，你帮中那群牛鬼蛇神其实是不支持的，只有你一人任性发疯不成？你伏在刘可和家中偷袭杨昀春，那一刀真是光风霁月，美得很，可惜就是杀他不死。"他十分温柔地看着角丽谯，"清凉雨说要救人，他是要救你，他不想你死在杨昀春剑下——刘可和在清凉雨身上放极乐塔的纸条——他是提醒你，他要你闭嘴。"

他柔声道："你真是疯了。"

角丽谯扬在半空的手掌缓缓收了回来，眼里自充满杀意渐渐变得有些莹莹。

"说这许多话，想这许多事，你不累吗？"她轻轻地道，"你可知道，我太祖婆婆是熙成帝的妃子，我想做皇帝……有什么不对？他们萧家抢了我王家的江山，我抢回来有什么不对？"

李莲花看了她好一会儿，并不答她那"有什么不对"，倒是突然问："你要当皇帝，那笛飞声呢？"他好奇地看着角丽谯，"莫非……你要他当皇后？"

角丽谯蓦地呆住，怔怔地看着李莲花，李莲花一本正经地道："你若要笛飞声做皇后，说不准你要夺江山这件事便有许多人支持……"

角丽谯的俏脸刹那一片苍白，突然又涨得通红，过了一阵，缓缓嘘出口气，她浅浅地笑了起来，仿若终是回过了神，嫣然道："和你说话真是险，你看我一个不小心便被你套了这许多事出来。"

顿了一顿，她伸手轻轻在李莲花脸上磨蹭了两下，叹道："你伤得这般厉害，皮肤还是这般好，羡煞多少女人……我若是要娶个皇后，也当娶你才是。"又是略略一顿，她笑靥如花绽放，"莫说什么皇后不皇后了，既然没杀成杨昀春，极乐塔的事又被不少人知道了，做皇帝的事就此揭过，我收手了。"

"那称霸江湖的事，你什么时候收手？"李莲花叹道，"你连皇帝都不想做了，称霸江湖有什么意思？"

角丽谯嫣然看着他，轻飘飘的衣袖挥了挥："我又不是为我自己称霸江湖，称霸江湖是无趣，不过……"她浅浅地笑，她这浅浅的笑比那风流婉转、千娇百媚的笑要动人多了，"有些人，注定是要称霸江湖的。"

李莲花叹道："你为他称霸江湖，他却不要你。"

角丽谯美目流转，言笑晏晏地道："等我称霸江湖，必要将你四肢都切下来，弄瞎你的眼睛，刺聋你的耳朵，将你关在竹笼之中，然后每日从你身上割下一块肉来吃。"

"和角大帮主一谈，果是如沐春风，难怪许多江湖俊彦趋之若鹜、求之若渴。"李莲花却微笑道，"欢喜伤心，失落孤独，姿态都是动人。"

角丽谯终于有些笑不下去，她在男人面前无往不利，偏生笛飞声、李莲花都是她克星，一个冷心冷面、无情无义，一个文不对题、胡言乱语。跺了跺脚，她想起一事，瞟了李莲花一眼，盈盈地道："比起你来，云彼丘要讨人喜欢多了。"说完，她咬着那小狐狸一般的红唇，心情颇好地飘然而去。

云彼丘……

李莲花看着她飘然而去，眉头皱了起来。

角丽谯走后，玉蝶和青术即刻回来，玉蝶还端了一盘子伤药，眼见李莲花毫发无伤，她呆了一呆，手里本来端得还挺稳，突然间"叮叮当当"发起抖来，比见了鬼还惊恐。

李莲花对她露齿一笑："茶。"

玉蝶从来没听他说过话，蓦地听他说出一个字来，"啊"地大叫一声，端着那些伤药转身就跑。

李莲花忍不住大笑，青术脸色惨白，这还是第一个和帮主密谈之后毫发无伤的人，一般……一般来说……和帮主密谈过的人不是断手断脚，就是眼瞎耳聋，再轻也要落个遍体鳞伤，这人居然言笑自若，还突然……突然说起话来了。

眼见两个孩子吓得魂不附体，李莲花温文尔雅地微笑，又道："茶。"

李莲花喝茶，不挑剔茶叶是何种名品，也不挑剔煮茶的水是来自何处名山大川，他什么都喝。青术在心里暗忖，基本上只要是杯水，只要敢告诉他那是杯茶，他都会欣然喝下去。不过青术虽然想了很久，却一直没这个胆子。

玉蝶从门外探出个头来，战战兢兢地端了杯茶进来，虽然李莲花不挑剔，但她还是老老实实泡了上等的茶叶。李莲花喝了口茶，指了指隔壁的屋子，微笑问："那里头住的是谁？"

"你闭嘴！乖乖地坐回床上去，等帮主说你没用了，我马上就杀了你！"青术勃然大怒，这个人和帮主说过话以后还活着已经很奇怪了，居然还越来越端出个主人的样子来。

李莲花道："角姑娘和我相识十几年，十几年前你还未出生……"

青术怒道："胡说！我已经十三岁了！"

李莲花悠悠地道："可是我与角姑娘已经相识十四年了。"

青术的脸涨得通红："那……那又怎么样？帮主想杀谁就杀谁，就算是笛飞声，那也是——"他的话戛然而止,脸色"唰"的一下变得惨白,已知自己说错了话。

斜眼偷偷看让他说错话的人,李莲花原本微笑得很愉快,突然不笑了。

这个无赖居然心情不好了?青术大为奇怪,与玉蝶面面相觑。按常理,这人知道了帮主和笛飞声闹翻,心情应该很好才对,他怎么突然不高兴了?

李莲花叹了口气:"她把笛飞声怎么样了?"

青术和玉蝶不约而同一起摇头,李莲花问道:"在你们心中,笛飞声是怎样的人?"

一片寂静。

过了良久,玉蝶才轻声细气地道:"笛叔叔是天下第一……"她的目中有灼灼光华,"我……我……"

李莲花微眯起眼睛,微笑道:"怎么?"

玉蝶默然半响,轻声道:"见过笛叔叔以后,就不想嫁人了。"

李莲花奇道:"为什么?"

玉蝶道:"因为见了笛叔叔以后,别的男人都不是男人了。"

李莲花指着自己的鼻子:"包括我?"

玉蝶怔了一怔,迷惑地看着他,看了很久之后,点了点头。

李莲花和青术面面相觑,青术本不想说话,终于忍不住哼了一声:"他哪有这么好……你没见过他杀人的样子……"

玉蝶轻声道:"他就算杀人,也比别人光明正大。"

青术又哼了一声:"胡乱杀人就是胡乱杀人,有什么光明正大不光明正大……"

玉蝶怒道:"你根本不懂笛叔叔!"

青术尖叫:"我为什么要懂?他又不把我们这种人当人看,他随随便便一挥手就能杀我们三五个,你又不是没有见过!他杀人连眉头都不皱一下,这种人有什么光明正大不光明正大?"

玉蝶大怒:"像你这种人,就是杀了也没什么大不了的!"

青术气得脸色发青,"唰"的一声拔出剑来,向她刺去。

"喂喂……"李莲花连声道,"喂喂喂……"

一旁玉蝶也拔出剑来,"叮叮当当",两个娃儿打在一起,目露凶光,大有不死不休的架势。但见青术这一剑刺来,玉蝶横剑相挡,心里盘算要如何狠狠在他身上戳出一个透明的窟窿来,眼前只见有东西一亮——"叮"的一声响,自己手中剑和青术手中剑一起斩到了一样东西上。

那东西精光闪亮，眼熟得很，正是铐着李莲花的玄铁锁链。

锁链上力道柔和，两人一剑斩落，剑上力道就如泥牛入海，竟是消失无踪，接着全身力道也像被化去一般，突然间使不出半点力气。两人一起摔倒，心里惊骇绝伦，摔倒之后连一根手指都动弹不得，只听头顶有人叹了口气，轻声道："笛飞声是天下第一也好，是草菅人命也罢，是男人中的男人也好，就算他是男人中的女人……那又有什么大不了的？"

两人都觉得被人轻轻揉了揉头顶，就像待那寻常的十二三岁的孩童，那人柔声道："有什么值得以命相搏？傻孩子。"

那声音很柔和，青术却听得怒从心起，他要如何便如何，轮得到谁来教训吗？他嘴里说不出来，那人却如知晓他心中所想，拍了拍他的头，也没多说什么，青术心中那无名火却莫名地熄了。

他想到自己才十三岁，却已经很久没有人当他是个孩子。

没有人像这个人这样……因为他是个孩子，所以理所当然地觉得他可以犯错，犯错后又可以被原谅，然后真心实意地觉得那没什么大不了。

他突然觉得很难过。

他摔下去的角度不大好，让他看不到李莲花。但玉蝶却是仰天摔倒的，她将李莲花看得很清楚，如果青术看得到她，便会看到她一脸惊骇，如果她能说话，她一定在尖叫。

李莲花从床上站了起来，他先下到右手边那铁柱旁，玄铁链无法斩断，他原来的灰色衣裳里有剑，有一柄削铁如泥的软剑，叫作"吻颈"。

但那衣服不在这里，李相夷的长剑"少师"、软剑"吻颈"闻名天下，角丽谯岂能不知？她在那剑下吃了不少亏，早就把它们收了起来。

失了神兵利器，他斩不断玄铁链，角丽谯断定他逃不了，于是没有废了他的武功。当然她也是怕李莲花只剩下这三两分"扬州慢"的根基护身，一旦废了他的武功，只怕李莲花活不到她要用他的时候。

玉蝶这个时候就看着李莲花站在那铁柱旁，既然玄铁链斩不断，他便伸手去摇晃那钉在地上的铁柱。玄铁链刀剑难伤，难以锻造，故而无法与铁柱融为一体，只能铐在铁柱上。那铁柱钉在地上，却并非深入地下十丈八丈，这屋下的泥土也非什么神沙神泥，眼见李莲花这么摇上几摇，运上真力用力一提，"咯咯"连响，地上青砖崩裂，那根铁柱就这么被他拔了出来。

这似乎没有花他多少力气，于是玉蝶眼睁睁看着他动手去摇晃另一根铁柱，不过两炷香工夫，他就把四根铁柱一起拔出，顺手把玄铁链从铁柱底下都捋了出来。

她的眼神变得很绝望——玄铁链脱离铁柱，便再也困不住这人，而这人一旦跑了，角丽谯一定会要了她的命。

却见这人将玄铁链从铁柱上脱下以后，顺手将那锁链绕在身上，他也不急着逃走，居然斯斯文文地整好衣裳，还给自己倒了杯茶，细细喝完，才慢吞吞地走了出去。

出去的时候居然还一本正经地关上了门。

这屋子的大门外是一条很长的走廊，十分阴暗，十数丈内没有半个灯笼，却依稀可见走廊一侧有七八个房间。走廊外是一汪碧水，水色澄净，却不见水里常见的鲤鱼，显而易见，以角丽谯一贯的喜好，这池子里乌龟、鲤鱼多半是难以活命，即便是鳄鱼、毒虫也只是马马虎虎。

不见半个正经守卫。

这必是个极端隐秘的禁地，角丽谯竟不相信任何人。

看青术和玉蝶的模样，他们只怕很少——甚至没有从这里出去过，所以还保有些许天真。

他轻轻地走向隔壁，他心里有个猜测，而他并不怎么想证实那个猜测。

"咯咯"两声脆响，他并没有与那门上千锤百炼的铜锁过不去，倒是把隔壁屋大门与墙的两处销板给拆了，于是那左边一扇门硬生生被他抬了下来。

屋里也点着灯，只是不如他屋里四盏明灯亮堂。

李莲花往里望去，然后吓了一大跳。

三 剑鸣弹作长歌

那是间一丈方圆的小屋，屋里纵横悬挂着大小不一的锁链，锁链上挂有各种稀奇古怪的刀具，地上血迹的污渍已让原先青砖的色泽无迹可寻。

屋里悬挂着一个人，那人琵琶骨被铁链穿过，高高吊在半空，全身赤裸，身上倒是没见什么伤痕，但让李莲花吓了一大跳的，是这个人身上生有许多古怪的肉瘤，或大或小，或圆或扁，看来触目惊心，十分恐怖。李莲花看了一眼，就不想再看第二眼，但既然已经看了，便只好看到底，于是他又看了一眼。

然后他就只好对着屋里这人笑了一笑。

那被挂在半空，浑身赤裸，血迹遍布，还生有许多肉瘤的人面容清俊，双眉斜飞，即使沦落到这般境地，他脸上也淡淡的，看不出什么来，目中光芒尚在，却是笛飞声。

李莲花认出他是笛飞声，仰着头对他这等姿态着实欣赏了好一阵子。笛飞声淡淡地任他看，面上坦然自若，虽然沦落至此，却是半点不落下风。

李莲花看了一阵，笛飞声等着他冷嘲热讽，却听他奇道："你身上生了这许多肉瘤，穿着衣服的时候，却把它们收到哪里去了？"

笛飞声淡淡地道："你的脾性果是变了很多。"

李莲花歉然道："那个……一时之间，我只想到这个……"他走进屋里，顺手带上大门，叹了口气，"你怎会在这里？"

笛飞声吊在上头，琵琶骨上的伤口已经溃烂，浑身生着古怪的肉瘤，但那些就如不属于他的身体一般，他根本不屑一顾，只淡淡地道："不劳费心。"

李莲花在屋里东张西望，他手上缠着锁链，脚踝上也拖着锁链，行动本已不易，要攀爬更加困难，他却还是寻了两张凳子叠起来，爬上去将笛飞声解了下来。

笛飞声浑身穴道受制，琵琶骨洞穿，真气难行，李莲花将他解了下来，他便如一具尸体一般僵直躺在地上，过了一会儿，他语气平淡地道："今日你不杀我，来日我还是要杀你，要杀方多病、肖紫衿、纪汉佛等等一干人。"

李莲花也不知有没听见他的话，给他取下穿过琵琶骨的锁链，接着爬了起来，满屋子翻找东西，好半天才从屋角寻出一件血淋淋的旧衣，也不知是谁穿过的，忙忙地给他套在身上。

笛飞声撂下狠话，却见他拿着一块破布发呆，剑眉皱起："你在做什么？"

"啊？"李莲花被他吓了一跳，本能地道，"我在想哪里有水可以帮你洗个澡……呃……"他干笑一声，"我万万不是嫌你臭。"

笛飞声淡淡地道："生死未卜，你倒是有闲情逸致。"

李莲花用那破布给他擦去伤口处的脓血，正色道："这破布要是有毒，只能说菩萨那个……不大怎么你……绝不是我要害你。"

笛飞声闭目，又是淡淡地道："笛飞声平生不知感激为何物。"

李莲花又道："你饿不饿？"

笛飞声闭嘴了。

他根本不该开口，这人根本就不是在和他"说话"。

他根本是自说自话。

然而这自说自话的人很快把他弄干净了些，居然用手臂上的玄铁链将他绑在背上，就这么背了出去。

半个时辰之后。

浮烟袅袅，水色如玉。

笛飞声躺在一处水温适宜的温泉之中，看着微微泛泡的泉涌慢慢洗去自己身上的血色。他漠然看着不远处的一人——那人和他一样泡在温泉之中，不同的是那人忙得很。

忙着洗衣服，洗头发，洗那玄铁锁链。

半个时辰工夫，李莲花背着笛飞声绕角丽谯这处隐秘牢狱转了一大圈，发现这里竟是个绝地。

这是一座山崖的顶端，角丽谯在山顶上盖了座庄园，庄园里挖了个池塘，据说池塘里养满吸血毒虫，连半条鱼也没有。此处山崖笔直向下削落，百丈高度全无落脚之所，纵使是有什么少林寺"一苇渡江"或是武当派"乘萍渡水"之类的绝妙轻功也是渡之不能。角丽谯是使用一种轻巧的银丝挂钩借力上来的，她手中有方便之物，上来下去容易，旁人既无这专门之物，又无绝顶轻功，到了此处自然只有摔死的份儿。

李莲花和笛飞声却好运得很——角丽谯被李莲花一激，拂袖而去，不愿再留在山顶，即刻下山去了。这山庄之内无其他人，只有玉蝶、青术以及另外十几个丫鬟书童，庄园外机关遍布，鱼龙牛马帮有"金凤玉笛"等三十三名高手守在山巅各个死角，借以地利机关，的确是固若金汤。

但李莲花和笛飞声却没有闯出去。

事实上，李莲花背着笛飞声，在厨房里捉了一个小丫鬟，问清楚角丽谯的房屋在哪里，顺手从厨房里盗了一篮子酒菜，然后把小丫鬟绑起来藏进米缸，两人就钻进了角丽谯的屋里。

出乎意料的是，这屋里居然有个不大不小的温泉池。此山如此之高，山顶居然有个温泉，李莲花啧啧称奇，对角丽谯将温泉盖进自己屋里这事大为赞赏，然后他便将笛飞声扔了下去，自己也跳进去洗澡。

角丽谯为自己修建的屋子很大，温泉池子在房屋东南一角，西南角上却有数排书橱，上面排满诗书，还有瑶琴一具，抹拭得十分干净，就宛若当真有婉约女子日日抚琴一般。桌为檀木桌，椅为梨花椅，文房四宝、琴棋书画俱全，倒和那翰林学士家的才女闺房一般模样。

笛飞声对角丽谯的房屋不感兴趣，只淡淡地看着那一丝一缕自己身上化开的血。

李莲花将他自己全身洗了一遍，湿淋淋地爬起来，便到书橱那儿去看。

笛飞声闭上眼睛，潜运内力，他虽然中毒颇深，琵琶骨上伤势严重，但功力尚在。方才李莲花帮他解了穴道，数月以来不能运转的内力一点一滴开始聚合，只是"悲风白杨"心法刚猛狂烈，不宜疗伤，他中毒太深，若是强提真气，非脏腑崩裂不可。角丽谯对他太过了解，拿准他无法自行疗伤，这才放心将他吊在屋中。

李莲花自书橱上搬下许多书来，饶有兴致地趴在桌上看书。笛飞声并不看他，却也知道他的一举一动，温泉泉水涌动，十分温暖，感觉到温暖的时候，他忽然恍惚了一下。

他记起了李相夷。

他依稀记得这个人当年在扬州城袖月楼与花魁下棋，输一局对一句诗，结果连输三十六局，以胭脂为墨在墙上书下《劫世累姻缘歌》三十六句。

"哈——"背后那人打了个哈欠，伏在桌上睡眼惺忪地问："你饿不饿？"

笛飞声不答，过了一会儿，他淡淡地问："你现在还提剑吗？"

"啊？"李莲花蒙眬地道，"你不知道别人问你'你饿不饿'的意思，就是说'我已经饿了，你要不要一起吃饭'的意思……"

他从椅上下来，从刚才自厨房里顺手牵羊来的篮子里取出两三个碟子，那碟子里是做好的凉菜，又摸出两壶小酒，微笑道："你饿不饿？"

笛飞声确是饿了。

"哗啦"一声，他从水里出来，盘膝坐在李莲花身旁，浑身的水洒了一地。

李莲花手忙脚乱地救起那几碟凉菜，喃喃地道："你这人忒粗鲁野蛮……"

笛飞声坐了下来，提起一壶酒喝了一口，李莲花居然还顺手牵羊地偷了两副筷子，他夹起碟中一块鸡肉便吃。

"喂，角丽谯不是对你死心塌地吗，怎么把你弄成了这副模样？"李莲花抱着一碟鸡爪慢吞吞地啃着，小口小口地喝酒，"你这浑身肉瘤，看来倒也可怕得很。只不过'笛飞声'三字用来吓人已是足够，何况你吓人之时多半又不脱衣，弄这一身肉瘤做什么？"

笛飞声"嘿"了一声，李莲花本以为他不会说话，却听他道："她要逼宫。"

李莲花叼着半根鸡爪，含含糊糊地道："我知道，她要做皇帝，要你做皇后……"

笛飞声一怔，冷笑一声："她说她唾手可得天下，要请我上座。"

李莲花"哎呀"一声，很是失望："原来她不是想娶你做皇后，是想你娶她做皇后。"

笛飞声冷冷地道："要朝要野，为帝为王，即使笛飞声有意为之，也当亲手所得，何必假手妇人女子？"

李莲花"嗯"了一声："所以她就把你弄成这副模样？"

笛飞声笑了笑："她说要每日从我身上挖下一块肉来。"

李莲花恍然大悟："她要每日从你身上挖下一块肉来解恨，又怕你身上肉不够多，挖得三两下便死，所以在你身上下些毒药，让你长出一身肉瘤来，她好日日来挖。"

笛飞声喝酒，那便是默认。

"角大帮主果真是奇思妙想。"李莲花吃了几根鸡爪，睇着笛飞声，"这种毒药定有解药，她爱你爱到发狂，万万不会给你下无药可救的东西，何况这些肉瘤难看得很，她看得多了，只怕也是不舒服。"

笛飞声淡漠喝酒，不以为意。

两人之间，自此无话可说。

十四年前，此生未曾想过有对坐喝酒的一日。

十四年前，他未曾想过自己有弃剑而去的一日。

十四年前，他未曾想过自己有浑身肉瘤的一日。

此处本是山巅，窗外云雾缥缈，山峦连绵起伏，十分苍翠，却有九分萧索。两人对坐饮酒，四下渐渐暗去，月过千山，映照得窗内一地白雪。

"今日……"

"当年……"

两人蓦地一起开口，又一起闭嘴，笛飞声眉宇间神色似微微一缓，又笑了笑："今日如何？"

李莲花道："今日之后，你打算如何？"

笛飞声又喝酒，又是笑了一笑："杀你。"

李莲花苦笑，不知不觉也喝了一口酒："当年如何？"

"当年……"笛飞声顿了一顿，"月色不如今日。"

李莲花笑了起来，对月举了举杯："当年……当年月色一如今日啊……"

然后，他突然极认真地问："除了杀我，你今后就没半点其他想法？你不打算再弄个银鸳盟、铁鸳盟，或是什么金莺教、金鸟帮……或者是金盆洗手，开个青楼红院，娶个老婆什么的？"

"我为何要娶老婆?"笛飞声反问。

李莲花瞠目结舌:"是男人,人人都要娶老婆的。"

笛飞声似是觉得甚是好笑,看了他一眼:"你呢?"

"我老婆改嫁了而已……"李莲花不以为意,抬起头来,突然笑了笑,"十二年前,我答应过他们大家……婉婉出嫁那天,我请大家吃喜糖。那天她嫁了紫衿,我很高兴……从那以后,她再也不必受苦了。"

他说得有些颠三倒四,笛飞声并未听懂,喝完最后一口酒,他淡淡地道:"女人而已。"

李莲花呛了口气:"阿弥陀佛,施主这般作想,只怕一辈子讨不到老婆。"

接着,他正色道:"女人,有如娇梅、如弱柳、如白雪、如碧玉、如浮云、如清泉、如珍珠,等等种种;或有娇嗔依人之态、刚健妩媚之姿、贤良淑德之娴、知书达理之秀,五颜六色,各不相同。就如你那角大帮主,那等天仙绝色只怕数百年来只此一人,怎可把她与众女一视同仁?单凭她整出你这一身肉瘤,就知她诚然是万中挑一、与众不同的奇葩……"

笛飞声又是笑了一笑:"杀你之后,我便杀她。"

"你为何心心念念非要杀我?"李莲花叹道,"李相夷已经跳海死很多年了,我这三脚猫功夫在笛飞声眼里不值一提,何苦执着?"

笛飞声淡淡地道:"李相夷死了,'相夷太剑'却未死。"

李莲花"啊"了一声,笛飞声仍是淡淡地道:"横扫天下易,而断'相夷太剑'不易。"

李莲花叹道:"李相夷若是能从那海底活着回来,必会对你这般推崇道一个'谢'字。"

笛飞声哼了一声,不再说话。

李莲花刚才从角丽谯桌上翻了不少东西,他略略一扫,却是许多书信。只见李莲花拿着那些书信横看竖看,左倾右侧,比画半天也不知在做什么。

半晌之后,笛飞声淡淡地问:"你做什么?"

李莲花喃喃地道:"我只是想看信上写了什么。"

笛飞声看着他的眼睛:"你看不见?你的眼睛怎么了?"

"我眼前有一团……很大很大的黑影……"他说来心情似乎并不坏,伸出手指在空中比画着,在笛飞声眼前画了一人头大小的圈,还一本正经地不断修正那个圈的形状,"有些时候我也看不太清你的脸,它飘来飘去……有时有,有时没有,所以你也不必担心你在我面前那个……不穿衣服……"

他说了一半，突然听笛飞声道："辛酉三月，草长莺飞，梨花开似故人，碧茶之约，终是虚无缥缈。"

李莲花"啊"了一声，但听笛飞声翻过一页纸，淡淡地道："这一封信只有一句话，落款是一个'云'字。"

李莲花眨眨眼睛："那信纸可是最为普通的白宣，信封之上盖了个飞鸟印信？"

笛飞声的语调不高不低，既无幸灾乐祸之意，也无同情感慨之色："不错，这是云彼丘的字，白江鹬的印信。"

李莲花叹了口气："下一封。"

笛飞声语气平淡地念："辛酉四月，杀左三荞。姑娘言及之事，当为求之。"这是四月份的信件，五月份的信件打开来，笛飞声目中泛出一阵奇光，"这是百川院一百八十八牢的地图。"

那非但是一张地图，还是一张标注清晰的详图。当年四顾门破金鸳盟，笛飞声坠海失踪，其余众人或被擒或被杀，由于被擒之人众多，纪汉佛为免屠杀之嫌，将杀人不多、罪孽不重之人分类关入地牢，若能真心悔改，便可重获自由。如此一来，许多位高权重的魔头却未死，在双方激战之时，高手对高手，所杀之人倒是不多。笛飞声当时众多手下便都关在这一百八十八牢之中。

第六封书信是云彼丘向角丽谯细诉相思之苦，文辞华丽婉约，极尽文才。第七封书信是回答角丽谯的问题，答复百川院内有高手多少，新四顾门又有多少弱点等等。第八封书信是对角丽谯的建言……如此这般下来，这一叠书信二十余封，信件来往越来越频繁，自开始的痴情诉苦，到后来云彼丘俨然成为角丽谯暗伏在百川院的一名内应，那气煞傅衡阳的龙王棺之计居然就出自云彼丘的手笔，他货真价实地成为为角丽谯出谋划策的军师。

笛飞声只挑信里重点的几句来读，念到最后一封："李莲花多疑多智，屡坏大计，当应姑娘之请杀之，勿念。"顿了一顿，"这封信没有落款。"

李莲花本来听得津津有味，听到"勿念"二字，皱了皱眉头："你吃饱了没？"

笛飞声身上血衣渐干，只是那浑身肉瘤看来极是可怖，随手将那叠信件往地上一掷："你要闯出去？"

李莲花叹道："我本想在这里白吃白喝，不过有些事只怕等不得。"

"此地天险，闯出不易。"

李莲花笑笑："若笛飞声没有中毒，天下有何处困得住他？"

笛飞声纵声长笑："你想助我解毒？"

李莲花的手掌已按到他头顶百会，温颜微笑："盘膝坐下，闭上眼睛。"

笛飞声应声盘膝而坐，背脊挺直，姿态端庄。

他竟不惧让这十数年的宿敌一掌拍上天灵盖。

一掌拍落，"扬州慢"真力透顶而入，刹那间贯通十数处穴道，激起笛飞声体内"悲风白杨"内息交汇。融汇之后，两股真气并驾齐驱，瞬间再破十九处穴道，半身主穴贯通，笛飞声只觉心头一轻，"扬州慢"过穴之后蕴劲犹存，一丝一毫拔去血气之中侵蚀的毒性，瞬间全身剧痛，身上那些奇形怪状的肉瘤发出焦黑之色，不住颤抖。

李莲花真力再催，纵是笛飞声也不得不承认这等至清至和的内功心法于疗伤有莫大好处，"扬州慢"冲破穴道，激起气血加速运转，却丝毫不伤内腑，并且它破一穴便多一层劲力，融汇的气血合力再冲第二穴。如此加速运行，真气过穴势如破竹，再过片刻，笛飞声只觉全身经脉畅通，"悲风白杨"已能运转自如。

李莲花微微一笑，放开了手。笛飞声体内真气充盈激荡，"扬州慢"余劲极强，缓慢发散开去，"悲风白杨"更是刚猛至烈的强劲内力，但听"噗"的几声闷响，笛飞声身上刹那染满焦黑发臭的毒血，竟是那些肉瘤承受不住剧毒倒灌，自行炸裂。笛飞声站起身来，浑身骨骼"咯吱"作响，毒血披面而过，形容本如厉鬼，但他站起，瞬间如一座峰峦巍然而起，自此千秋万代，俯瞰苍生。

"走。"笛飞声功力一复，伸手提起李莲花，对着面前的墙壁劈出一掌，但听轰然一声巨响，砖石横飞，他就在那漫天尘土和石墙崩塌的破碎之声中，走出了角丽谯的屋子。

"向东，第三棵大树后转。"李莲花被他提在手里，心里不免觉得大大地不妥，然而笛飞声功力一复，行走如电，要追未免有些……那个不自量力。

笛飞声应声而至："阵法？"

李莲花道："刚才彼丘的信里不是说了？诸处花园可布'太极鱼阵'——前面第二个石亭向西。"

笛飞声提着他一闪而至，李莲花又道："沿曲廊向前，从那芍药中间穿出。"

两人在花园中三折两转，竟未触动任何机关，很快到了一处悬崖边上。

此处悬崖地势险峻，短短青松之下便是笔直滑落，甚至往里倾斜。此时已是深夜，山边竟无半个守卫，山下隐约可见云雾翻涌，也不知有多深。笛飞声丝毫不以为意，纵身跃起，提着李莲花便向那无尽的深渊坠下。

跃下山崖，云雾一晃便过，睁开眼来，只见月色清冷，一切竟清晰得触目惊心。山崖上生着极短的松树，却距离两人尚有二三丈之遥，并且此处山崖越往下越往里倾斜，若不及时抓住松树，摔下去非死不可。李莲花噤若寒蝉，一动不动，笛飞声双眉耸动，吐气开声，一声大喝，两人急坠之势蓦地一缓，笛飞声一手提着李莲花，左手单掌扬起，向山崖劈去。

古怪的是，他分明是一掌劈去，李莲花却感到身子急剧向山崖靠近，这一掌竟是吸力。两人瞬间向山崖撞去，笛飞声左掌势出如电，刹那探入山岩，那山岩历经百年风雨，犹能不坏，在笛飞声掌下却如软泥豆腐一般，"咯啦"一声，他手掌探入岩壁，两人坠落的千钧之势压落，只听他左臂骨骼"咯吱"作响，岩壁骤然崩坏，化为沙石碎屑喷涌而下。李莲花往后一缩，笛飞声左掌再探，岩壁再次崩坏，两人坠落之势却已大减，此时两人坠下已逾数十丈，山下隐约可见灯火，山壁上的青松也变得挺拔苍翠，笛飞声五指再入青松，右手抓住李莲花右臂，只听松树枝干"咯吱"作响，摇了几摇，两人终于止住坠落之势，挂在树上。

李莲花往下一看，只见山下灯光点点，居然依稀是一片连绵不绝皇宫似的亭台楼阁。

笛飞声却觉李莲花右臂全是倚仗自己抓持之力挂在半空，他自己居然半点力气不出，不免略有诧异，却见那人对着底下东张西望，看了好一阵子，恍然大悟："这里是鱼龙牛马帮的总坛，难怪角丽谯把你我丢在山上半点不怕翻船……"

笛飞声"嘿"了一声："下去，就是痴迷殿。"

"啊？"李莲花迷茫地看着脚下，这拔地而起的大山脚下有一座气势雄伟的楼阁，但看那飞檐走壁，金碧辉煌，和少林寺那大雄宝殿也相差无几。

笛飞声说话无喜无怒："痴迷殿中长年施放异种迷烟，陷入迷烟阵中，人会失去自我，沦为角丽谯的杀人工具。"略略一停，他淡淡地道，"那些从牢里劫来的人，大都在痴迷殿中。"

"啊？"李莲花奇道，"她千辛万苦救回那些人，就放在这里炼成行尸走肉？"

笛飞声淡淡地道："那些人在牢中日久，人心已散，纵然武功盖世，不能为我所用，不如杀了。"

李莲花连连摇头："不通，不通，所谓徒劳无功、草菅人命、暴虐无仁、白费力气……啊，对了，这里既然是角丽谯的老巢，想必大路小路你都很熟，要如何出去，那就靠你了。"

笛飞声面上泛起一层似笑非笑的异光："要如何出去，云彼丘难道没有告诉你吗？"

李莲花大笑，突然一本正经地问："角丽谯关了你多久？一年？"

笛飞声并不回答。

"她若不在你身上弄上许多肉瘤，彼丘写信前来的时候，她多半就不会回信；若你身上没有这许多肉瘤，即使她将你脱得精光吊起来毒打，遇到要事多半也会与你商量，说不定她根本舍不得折磨你这么久……"李莲花叹道，"诸行诸事，皆有因果，若你不当她是个'女人'，又把她归为'而已'，既不承她的情，也不要她的心，甚至连她的人都瞧不上眼，她又怎会在你身上弄上这许多肉瘤……"

"下去吧。"笛飞声打断他的话，语气之中已带了一丝冷笑，"让我看看你那'美诸葛'痴恋角丽谯十二年，在十二年后，可还有当年决胜千里的气魄。"

"他是他自己的，却不是我的。"李莲花露出微笑，这微笑让他眉眼舒得很开，依稀有些当年洒脱的神采。

笛飞声抓住他手臂，一声沛然长啸，直震得青松松针簌簌而下，岩壁上碎石再度崩落，底下人声渐起，各色烟花放个不停。

笛飞声便在这喧嚣之中，纵身而下。

两人自十数丈上的青松跃下，身下是痴迷殿，身在半空便嗅及一股古怪的幽香。李莲花捂住鼻子，叫道："开闸！"

笛飞声一拳打破殿顶，纵身落地，殿内分放着许多铁牢，关着许多神志恍惚的黄衣人，笛飞声屏住气息，那破烂不堪的衣袖分拂左右，但听一阵"叮当"脆响，那些铁牢竟都有几根铁柱应声粉碎，铁牢中的黄衣人便摇摇晃晃，犹如丧尸一般——走了出来。

笛飞声不等李莲花开声，踢开痴迷殿的大门，闯了出去，直到花园之中，才长长吸了口气，回过头来，那些黄衣人有些已摇摇晃晃踏出了大门，不分东南西北地向外走去。

李莲花捂着鼻子，瓮声瓮气地解释："云彼丘给角大帮主设计了这些铁笼，选用北海寒铁。北海寒铁质地坚硬，远胜凡铁，然而却是极脆。将北海寒铁拉伸做成如此之大的铁牢已是勉强，受外力刚烈一击，必然碎裂，角大帮主只精通琴棋书画，却不知道这个。"

此时那些宛如丧尸的黄衣人已遇上了总坛闻声赶来的守卫，惊骇之下，双方动起手来。这群黄衣人在百川院地牢之中修炼久矣，武功本高，神志混沌，下手更是不知轻重，三下两下便将守卫打死，引来更多守卫，围绕着痴迷殿便是一场混战。

李莲花捂着鼻子，此时他脚已落地，往一棵大树之后躲。笛飞声见他犹如脚底抹油，躲得流畅至极，那闪避之快、隐匿之准、身姿之理所当然无一不堪比一绝世剑招，眼中一动。李莲花躲了起来，笛飞声转过身来，负手站在花园之中，但见身侧刀剑相击，血溅三尺，鱼龙牛马帮已是乱成一团。

就在此时，远处一栋庭院上空炸起一团极明亮的黄色烟火，颜色样式与方才所放的全不相同。笛飞声抬头一看，眼角略略收缩，全身气势为之骤然一凝。那团烟火炸开，首先便看见花园中草木摇动，许多机关突然对空空射，"噼啪"一阵乱响，已是射尽暗器，歪在一旁。许多树木、花廊、墙壁上暗门洞开，阵法自行启动，一阵天摇地动之后，但见整个殿宇群落四处腾起灰烟，竟是阵势崩塌、机关尽毁！笛飞声心头暗惊——这等威势，非久在帮中深得角丽谯信任之人做不出来，绝非云彼丘几封书信所能造就，难道百川院对鱼龙牛马帮渗入竟是如此之深，自己与角丽谯竟真是一无所知。

机关大作，随即全毁。整个总坛为之震动，人人惊恐之色溢于言表，谁也不知发生何事，便在此时，第二轮烟花冲天而起——"砰"的一声，竟是惊心动魄。

笛飞声仰头望去，只见第二轮烟花炸开团团焰火，那焰火颜色明亮，各作七彩，十分绚丽，自空坠下，疾若流星，华美异常。他心里方觉诧异，此烟花打开，地上却无再一步的动作，蓦地嗅到一股硝火之气——只见那七彩焰火自空坠下竟不熄灭，落入草丛之中、殿宇屋顶、花廊梁柱之上，瞬间火光四起，硝烟满天。

远近都传来惊呼惨叫之声，无非是活人被那焰火砸到了头顶。就在这惊骇之时，只听"砰"的第二响，第二发烟花炸开，撒下万千火种，紧接着"砰砰砰砰"，一连十数声巨响，满天焰火盛放，直如过年般繁华热闹，七色光辉闪耀漫天，流光似虹如日，一一坠入人间。

四面哀呼惨叫，火焰冲天而烧，红莲焚天，云下火上盘旋的硝烟之气如巨龙现世，蜿蜒不绝于这亭台楼阁上空。

角丽谯十几年的心血，动用金钱、美色构筑的血腥之地，瞬间灰飞烟灭。

"啊——"

"杀灭妖女——"

"杀灭妖女——"

"惩奸除恶——"

"惩奸除恶——"

"还我天地——"

"还我天地——"

"一荡山河——"

"一荡山河——"

远处竟有人带头高呼口号，亮起刀剑，旗帜高扬，数十支小队自四面八方将鱼龙牛马帮总坛各处出口围住，有人运气扬声，清朗卓越地道："此地已被我四顾门团团围住，诸位若是是非分明，不欲与我四顾门为敌，请站至我左手边，只要允诺退出鱼龙牛马帮，永不为患江湖，即可自行离去。"

说话的人白衣儒衫，神采飞扬，正是傅衡阳。

值此一刻的风华，也必将传唱于后世，百年不朽。

大树后的李莲花叹了口气。

笛飞声负手看着这虚幻浮华的一幕幕，脸上没有半点表情。

头顶烟火盛放，地上烈焰焚天。

李莲花站在树后，慢慢抬头望着夜空。

烟花若死。

空幻余梦。

遍地死生，踏满鲜血，一切可当真如这幻景一般美不胜收？

突然之间，不远处殉情楼中一箭射出，激射傅衡阳。八名黑衣弓手自楼中跃下，结成阵法，向四顾门的人马靠近。四顾门旗帜整齐，结阵相抗，显然是练习已久，对鱼龙牛马帮的阵法也很熟悉。

一阵脚步骤急，笛飞声淡淡看了四周一眼，残余的守卫快步结起阵法，准备誓死一搏。随即短兵相接，笛飞声一掌拍去，便有数人飞跌而出，惨死当场，他连眉头也不皱一下，提起一人便摔出，那些飞摔出去的人尚未落地便已骨骼尽碎。李莲花被逼得从树后蹿了出来，与笛飞声靠背而立。角丽谯所吸纳的人手有些服用了那毒菇的粉末，不得不为她拼命，故而即使傅衡阳网开一面，仍有许多人冒死相抗。

集结的阵法越来越多，笛飞声且走且杀，四周阵法犹如潮水一般，拥着两人直往一处殿宇而去。

李莲花微眯起眼睛，他有时看得很清楚，但这时眼前却是一片黑影，依据方才的印象，眼前这和京师百花楼相差无几的殿宇叫作"妄求堂"。

那是一处漆黑的殿宇，自上而下，所有砖石木材都是浓黑之色，木是黑檀木，砖石却不知是什么砖石。

这地方窗户紧闭，大门封锁，一片乌黑。

难道其中藏匿着什么绝顶高手？

刹那间，一个人影自脑中掠过，李莲花脱口而出："'雪公公'！"

笛飞声浑身气焰大炽，李莲花自他身后倒退出三步，四面射来的那些弓箭未及身竟被他蓬勃而出的真力震落。妄求堂那扇沉重乌黑的大门被他气势所震，竟"咯咯"摇晃起来。

"雪公公"乃是二十年前江湖一大魔头。传说他肤色极白，双目血红，除了头发之外，不生体毛，无论年纪多大仍是颔下光洁，故而有"公公"之称。又因为全身雪白，这人喜爱黑色，一向身着黑衣，所住所用之物也一色全黑。此人往往于夜间出没，杀人无数，生食人血，尤喜屠村屠镇，是极为残暴的一名魔头。

笛飞声、李相夷出道之时，此魔早已隐退，不知所终。此时眼前妄求堂通体浓黑，若其中住的当真是雪公公，角丽谯也堪称能耐通天了。

然而那大门"咯咯"不停，其中却是无人出来。

李莲花屏息静听，听了一阵之后，他蓦地从笛飞声身后闪了出来，出手便去推妄求堂的大门。

笛飞声目中光彩大盛，往前一步，但见李莲花推了一下未开，居然握手为拳，一声叱咤，一拳正中木门，"咯啦"碎裂之声爆响，大门如蛛网般碎裂，烟尘过后，露出漆黑一片的内里。

开山碎玉的一拳，笛飞声略为扬眉，他与李相夷为敌十四年，竟从不知他能使出如此刚烈的一拳！

一瞬之间，他眼中炽热的烈焰再度转剧，一双眼睛狂艳得直欲烧了起来。

妄求堂大门碎裂，内里一片漆黑，却有一阵恶臭扑面而来。

李莲花从怀里摸出火折子，晃亮以后掷了进去。

门内一切渐渐亮起。

门外众人一齐看见，妄求堂里没有人。

只有一具尸首。

一具满头白发、肌肤惨白的老人的尸首。

这人死去已有数日，一柄匕首自背后没入，犹自精光闪耀，显然杀人之人并未与"雪公公"正面为敌，而是偷袭得手。

但究竟是谁能进得妄求堂的大门，能与"雪公公"秉烛而谈，能近这魔头三步之内？

李莲花已变了颜色。

那柄匕首粉色晶莹，在肖紫衿大婚的那天，角丽谯拿它刺伤苏小慵，而后康惠荷又拿它杀了苏小慵，最后作为凶器被百川院带走。

这是"小桃红"！

杀人者是谁，已明明白白！

笛飞声见到尸首，目中微微一跳。

李莲花垂手自那尸身上拔起"小桃红"，大袖飘拂，自笛飞声面前走过，他未向笛飞声看上一眼，也未向身周任何一人看上一眼，衣袖霍然负后，笔直地向外走去。

门外烈焰冲天，刀剑兵戈犹在，那翻滚的硝烟如龙盘旋，天相狰狞，星月暗淡。

他一眼也未看，就朝着东南方向笔直地走了出去。

一条婀娜的红影向他掠来，"啸"的一声，刀光如奔雷裂雪，转瞬即至。

他听而不闻。

"当"的一声惊天鸣响，那刎颈而来的一刀被一物架住。

红衣人的面纱在风中猎猎而飞。

李莲花从她身边走过，衣袂相交，却视若不见。

架住她那一刀的人浑身黑血，一身衣裳污秽不堪，满头乱发，面目难辨。

但他站在那里，四周便自然而然地退出一个圈子。

在他身周五步之内，山峦如倾。

架住她宝刀的东西，是半截锁链。

是从他琵琶骨中抽出的血链。

红衣人缓缓转过身来。

她尚未全转过身来，笛飞声身影如电，已一把扣住了她咽喉，随即提起向外摔落。

他这一提一摔与方才杀人之时一模一样，甚至连面上的神色都毫无不同。

"啪"的一声，红衣人身躯着地，鲜血抛洒飞溅，与方才那些着地的躯体并未有什么不同。

四周众人看着，一切是如此平凡简单，甚至让人来不及屏息或错愕。

笛飞声将人摔出，连一眼也未多瞧，抬头望了望月色，转身离去。

夜风吹过鲜红的面纱，翻开一张血肉模糊的脸。

四周开始有人惊呼惨叫，长声悲号。

但这人间的一切再与她无关。

她来不及说出一句话。

或者她也并不想说话。

她没有丝毫抵抗。

或者她是来不及做丝毫抵抗。

她也许很伤心。

或者她根本来不及伤心。

一张倾国倾城的面容，绝世无双的风流，此时在地上，不过一摊血肉。

或许连她自己也从未想过，角丽谯的死，竟是如此简单。

四 信友如诺

一夜之间，角丽谯死，鱼龙牛马帮全军覆没，烧成一片焦土。

江湖为之大哗，四顾门声望急涨，比之当年犹有过之，各大门派纷纷来访，人人惊诧无比，角丽谯方才占着上风，怎会一夜之间便输得一败涂地？

四顾门傅军师究竟使用了何等神通，竟让角丽谯败得如此彻底？

究竟是如何赢的，傅衡阳心里也糊里糊涂。

他一直在探查角丽谯如何攻破百川院的一百八十八牢，派出许多探子，却只知角丽谯广纳人手，所图甚大，又以各种手段笼络控制江湖游离势力，似对京师也有图谋，又有大举进攻各大门派之意，只在这过程中就杀了不少人，无声无息消失于角丽谯手中的各派高手就有不少。

就在毫无进展之时，突然有人从鱼龙牛马帮的总坛给他寄来一封匿名信函，要他依据信中所排的阵法训练人手，又详画了总坛的地形图、机关图。傅衡阳本来不信，只当陷阱，然而这人连续寄来数封信函，言及鱼龙牛马帮几次行动，竟无一失误。

傅衡阳心动之后，派人前往该处密探，所探情况竟与信函所言大体相同。于是他广招人手，开始排练阵法，又与鱼龙牛马帮内不知是谁的探子接了几次手，约定只要总坛内烈焰烟火放起，四顾门便杀入接手。

但寄信来的究竟是谁，那些信又是如何寄出的？究竟是哪些人潜伏在鱼龙牛马帮内？甚至角丽谯身死那夜，是谁击破痴迷殿的铁笼放出那些行尸走肉？是谁开启机关让阵势失效、机关全毁？是谁杀了"雪公公"？以至于到最后是谁杀了角丽谯？傅衡阳一无所知。

他心里极其不安，各大门派贺信连绵不绝，前来道喜攀交情的人接踵而至，这位意气飞扬的少年军师却是心思茫然，十分迷惑。

在极度迷惑的时候，他想过李莲花。

但李莲花却已失踪，多半已经死了。

他不知该向谁吐露心中的疑惑。

也不知这天大的迷惑是否将困住他一生一世。

百川院中。

云彼丘受伤极重，也不知是何等绝世神功伤了他，白江鹢请来的大夫居然治不了他。云彼丘伤重体弱，大夫开出的药汤他居然不喝，甚至饭也不吃，若非有人时不时为他强灌灵丹，只怕早已毙命，自纪汉佛闯入他房中那日开始，他便一心一意地等死。

而白江鹢着手调查地图泄露之事，却越查越是心惊——云彼丘将他描绘的地图夹在百川院日常信件之中，用一种特殊药水写字，如封面上原是写给法空方丈，经白江鹢盖印派遣百川院的信使送出。那封信到了中途，药水彻底干了，那行写给法空方丈的字迹就消失不见了，而另外一行以另一种药水所掩盖的字迹却浮现出来，于是信使不知其故，便将信转寄到角丽谯手中。

而那信件中的内容也正是由这种古怪药水掩饰，云彼丘在信笺上刷上一层更浓密的秘药，掩盖住整张地图，这秘药自瓶中倒出，未过三日，将一直保持白色，而日久之后，白色会渐渐消失，露出底下原先的图画。

而他以这种手段寄出的信件不知有多少。白江鹢想到自己竟无知无觉地在这些信笺上盖上印信，就觉得毛骨悚然。他对云彼丘推心置腹，信为兄弟，这兄弟居然在不知不觉之下做了这许多隐秘的事。

不只是寄出密信，他将云彼丘身边的书童一一带来询问。云彼丘多年来足不出户，院内自然而然认为他时时刻刻都自闭房中。询问的结果让人大吃一惊——近一年以来，云彼丘非但数度出门，还时常多日不归，最长的一次外出，竟达月余之久！

只是他深夜出门，有时连书童也不知他何时出去的，而前来找他的人一般屡次敲门未得回应，都以为他病重正在休息，不敢打扰，就此回去了。

谁也不知他去了哪里，书童以为他与纪汉佛等人去了小青山，但白江鹢自然知道并没有，既然如此，云彼丘所去之处，十有八九便是角丽谯的总坛。

他只觉浑身寒毛都竖了起来，莫非云彼丘始终未能忘情，难道当年他求死悔过都只是一种阴谋……

为了角丽谯，宁愿抛弃"美诸葛"的身份，而化身角丽谯脚下的奴隶？

当真吗？为了角丽谯，云彼丘竟能在百川院内卧底十二年？

这是真的吗？

为了她不怕死？

可是鱼龙牛马帮为傅衡阳所破，你那千娇百媚的美人已经被熊熊烈火烧成了一堆白骨。白江鹈抓了抓头皮，他真的很想问问云彼丘，现在角丽谯死了，你为她做的那些还有意义吗？如果这十二年重来一次，你还愿意为她死吗？

但云彼丘不会回答他任何问题。

他只有一个态度。

毋宁死。

十日期限一晃即过。

白江鹈并没有查出云彼丘是替谁受过的蛛丝马迹，倒是查出了云彼丘调查百川院的许多内幕，且以各种方法转交角丽谯的证据，又从院内的马夫、山下的客栈一路追查，自清源山下的沿路客栈一一询问，看云彼丘曾在何处落脚。

追查的结果很清楚。

云彼丘相貌俊美，却鬓生华发，神色憔悴，这等人在路上十分醒目，记得的人也有不少。白江鹈派人询问，所得颇多，云彼丘一路住了不少客栈，却是单身前往，走得也算辛苦。那几次离开百川院，他的确都去了角丽谯的总坛，最长的一次，减去来回路程，他竟在角丽谯的总坛住了二十余日。

十日期限一到，纪汉佛下令百川院上下各大弟子，以及负责传令、接狱、入牢等各路门人，到庭院听令。

众人早已知晓云彼丘有叛逆之嫌，已被纪汉佛囚禁，今日得闻号令，已知必有大事发生，来得都很早。

纪汉佛、白江鹈、石水三人前来庭院的时候，是黄昏时分。

夕阳浩瀚，庭院中苍木如墨，枝丫如鸦。

纪汉佛缓缓登上数级台阶，站到正堂屋檐之下，白江鹈、石水分立左右。

百川院的庭院不大，挤着数十号人，鸦雀无声。

这数十号人都是一跺脚江湖震动的重要人物，包括霍平川、阜南飞等等，也有与百川院交好的"四虎银枪"王忠、何璋、刘如京，甚至也有近来行走江湖渐有声望的武当弟子陆剑池。

云彼丘通敌一事，毫无疑问是除鱼龙牛马帮覆灭以来，江湖第一大事。

如果连"佛彼白石"都不能相信，江湖还有何正义可以信赖？有何人可以相信？有什么是真实不变的？莫非这世上当真没有什么能让人心向往之的圣土？当真没有能让人全心仰仗的力量？

云彼丘是角丽谯的探子，他既然是角丽谯的探子，那百川院历来的所作所为当真就是全然正确、不可置疑的？说不定在什么时候冤枉了什么好人吧？说不定在什么时候为了角丽谯做过什么见不得人的事吧？近来百川院所擒获的江湖凶犯，说不定就有几个是无辜的。

对云彼丘的质疑一起，接踵而来的便是满天风潮，稳立江湖十数年的百川院大厦将倾，无论将云彼丘如何处置，都再无法挽回百川院的声望，也无法挽回江湖人心。

所以今日纪汉佛号令一下，旁听之人甚多，百川院小小一个院子，朴素无华之地，竟挤进了不少大人物。

纪汉佛站定之后，两名百川院弟子将云彼丘扶了出来。夕阳之下，但见他苍白如死，形销骨立，不过十数日，这当年风度翩翩的"美诸葛"但见头发花白，宛如一具活生生的骷髅。

院内众人都是高手，平日云彼丘虽然足不出户，与众人也有一二面之缘，突然见他变成这样，也是十分吃惊，但毕竟练气功夫都是好的，谁也没有说话。

"江鹈，"纪汉佛说话不客气，也不管院内挤的都是什么人，径直便道，"将你近日调查所得向众人公布。"

白江鹈叹了口气，又"呸"了两声："今日百川院大事，有劳诸位远道而来。"他一向也懒得说客套话，随口说了两句便直入正题，"角丽谯连破我七处大牢，百川院所保管的天下一百八十八牢的地图已经泄露。前些日子，大哥与我等兄弟相互追查，断定是彼丘所盗，他自己也已承认。根据我手下三十八路探子回报，彼丘在一年之内，只身前往断云峰下鱼龙牛马帮总坛四次，第一次停留三日，第二次停留十日，第三次停留十七日，第四次停留二十八日之多。百川院针对角丽谯的几次围剿都未能成功，彼丘也已承认是他走漏消息。此外吉祥纹莲花楼楼主李莲花，在阿泰镇后山遇害，彼丘亲口承认，是受角丽谯指示杀人。"他那小小的眼睛四下扫了扫，"根据以上所得，云彼丘确是角丽谯潜伏在百川院中的心腹，甚至百川院两名弟子左三荞、秦纶卫之死，也是彼丘暗中下手。"

这番话说完，云彼丘一言不发，全盘默认。众人面面相觑，惊讶至极，几个与云彼丘相识之人几乎不敢相信自己的耳朵，纪汉佛已道："身为百川院四院之一，杀害同门及无辜，已是罪无可恕，何况与角丽谯纠缠不清，是非颠倒，倒行逆施。自今时今日起，云彼丘被逐出百川院，所犯杀人之罪，今日以命抵命，诸位都是见证。"

"什么……"陆剑池脱口惊呼，他游历江湖也有几年光阴，从未见过有地方判罪如此之快、行刑也如此之断然，短短数句，前因后果交代得一清二楚，接下来即刻行刑。

石水拔出长剑，森然盯了他一眼："你问他自己该不该死。"

陆剑池茫然无措，看着云彼丘，却见云彼丘闭上眼睛，点了点头，静立待死。

院中众人面面相觑，虽说早就听闻云彼丘投了角丽谯，但猛见纪汉佛下令要杀人，仍是有些适应不来。如王忠、何璋、刘如京等当年曾生死与共之人已忍耐不住，想开口劝阻。

便在众人蠢蠢欲动、意欲开口的时候，云彼丘点了点头，闭目待死。

石水手中长剑微微一侧，映出一闪夕阳余晖，默然无声地向云彼丘颈项刺去。

这一剑并不太快，也没有风声。

院内众人都是行家，人人都看得很清楚，这一剑虽然不快，也没有啸动风声，但剑路扎实厚重，气沉心稳，这一剑刺出，剑下绝无生还之理。

一瞬之间，不少人心中生出悲凉之意，云彼丘纵然此时糊涂，但当时年少，儒扇长巾，潇洒风流，智绝天下，曾经倾倒多少闺中少女。

谁知他之最终，竟是心甘情愿为角丽谯而死，为角丽谯宁愿众叛亲离，甘心引颈就戮。

他曾成就多少丰功伟绩，曾救过多少无辜性命，曾为江湖流过多少血……

尽付石水这一剑之中。

剑出如蛟龙。

苍茫天地惊。

这是众人第一次看石水出剑，此人惯用长鞭，不知他一剑刺出，竟是如此气象。

眼看转瞬之间，云彼丘就将人头落地——

"叮"的一声脆响。

半截剑尖翻空而起，受狂风所激，摇摇晃晃地落下，发出"当"的一声。

石水衣发皆扬，出剑之姿已经就位，人人亲眼所见他手中剑已刺中云彼丘的颈项，单这一剑之威，足以断头。

但云彼丘并没有断头。

断的是石水的剑尖。

众人目瞪口呆地看着在云彼丘身后有人跃落当场，这人分明来得比石水晚，但一剑挥出，剑光如一道匹练舒展开来，姿态飘逸绝伦。也不见他用了多少力气，双剑相交，石水的剑尖冲天飞起，招式用老，已无法再出第二剑。

来者是谁？

纪汉佛骤然见到此剑，目中光芒大盛。

白江鹁惊喜交集，却又不敢相信，喃喃地道："天……天啊……"

石水招式用老，就如定在当场，看着那白衣人，说不出半句话来。

来人白衣仗剑，面挂白纱。

他手中握的是一柄极长的软剑，剑身极轻极薄，夕阳几欲透剑而过，又似那剑光几欲磅礴而出。

"吻——颈——"

院中有人几乎不能控制自己的声音，那声音狂喜、颤抖、不可置信却又极度恐惧。

这一声"吻颈"之后，云彼丘蓦地睁开了眼睛，挣开扶着他的两个弟子。谁也没有想到，他睁开眼后的第一件事，却是俯身拾起石水断去的剑尖，欲一剑往自己胸前插入。

——此时此刻，他竟还想着死！

——他竟不看他身后的"吻颈"！

——他竟铁了心以死相殉！

石水一怔，一时没想清楚要不要救，却见来人叹了口气，伸手将云彼丘持断剑的手握住："慢着。"

这突然现身的人，剑出如光月，使的是"相夷太剑"，用的是软剑"吻颈"，若非李相夷，又能是谁？

但这说话的声音却是如此熟悉。

只听他道："你执意要死，不是因为你爱极了角丽谯，要与她同生共死，而不过是因为你刺了李莲花一剑……"他叹了口气，语气极是柔和，"彼丘，李莲花既然没有死，你何苦执着？"

云彼丘脸色惨白，全身颤抖，他几乎不敢回头去看身后那人。

那人伸出手指,点了他身后数处穴道。这一伸手,人人都识得,这确是"扬州慢"指法,连他所点的穴道,都是李相夷当年惯点的。

莫非这人真是——

众人心中的惊奇与惊喜渐渐高涨,莫非这人竟当真是李相夷?!

莫非当年李相夷坠海当真未死?

这也不是什么怪事,既然笛飞声未死,李相夷多半也未死。但他既然未死,这十二年来,为什么从不露面,放任肖紫衿当上四顾门新门主,放任江湖上角丽谯兴风作浪,放任百川院支撑大局?

他又怎知云彼丘刺了李莲花一剑?

不少从未见过李相夷的百川院下弟子,以及陆剑池之类的江湖晚辈,都不禁期盼这从天而降的前辈高人掀开面纱,好让后人一睹真容。李相夷留下太多传说,诸多逸事,样样都足以让人心向往之。

"云彼丘……当年下毒在前,此番剑创在后……还有……何面目以对门主?"

却见云彼丘全身颤抖渐止,慢慢抬起头来,颤声道,"唯死而已……"

白衣人轻轻拍了拍他的头,温言道:"你若死了,岂非要让后世千秋说他们残害手足、蒙昧无知?太傻,太傻……"他的身姿看来远比佝偻憔悴的云彼丘挺拔年少,出言却是温声安慰,有若长辈,"你灭了鱼龙牛马帮,毁了角丽谯的根基,李相夷若是不死,必定以你为傲。"

旁人听着这两人的对答,越听越是糊涂。

云彼丘说"当年下毒在前,此番剑创在后",当然指的是李相夷。

但挨他一剑的人是李莲花。

而面前这人若是李相夷,又怎会说出"李相夷若是不死,必定以你为傲"这等话?

但最吸引人注意的不是这些,而是这人说"你灭了鱼龙牛马帮,毁了角丽谯的根基",这话听来未免太奇,谁都知道灭了角丽谯总坛、杀了角丽谯的是四顾门的少年军师傅衡阳。

只见这白衣人提起放在地上的一个包袱,打开包袱,包袱里是一件灰白破旧的衣裳,衣襟上沾满血污,衣裳下放着一管黄色竹筒。他提起那件衣裳,指着衣裳上一个破口:"这是李莲花遇袭之时穿的衣服,彼丘这一剑虽然贯胸而入,但避开心脏要害,各位都是剑术行家,料想看得清楚。"

院内众人面面相觑,这一剑确是偏了。

白衣人翻过那件灰衣，指着衣袖下一块色渍："这里有一块黄色印痕，这里也有。"他指着衣裳上十数处黄色痕迹，再拿起包袱里那管黄色竹筒，将竹筒印在衣裳的印痕之上，"你们看，这些黄色印痕，来自这种竹管。"他晃了晃那竹管，"而这个东西，你们可知是什么？"

"'七曜火'。"人群之中，刘如京突然道，"这是'七曜火'。"

"不错，这是江南霹雳堂所制的一门火器，叫作'七曜火'，引燃之后高空爆炸，火焰凌空而下，飘洒七色剧毒磷粉，是杀伤面极大的一种火器。"白衣人缓缓放下那竹管，唇齿微启，一字一字地道，"云彼丘为了往角丽谯的总坛内运入这种火器，一剑杀伤李莲花，借用他的身体掩护，运入一十八枚'七曜火'。角丽谯多疑善变，这是唯一运入大批火器的方法。"

"什么？"白江鹡突然跳了起来，"莫非……莫非其实——"他指着云彼丘，失声尖叫起来，"彼丘不是角丽谯的卧底，而是百川院在角丽谯那儿的卧底？"

"不错。"白衣人柔和的声音听来极其入耳，"云彼丘在普度寺普神和尚伤人一事后，针对藏书楼下的地道进行了调查，追查到白江鹡门下弟子左三荞头上。他没有揭发左三荞，悄悄将他杀了，然后给角丽谯写了封信，说起旧情难忘，情难自已，又说左三荞做事败露，他已杀人灭口。角丽谯让潜伏在百川院的另一个探子秦纶卫回报，说确有此事，两人就此通起信来。"他从怀里取出一叠书信，"这都是彼丘的亲笔信。"

白江鹡接过信件，这些就是从他手中悄悄溜掉的密信，他看东西看得极快，一阵翻阅，越看越是惊讶。

白衣人继续道："彼丘为重新博得角丽谯信任，对角丽谯言听计从，奉上天下一百八十八牢的地图，分析百川院的弱点等等。花费了大半年的工夫，终于获得角丽谯的信任，于是他动身前往鱼龙牛马帮的总坛，针对角丽谯所摆设的机关进行了一些小小的调整，建言修建寒铁铁笼，建言将那些自地牢中救回的恶人放入痴迷殿，建言在庭院中摆设自己的太极鱼阵……云彼丘做了许多建言，角丽谯采纳了其中很大一部分。"他露齿一笑，"而角丽谯从一百八十八牢救走的人中，藏有云彼丘的暗桩。获救之后，对角丽谯言听计从，并没有被投入痴迷殿，角丽谯对他委以重任，这人却在痴迷殿殿破的同时，启动机关，让整个总坛机关尽毁，接着燃放杀伤力极强的'七曜火'，机关既破，人心涣散，天又降下雷雨火焰，毒雾弥漫，鱼龙牛马帮非覆灭不可。"

纪汉佛那刻板的面孔上难得露出激动之色："此言当真？"

"当真。"白衣人从包袱里再取出一柄匕首,"云彼丘身受重伤,起因是他为了扫平覆灭鱼龙牛马帮的障碍,孤身一人动手去杀'雪公公'。"

"'雪公公'?"白江鹈失声惊呼,"这人还活着吗?"

白衣人颔首,递过手中的匕首。

白江鹈眼见那粉色匕首,变了颜色,这是"小桃红",他自然认得。"小桃红"自康惠荷案后,一直收在百川院兵器房中,除了他们"佛彼白石"四人,无人能够拿到。

白衣人继续道:"彼丘自背后偷袭,确实杀了'雪公公'。不过'雪公公'濒死前一记反击,也让他吃了许多苦头,你们治不好他,是因为雪公公独门真力'雪融华',十分难治。听说中他掌法之人,非'忘川花'不可救。"

"原来如此。"纪汉佛颔首,"阁下对彼丘之事如数家珍,不知阁下究竟是谁?事到如今,可愿意让我们一见你的身份?"

"这……"白衣人略有迟疑。

"阁下所取来的证物,是李莲花所穿的衣服,是压在李莲花身下的火器,又是角丽谯与云彼丘的私人信件,不知这些东西阁下从何得来?"纪汉佛淡淡地问,"不是伪造的吧?"

"当然——不是。"白衣人叹了口气,揭下了自己的面纱。

众人一起望去,只见眼前人长眉文雅,面目熟悉,正是李莲花。

众人中,一人"哎呀"大叫一声跳了起来:"骗子!骗子你还活着!"

李莲花对施文绝笑了笑,施文绝一呆,这人他本已很熟悉了,然而此时换了一身新的衣裳,握了一柄传说中的剑,却突然好似有些变了。他说不上来何处变了,心里一阵发空,茫然道:"骗子,你没死就没死,好端端的,假冒李相夷做什么?"

此言一出,院中终是兴起了一阵哗然,如王忠、何璋、刘如京,以及陆剑池等人,与李莲花都有见面之缘,正是与斯人如此熟悉,所以越发认定这人绝非李相夷。

绝无可能是李相夷。

然而……

然而有些事原本一清二楚,只是人终不忍承认,那些当年风华绝代的往事,会陨落成庸庸碌碌的如今,无论此人那眉眼是何等熟悉,他都不可能是李相夷。

"喀喀……"云彼丘的声音虚弱而疲惫,"门主……"

他这一声"门主",纪汉佛脱口而出:"门主!"

白江鹜也叫:"门主!"

石水却叫的是"大哥!"他的年纪比李相夷略长,然而自当年便叫他"大哥",那是心悦诚服,出自肺腑。

王忠几人面面相觑,一振衣襟,就此拜了下去:"'四虎银枪'王忠、何璋、刘如京,见过门主!"

陆剑池骇然退开几步,施文绝茫然四顾,院中百川院弟子一起行礼:"百川院下邱少和、曾笑、王步、欧阳龙……拜见门主!"

纪汉佛大步向前,几人将李莲花和云彼丘团团围住,心中惊喜到了极处,面上反而扭曲了,竟说不出话来。

李莲花叹了口气,从怀里取出一样东西:"彼丘。"

云彼丘双目仍是无神,自当年碧茶事后,他实在是无时无刻不想死,苟延残喘十二年,终于灭了角丽谯,见了李相夷,苍天待他不薄,此生再无可恋,何必再活?

但李莲花手里是一朵青碧色的小花,花枝晶莹如凝露,似乎触手可融。

白江鹜神色一震:"这……是?"

李莲花道:"这是忘川花。"他将那小花递到云彼丘手中,"这是四顾门傅衡阳的一番心意。"

云彼丘毫无神采的眼中终于泛起一丝讶然:"傅衡阳?"

李莲花颔首:"我从断云峰来,若非傅衡阳援手,要从烧成一片废墟的角丽谯总坛里找到这些东西,无异于大海捞针。"

他解释了几句,众人才知道,当夜是他与笛飞声击破痴迷殿铁牢,放出那些行尸走肉,之后笛飞声截住角丽谯,他离开角丽谯的总坛,回到断云峰峰巅。他在断云峰峰巅找回了血衣,取回了信件,却寻不到"吻颈",山下形势已定,他便写了封信给傅衡阳。

李莲花自然不说他为写这封信在山顶上折腾了好几天,顺带养了养身子,写了三五字,他便要等上半日才能抓住那黑影晃过的瞬间再写三五字,那封信写得他出了好几身冷汗。他是傅军师知己,自然知道四顾门此番功成名就,流芳百世之余,傅军师必定糊里糊涂,大惑不解,于是简略将云彼丘一番苦心写了写,请傅军师派遣人手,帮他从烈火余烬中找到"小桃红"、烈焰烟火以及"吻颈"。

傅衡阳这次居然行动极快,非但调动百人在火场中翻寻,自己还亲自由小青山赶回，与李莲花做了番详谈。最后，"吻颈"在角丽谯闺房的暗格中找到。云彼丘留在鱼龙牛马帮的撒手锏应当还有不少，但一时之间也难以凑全，取到几样关键之物，云彼丘受判之日也到，李莲花快马加鞭，在今日清晨赶到清源山，又在石水出手行刑之时救了云彼丘一命。

傅衡阳非但由小青山亲自赶来，还为李莲花带来了一样意外之物——

忘川花。

他只当"雪公公"死于李莲花之手，又知"雪融华"霸道邪功，若为"雪融华"所伤，非忘川花不得救。既然傅衡阳有此用心，又巴巴地千里送来，李莲花自然是顺手牵羊，将忘川花带来，不想云彼丘当真有伤，正是雪中送炭。

一切起伏，是如此平淡无奇，又是如此触目惊心。

施文绝呆呆地看着李莲花这厮被簇拥在人群之中，纪汉佛脸色扭曲铁青，那是太过激动之故，白江鹁大呼小叫，石水牢牢盯着李莲花，仿佛这人一瞬间便会消失在空气之中。王忠、何璋几人议论纷纷，陆剑池之流探头探脑，既是迷惑，也是万分好奇。

他一直以为李莲花这厮平生最怕顶在前头，逢事必要拖个垫脚石，即便是热闹，他也是最好将别人一脚踢入热闹中去，自己在一旁喝茶窃喜。

他从来不知李莲花在人群之中居然能左右逢源，含笑以对，他目光所向，手指所指，犹若光华万丈，澄澈明透。

那一大群人很快簇拥着李莲花走了，因为云彼丘伤重，李莲花……呃，不……李门主要为他治伤。

有忘川花在，云彼丘是那孤身涉险力破鱼龙牛马帮的功臣，李门主当然要为他疗伤。

施文绝很困惑。

他觉得惊心动魄。

那个人……就这么活生生地变成了另外一个人。

他觉得自己就像活生生看了一场画皮。

旁人都在欢呼雀跃，他只觉惊悚可怖。

那个人究竟是什么样的一个人？

那个人是以什么样的心情与他相识六七年？如果他是李相夷，为什么要假扮李莲花？

他茫然无措，跟不上人群。

如果他一开始就是李相夷，他一开始就是个天神，他为什么要在地上挖个坑，把自己埋进去，假装自己是个土豆？

那样……很有趣吗？

看着其他土豆与他称兄道弟，毫不知情，看着其他土豆为他担忧着急，为他破口大骂，他是觉得……很有趣吗？

老子和你相识六七年，有多少次你在看老子笑话？有多少次你耍了老子？

他瞪着那个李门主，不知道该高兴还是该难过，心里却冒着火气，"呸"了一声，施文绝掉头而去。

李莲花被簇拥着进了蓼园。

而后众人自觉地退了出去，关上房门，等李莲花为云彼丘疗伤。

云彼丘服下忘川花，盘膝坐在床上，李莲花照旧自他头顶百会贯下"扬州慢"真力，助忘川花药力运行。

屋内真气氤氲，一片安静。

一顿饭工夫之后，李莲花轻轻点了云彼丘几处穴道，让人睡去，他则靠在床上，叹了口气。

他对医术一道半通不通，云彼丘真气已然贯通，但那寒证他是无能为力。看着云彼丘满鬓华发，李莲花又叹了口气，望了望自己一身白衣，颇有些愁眉苦脸。

这身衣服珠光隐隐，皎白如月，便是嬴珠甲。他知道彼丘对他负疚太深，十二年前害他中毒，十二年后为灭角丽谯又不得不行此下策，刺他一剑，此后一心以死偿还。若李相夷不宽恕他，即便是纪汉佛宽恕了他，他也必悄然自尽。

他自己想逼死自己，相逼十二年，事到如今，他自认终可以咽气。

若无神迹，纵有绝世神药也救不了他。

所以李相夷不得不自那海底活了回来。

李莲花小心翼翼地把那雪白的袖角从床沿扯了回来。云彼丘一心求死，根本不打扫房间，屋里四处都是灰尘，他的童子又不敢入屋，只怕被他那阵势圈住，三日五日都出不来。李莲花将衣袖扯了回来，欣然看见它已不是雪白的模样，又叹了口气，错了错了，若是李相夷，全身真力充盈澎湃，衣角发丝无不蕴力，岂有沾上灰尘的道理？

想那李相夷即使在大雨之夜奔行于树林之中，雨水落叶沾衣即走，一一弹开，哪有弄污衣裳的道理？何况这区区尘土？

李莲花想了半日，他难得坐下来认认真真思索李相夷的所作所为，想了半日之后，不得不承认，他委实不知当年李相夷成日将浑身真力浪费在衣裳之上是为了什么。人在少年之时果然就不该铺张浪费，到得老来，便想多一点气力御寒也是不可得。

李相夷那时候……就是为了潇洒吧？

李莲花穿着那身白衣，自怨自艾当年那些白白浪费的力气，又觉这屋里到处裂缝，寒风四通八达，难怪彼丘住在这里要得寒证。看这张床上长年累月一袭薄被，其中又无棉絮，床板上也无垫褥，竟连枕头也没一个，日日睡在这光溜溜的木床上，日子却是要怎生过？他在床上坐了会儿，觉得太冷，下了床，将云彼丘那些东一堆西一堆的书一一收好，拂去灰尘，依照顺序分了种类放回书架上去，随后自然而然地拾起块抹布开始抹桌子。

待他把桌子抹完，地板扫好，突然一僵，"哎呀"一声，大惊失色。

错了错了，李相夷那厮孤高自傲，连吃饭有时都有美女争着抢着喂他，怎会扫地？错之大矣，谬之深也，万万不可。他连忙把刚才整理好的书都搬了回来，苦苦思索云彼丘那太极鱼阵，按照原样，给它一一摆了回去。

一阵手忙脚乱，李莲花好不容易将屋里自干净整洁又摆弄回一地阵法的模样，正在思索是不是要去院里摸点沙石尘土往四处撒上一撒，以求惟妙惟肖，床上云彼丘突然咳嗽了两声，缓缓睁开了眼睛。

过了好一会儿。

"觉得如何？"耳边有人温和地道，声音很是熟悉。

他恍惚了好一阵子，唇齿微微一动："门主……"

那人点了点头。

云彼丘眼中湿润："我……我……"

"彼丘。"那人的声音如此熟悉，熟悉到实在是太熟悉了，又变得很陌生，"当年东海之滨，我一人独对金鸳盟两艘大船，前无去路，后无援兵。我与金鸳盟苦战一日一夜，战至'少师'失落，碧茶毒发，虽然击沉金鸳盟两艘大船，但那时在我心中，当真恨你入骨。"

云彼丘情不自禁全身颤抖，他几乎不敢想象当日李相夷究竟是如何活下来的，牙齿打战，"咯咯"作响。

"后来我败在笛飞声掌下，坠海之时，我立誓绝不能死。"那人叹了口气，一字一字地道，"我立誓即便是坠入地狱，我也必爬回来复仇。我要杀你——杀角丽谯——杀笛飞声——甚至我想杀纪汉佛、白江鹈——为何我在最痛苦最挣扎的时刻，苦等一日一夜，那些歃血为兄弟的人竟没有一个前来援手，没有一个为我分担，甚至将死之时没有一个为我送行！"他的语气蓦地有了些起伏，当日之事兜上心来，所立之誓，字字句句，永不能忘。

云彼丘睁大眼睛，这一瞬间几乎已是个死人。

"但其实……人命如此缥缈……"那人微微叹了口气，"并非我发下多毒的毒誓，怎样不愿死，就能浴火重生。"他顿了一顿，缓了缓自己的心境，"我坠海之后，沉入海中，后来挂在笛飞声木船的残骸之上，浮出了水面。"

云彼丘听到此处，屏住好久的呼吸终是松了，突然剧烈咳嗽起来："喀喀喀……喀喀喀……"

"我以为很快就能向你们索命。"说话的人语气渐渐带了点笑，仿佛在那以后，一切都渐渐变得轻松，"但我受笛飞声一掌，伤得太重，养伤便养了很久。而比起养伤，更糟糕的是……我没有钱。"

云彼丘一呆。

李莲花道："我那时伤势沉重，既不能种地，也无法养鱼，更不必说砍柴织布什么的……"

云彼丘沙哑地道："那……"

那他究竟是如何活下来的？

"你可记得，四顾门门主有一面令牌？"李莲花陷入回忆之中，"门主令牌，见牌如见人，令牌之下，赐生则生，赐死则死。"

云彼丘点了点头："门主令生杀予夺，所到之处，武林无不慑服。"

李莲花露齿一笑："我拿它当了五十两银子。"

云彼丘黯然，那门主令牌，以南荒翠玉雕成，形作麒麟之态，刀剑难伤，惟妙惟肖，所值何止千两。那是何等尊贵荣耀之物，此令一出，天下雌伏，若非到了山穷水尽无法可想的潦倒困境，李莲花岂会拿它去当了五十两？

"我雇人将笛飞声的船楼从木船残骸上拆了下来，改为一座木楼。"李莲花继续道，"我在东海之滨住了很久，刚开始的时候十分不惯。"他笑得尤为灿烂，"尤其是吃饭的时候十分不惯，我常常到了吃饭的时间，才发现没有钱。"

云彼丘忍不住问道："那五十两……"

"那五十两被我花去了十几两，就为了捡个木楼，不然日日住在客栈之中，未过几日我便又一穷二白。"李莲花叹道，"那时候我没有存钱的念头，剩下那三十几两装在钱袋之中，随手一放，也不知何处去了。不过幸好我弄了个房子，有个地方住。"他微笑起来，"我弄丢了银子，好长一段时间便没空去想如何报仇，如何怨恨你们，我每日只在想，能在什么地方比较体面地弄些吃的。"

云彼丘脱口而出："你为何不回来……"一句话没说完，他已知道错了，李相夷恨极四顾门，他是何等孤高自傲，即便饿死又怎会回来？

李莲花笑了："呃……有些时候，我不是不想回来……"他悠悠地回忆，"我也记不太清了，有些日子过得糊里糊涂，太难熬的时候，也想过能向谁求助。可惜天下之大，李相夷交友广多，结仇遍地，却没有一个能真心相托的朋友。"他轻轻叹了口气，"也就是少年的时候，浮华太甚，什么也不懂……"

略略静了一会儿，他又笑道："何况那时我日日躺在床上，有时爬也爬不起来，即便是想回来，也是痴心妄想罢了。"

云彼丘越听越是心惊，听他说得轻描淡写，却不知是怎样的重伤方能令身怀"扬州慢"的李相夷沦落如此，见他此刻风采如旧，半点看不出那是怎样的重创。又听他继续道："后来……能起身的时候，我在屋后种了许多萝卜。"

李莲花的眼色微微飘起，仿若看到了极美好的过去："那时候是春天，我觉得萝卜长得太慢，一日一日地看着，一日一日地数着，等到看到地里有萝卜肚子顶出土的时候，我高兴得……差点痛哭流涕。"他略有自嘲地勾起嘴角，"从那以后，我没饿过肚子。再到后来，我种过萝卜、白菜、辣椒、油菜什么的……曾经养了一群母鸡。"他想起他曾经的那些母鸡，眼神很柔和，"再后来，我从水缸里捡回了我那三十几两银子，过了些日子，不知不觉，莫名其妙地攒够了五十两银子。那距离我在东海坠海，已过去了整整三年。"

云彼丘嘴里一阵发苦，若他当年知道会是这样的结果，宁愿自己死上千次万次，也绝不会那样做。

"我带了五十两银子去当铺赎那门主令牌。"李莲花在微笑，"那令牌还在，东海之滨，贫瘠的小渔村里，没人知道那是什么东西。但令牌虽在，我却……舍不得那五十两银子了。"

"门主令牌与五十两银子，我在当铺前头转了半天，最终没有把它赎回来。之后我种菜养鸡，有时出海钓鱼，日子过得很快，等我有一天想起你的时候……突然发现……我忘了为何要恨你。"他耸了耸肩，摊了摊手，"碧海青天，晴空万里，我楼后的油菜开得鲜艳，门前的杜鹃红得一塌糊涂，明日我可以出海，后日我可以上山，家中存着银子，水缸里养着金鱼，这日子有何不好？"他看着云彼丘，眼中是十分认真的诚挚，"我为何要恨你？"

云彼丘张口结舌，李莲花一本正经地看着他："你若非要找个人恨你，李相夷恨你，但李相夷已经死了很久。"

云彼丘默然。

"若你非要李相夷活回来原谅你，我可以勉强假扮他活回来……"李莲花叹气，"他恨过你，但他现在不恨了，他觉得那些不重要。"

"那些事不重要？"云彼丘轻声道，"若那些事不重要，重要的是什么？"

"重要的是，以后的事……你该养好身体，好好习武，你喜欢读书，去考个功名或是娶个老婆什么的，什么都可以，什么都好。"李莲花十分欣喜地道，"如你这般聪明绝顶又英俊潇洒的翩翩佳公子，如方多病那般娶个公主什么的，岂不大妙？"

云彼丘古怪地看着他，半晌道："当今皇上只有一个公主。"

"公主四处都有，吐蕃的公主也是公主，楼兰的公主也是公主，苗寨的公主也是公主，你说那西南大山中许多苗寨，少说也有十二三个公主……"李莲花正色道。

云彼丘长长吐出一口气，一时无话，看了李莲花一眼："我饿了。"

【 五 心无牵挂 】

云彼丘原来并非角丽谯的探子，反倒是自我牺牲、孤身涉险的英雄。这事在江湖中传扬开去，顿时引起轩然大波，大部分人对百川院多方赞誉，许多感慨，也有不少人侧目冷笑，只作看戏。

但这事只是个开端，现在江湖之中人人知晓，云彼丘之所以没死，之所以能够平反，你我之所以能知晓他的功绩，是因为一个人死而复生的关系。

那人俊美如玉，白衣仗剑，犹如天神降世，一出手便救活云彼丘，几句话便为云彼丘平反，在场据传闻共有十几位江湖大豪，却无一异议。

这位有若二郎神降世、文殊菩提转生的仙人，便是那传闻多年，据说已死的"相夷太剑"李相夷。

那人啊，江湖传闻已死多年，你不知他其实是远去蓬莱修仙，如今修仙大成，他自然归来，如你这般凡夫俗子，自是无缘见得。

至于李相夷就是李莲花这事，那日各位大侠并未多言，虽然也有些流言传出，却并无多少人当真相信，不过当作茶余饭后津津乐道的又一笑谈。

　　本来嘛，你说那白衣长剑激战笛飞声的绝代谪仙，怎会与那浑浑噩噩、鬼鬼祟祟的吉祥纹莲花楼楼主李莲花有什么关系？那是一个天上、一个地下，拍马也并不到一起去。

　　云彼丘终没有再寻死，四顾门等他伤愈，大家好好醉了一场。

　　李莲花在百川院住了几日，说要去看那长白山天池中的莲花，与众人一一道别，飘然而去。

第十七章 东海之约

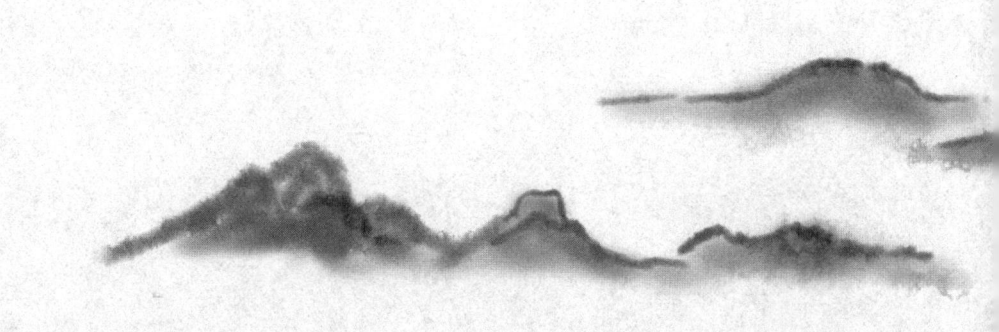

一 皓首穷经

京师东南，傍山面河之处，有一座金碧辉煌、占地颇广的宫殿。京师人氏都知道，这是昭翎公主与驸马的府邸，皇上赐名"良府"。

良府内花团锦簇，灯笼高挂，各色鹦鹉、雀鸟"唧唧啾啾"，秋色虽已渐至，府内却犹如盛春一般。

这富贵繁华到了极处的府邸之中，开满紫色小花的池塘之旁，有个人穿着一身锦袍，手里拿着一串珍珠，顺手拆了下来，正一颗一颗往那池水中射去。

"啪"的一声，正中一片荷叶；再"啪"的一声，打落一枝莲蓬。

水面上七零八落，均是断枝碎叶，涟漪不断，水波荡漾，莲荷颤抖，鱼虾逃匿。

"驸马，公主有请。"

身后花园之中，前来通报的丫鬟娇小玲珑，十分温柔。

"没空。"对着池塘丢珍珠的人悻悻地道。

"公主说，如果驸马今晚回房睡，她有个消息保管让驸马高兴起来。"

"什么消息？"对着池塘丢珍珠的人奇道，"她日日坐在家中，还有什么新消息是她知道本驸马不知道的？"

温柔的小丫鬟十分有耐心地笑了："刚刚府里来了一位客人。"

池塘边的人倏地一下如猴子般跳了起来："什么客人？"

小丫鬟"咻咻"地笑："听说是江南来的客人，我可不认识，公主正在和他喝茶，不知驸马可有兴趣？"

她的话还没说完，那驸马已箭一般地向着听风阁奔了过去。

这对着池塘丢珍珠的猴子一般的驸马，自然便是方多病。

听风阁，公主良府中最高的观景楼阁，位于取悦潭中心之处，于水面上凌空而架，微风徐来，莲荷漂荡，四面幽香，故而府中有重要客人来访，公主都在听风阁接见。

今日来的客人是谁？

方多病的轻功身法堪称数一数二，三下两下便上了听风阁。听风阁中摆有横琴一具，棋盘一块，其中两人拈子正在下棋，有婢女抚琴助兴，雅乐"叮咚"，似是十分高雅。

那下棋的两人，一人发髻高绾，珠钗巍峨，正是昭翎公主；另外一人面黑如铁，腰插折扇，却是施文绝。

方多病怔了怔，昭翎公主嫣然一笑："我叫你下棋的时候，倒是不见你跑得这么快。"

方多病摸了摸自己的脸，若有所思地看着两人，再看着弹琴的婢女："下棋的时候还要弹琴助兴的，我还是第一次看见。"

昭翎公主掩面而笑，笑得明眸婉然："我等心智清明，岂会让区区琴音扰了算路？"

方多病耸了耸肩："是是是，如我这般心智糊涂的，下棋时就听不得琴声。"他瞪了施文绝一眼："你来做什么？"

施文绝拈着一粒白子，阴森森地道："老子掐指一算，知道你在京城做驸马已做得快发疯，所以特地来救你。"

他肆无忌惮地在昭翎公主面前说出"做驸马做得快发疯"，公主倒也不介意，仍是颜若春风，妙目在方多病脸上瞟来瞟去，笑吟吟地，觉得甚是有趣。

"老子发不发疯和你有什么关系……"方多病反唇相讥，"公主貌美如花，这里荣华富贵，老子用冰糖燕窝洗脚，用大红袍包袋搓背，拿万年灵芝劈了当柴烧，没事拿夜明珠当弹珠玩儿，日子不知过得有多舒服。"

公主听得"嗤嗤"直笑，施文绝斜眼看着他，冷冷地道："你若真是这么舒服，那我便不打搅了。"

方多病不料他说出这句，呆了一呆，怪叫道："你跑到我这里来，就为了和我老婆下一盘棋，听一听这劳什子琴？"

施文绝两眼望天："是啊，不行吗？"

方多病大怒："放屁！你这人若是无事，只会在青楼和赌坊中鬼混，还知道自己是谁？快说！出了什么事？"

施文绝冷笑:"你不是在这里日子过得很舒适吗?我怕驸马爷过得太舒服了,江湖险恶,万一伤了驸马爷一根寒毛,谁也消受不了。"

"是死莲花出了什么事吗?"方多病压低声音,恶狠狠地道,"除了死莲花,你还会有别的事跑到我这里来?"

"李莲花?"施文绝两眼翻天,"李楼主风华正茂,光辉灼灼,那神仙风采岂是我一介凡人所能冒犯的?他好得不得了,哪里会有什么事?"

方多病怔了一怔,莫名其妙:"什么?"李莲花风华正茂、神仙风采?施文绝是被驴子踢了还没醒吧?

"你那李楼主,吉祥纹莲花楼楼主李莲花,就是十二年前与笛飞声一起坠海的四顾门门主'相夷太剑'李相夷。"施文绝冷冷地道,"你知道了吧?他会有什么事……虽然……"他略略顿了一顿,他知道李莲花身上有伤,伤及三焦。

但那伤在李莲花身上和在李相夷身上是浑然不同的。

伤在李莲花身上,李莲花多半就要死。

伤在李相夷身上,李相夷绝代武功,交游广阔,纵横天下,无所不能,又岂会真的死在区区三焦受损的伤上?

过往的一切担心,都不过是一场笑话而已。

方多病听完,眨了眨眼睛,笑了起来:"你撞到头了吗?"

施文绝大怒,跳了起来:"你说什么?"

方多病指着窗外:"天都还没黑,你就开始说梦话了?还是你来的时候在路上摔了一跤,头上受了什么伤?"

"老子好端端的,哪里有什么伤?"

方多病很同情地看着他,就像看着个疯子:"我很想相信你说的话,可惜那是绝对不可能的,根本就不是。"他大剌剌地摊手,"你昨天晚上睡觉从床上滚下来了吧?还是你又被哪个青楼女子从床上踢了下来……"

施文绝暴跳如雷:"方多病!你给老子去死!你给老子去死!"他狠狠撂下一句话,"笛飞声重出江湖,挑战各大门派,只怕你方氏也在其中,叫你爷爷小心点!他已放下话来,八月二十五,当年四顾门与金鸳盟决战之日,他与李相夷东海再战,一决雌雄。"

"啊?"方多病简直不敢相信自己的耳朵,"李相夷没死?真的没死?"

"没死。"施文绝淡淡地道,"不但没死,普天之下再没有谁比你与他更熟了。"

方多病却没听进去，兴奋地道："八月二十五，他们要在东海之滨再决雌雄？天啊天啊，十二年前老子还没出道，没赶上热闹，现在竟有机会了！李相夷竟然没死，天啊天啊，他竟然没死！"他揪着施文绝的衣裳，"你看过李相夷生得什么模样没？是不是丰神俊朗、天下第一？他的新剑是什么模样？这十几年来他去了哪里？可练成什么新的绝招？"

施文绝看着这个语无伦次、兴奋得手舞足蹈的家伙，叹了口气，突然觉得他很可怜。

和自己当时一般可怜。

等到了东海之滨，亲眼见到那场惊天决战的时候，这个家伙……

也是会恨他的吧？

二 不归谷

李莲花现在牵了匹白马，正在荒山野岭中走着。

李相夷现世，江湖为之沸腾，传说纷呈，顿时就生出许多故事来，听说昨日他在大明湖畔英雄救美，前日在西域大漠仗义行侠，大前日在雪山之巅施展出一记绝世神功，融化万年冰雪，顿时那山下干旱的耕地如获甘霖，造福一方水土云云。

那故事中呼风唤雨、瞬息之间从江南到西域又到雪山的仙人牵着匹白马，正在一片人迹罕至的山谷中走着。这山谷下水汽甚重，到处是淹没脚踝的死水，蚊蝇肆虐，虫蛇爬行，李莲花走得万分辛苦，那匹马鼻息喷动，显然也是十分不耐烦。

他从百川院出来，李相夷现世，李莲花便不能活，何况李相夷复活，肖紫衿怎生饶得了他？所以从百川院出来，他便全神贯注地思索究竟要躲到何处去方才安全。长白山天池既高且远，其中估计并没有什么莲花，所以他就牵着百川院给他的那匹白马，慢条斯理地走入了不归谷。

但凡山川大漠，人迹罕至之处，必有什么不归路、不归河、不归山、不归峡等等，而不归谷便是其中最普通的一种。于是李莲花看到谷口"不归谷"三字，也未做思量，欢欢喜喜地走了进去。

走进去以后，他立刻就后悔了。

这山谷不大，却十分狭长，谷底潮湿泥泞，生着许多奇形怪状的浮草，空气十分潮湿，呼吸起来分外困难，山谷两侧树木茂密，蛇虫出没，乌鸦横飞，地上时不时有残破白骨出现，确是充满了"不归"的气氛。

李莲花身上那件蠃珠甲不多时便溅满泥泞，幸好此衣刀剑难伤，换了他莲花楼里的那些旧衣，只怕早已变成了一条一条的……他没有骑马，一手牢牢抓着缰绳，一步一步艰辛地往前走。

他没有骑马是因为他看不见。

眼前的黑影慢慢地从一团变成了两团，当他走进不归谷的时候，眼前的黑影似乎融化开来，变成了千千万万飘忽不定的鬼影，时聚时散，变换急转，扰乱人心。李莲花耳中鸣叫，眼前目眩，心力交瘁，索性闭上眼睛，反正他睁着眼睛也差不多是个睁眼瞎。而白马他却不敢坐了，一是他看不见，若是这大马路过一棵大树，白马从树下悠然经过，他不免从树上凄凉摔下；二是他不知从何时开始有些畏高，坐在马上有些惴惴不安，所以便牵着马匹，让这大马为他领路。

但被一头畜生牵着走路，目不能视，走在诡异莫测的不归谷中，脚下高一步低一步踩的都是污水，空气污浊闷热，李莲花越走越是困难，渐渐跟不上那匹大马，走上一步，他要换上三四口气，心下万分后悔，照此下去，尚未找到个万全的藏身之地，倒是先找到个万全的埋骨之所。

"呀——"一声鸦鸣传来。

"呀——呀——呀——"似乎四面八方突然多了许多乌鸦。

李莲花睁开眼睛，只见头顶枝丫茂密，已走到了一处山涧边上，树林之中，抬头一看，乌鸦满天乱飞，低头一看，地上一具尸首。

他认出那是具女尸。此处林木茂盛，白马已无法前行，只听前面树林之中兵刃交鸣之声剧烈，仿佛正有一场混战。

他一时打不定主意是不是要去瞧瞧热闹，就算他前去"看"热闹，以他这眼睛只怕也是看不清。蓦地传来一阵枝叶摧折的"咔嚓"之声，一物从天而降，他本能地往后一闪，只见那物"啪"的一声跌落在方才那具女尸身上，定睛一看，又是一具女尸。抬头望去，只见那女尸上方正巧有个枝叶稀疏的缺口，导致被抛过来的尸体弹了几弹之后，跌落在自己面前。

眼前的黑影恰于这一瞬间飘过，地上的女尸身着蓝色衣裙，衣裙上绣着太极图花边，以这身衣裳这种颜色而论，很像是某一种门派特有的衣裳。李莲花忙着看女尸，那匹大马却嫌弃林下地方狭小，潮湿异常，"哗啦"一声便从树丛中挤了出去。

林外五六个蓝衣女子正和一人打斗，五六柄长剑剑光闪烁，招呼来招呼去，但见剑气纵横,花招流转,就是招呼不到人身上去。

在那五六个蓝衣女子中间,有个黄色人影飘忽来去,身形潇洒异常,便是在李莲花这等眼睛看来,也知这人武功远在那五六名女子之上,想要脱身早就脱身了,却不知道在众女之中飘忽来去,究竟是为了什么。

"杀了你这侮辱三师妹的狗贼!"

"杀了他给七妹八妹报仇啊!"

"狗贼!"

打斗之中,隐约飘来几句叱咤。李莲花恍然,中间这位黄衣人约莫是调戏了这些女侠的"三师妹",结果众女持剑追来,武功不敌,让他杀了两人。

看这报仇的架势,此时是黄衣人未下杀手,否则只怕三下两下,这一妹二妹四妹五妹六妹等等很快都要静待十一妹十二妹十三妹等等二十年后为她们报仇了。李莲花忍不住叹了口气,看这清一色蓝色衣裙,绣着太极,显而易见都是峨眉弟子。

便在此时,那黄衣人已觉不耐,扬起手掌便待往其中一女头上劈落,他若不是看在这些峨眉女弟子年轻貌美、个个体态窈窕的份上,早就将她们的脖子一一扭断。这人武功极高,这一掌劈下,这十六七岁的蓝衣少女不免即刻变成一团血肉。

此时一匹白马从极茂密的树丛中钻了出来,忙着打斗的一妹二妹一回头,只见那白马虽是全身湿淋淋的,宛如涉水而来,却是健壮挺拔,姿态优雅。

这显然是一匹好马。

黄衣人一怔,那向蓝衣少女拍落的手掌略略一顿,厉声喝问:"什么人?"

但听树丛之中一声轻咳,一人缓步而出。众蓝衣少女只见来人衣裳略湿,一袭白衣光润皎洁,不沾尘土,虽走得甚慢,那意态却是娴雅,又见这人温文尔雅,与面前这黄衣淫贼相比自是气质高华,不免心生好感。

"且慢。"那白衣人道,"黄老前辈,别来无恙。"

那黄衣人杀气大炽,森然盯着白衣人:"你是何人?"

李莲花微微一笑,却不回答那句"你是何人",只道:"武当黄七,武当紫霞掌门的师兄,老前辈当年在武当山上积威颇重,人人敬仰,却为何今日竟成了无端杀害峨眉弟子的凶徒……"

这淫贼竟是武当黄七,那些蓝衣少女惊出一身冷汗,有些人即刻奔入树丛去寻同门姐妹的尸首。

峨眉弟子被武当黄七所杀,此事传扬出去,无疑又是一桩丑事。

"你是何人?"黄七厉声问道。他其实在一品坟一事中就与李莲花照过一面,不过当时李莲花假扮妓女，将自己一张脸涂得人不像人鬼不像鬼，此时黄七自然并不认得。

李莲花仍不回答，又笑了笑："老前辈大约是从断云峰下逃出来的吧？"

黄七"嘿"了一声，他确是从断云峰下大火中脱身，当日被霍平川带回百川院，关入天下第六牢，不久便被角丽谯劫走，后来便一直留在鱼龙牛马帮。此时他一路前往武当，欲回武当夺回掌门之位。走到此地，偶然遇见将要前往长江抚江楼的峨眉派众女，他看中其中老三生得眉目温柔，像极他的小如，便心生歹念，在昨日故技重施，迷奸了她。不料峨眉众女谨遵师训，早晨起得太早，却撞见他从三师妹房中出来，于是群起而追。

他偷香得手，又见众女都是年轻貌美，本来无意杀人，后来逃入不归谷，众女穷追不舍，他已觉不耐，杀了两人。若是这白衣人不出现，他已打算将这剩下的六人一起杀了。而这突然出现的白衣人居然认得他，这让他杀机顿生。

"我是谁，从何处来，死人有必要知道吗？"黄七一声狞笑，一掌便向他直劈而来。

李莲花往侧一闪，温言道："峨眉派众位女侠，此人武功高强，与之纠缠不利，还请尽快离去。"黄七这一掌从他身侧掠过，带起衣袂微飘，姿态倒是猎猎潇洒。

"这位少侠，你为我姐妹拦住这个魔头，我们怎能就此离开？"那一群蓝衣少女中有人脱口而出，随即红了脸，"万万……不能。"

李莲花一颔首，不再搭话。

黄七一掌不中，足踏八卦，身走游龙，竟是使出武当绝学"八卦游龙"，衣袖鼓风，乃是"武当五重劲"，双式合一，要将李莲花立毙掌下。

"啸"的一声微响——

峨眉众女眼见黄七威势，一颗心刚提了起来，乍见一抹光华一闪而逝，就如空中陡然有蛛丝掠光一闪，黄七颈上乍地喷起一片鲜血，手掌尚未拍出已骇然顿住。众目睽睽之下，只见一柄极薄极长的软剑已然圈住黄七的颈项，这一剑究竟为何能如此之快，真是快得无形无迹，简直不可想象。

黄七斜眼去看白衣人，只见他左手握剑，这才恍然冷笑："你竟是左手剑！"他却不知李莲花早已看过他的武功，加之出其不意左手持剑，才能一招制敌。

李莲花只是笑笑，黄七隐居太久，错过了李相夷意气风发的年代，认不出"吻颈"。

吻颈剑缠在黄七颈上,李莲花只要手腕一动,黄七的头颅便要搬家。李莲花站着不动,刚才发话的蓝衣少女连忙赶了过来,点了黄七穴道,用绳索将他牢牢捆了起来,几人合力将黄七放在那匹白马上,方才松了口气。

几位姑娘想到同门姐妹之死,又是嘤嘤哭成一片,过了好半晌,才有人向李莲花柔声道:"这位少侠,我等与人有约,正要前往抚江楼,这魔头武功甚高,我等姐妹一路上恐怕难以遏制,不知少侠能否……"说话的人双颊绯红,"能否送我们一程?"

李莲花站在原地一动不动,过了好一会儿才微微一笑,点了点头。

蓝衣少女满心欢喜,相顾羞红,却不知这白衣公子只想在原地多站一会儿。

英雄救美这等佳话,委实已经不大适合他。

他只想顺畅地喘口气。

三 破城之剑

李莲花和这群峨眉派怀春的蓝衣少女同行了两日,终是到了长江之畔的抚江楼。

一路之上,峨眉众女天未亮便已起床,他这风度翩翩的少侠自是不能比侠女们晚起,于是这两日他四更就要起身,而既然是少侠,少不得锄强扶弱,为众侠女安排食宿、整顿行囊,运送七妹八妹的棺木,饮马赶车牵马……以至于一百五六十斤沉重至极的黄七黄老前辈自也要这位少侠亲身料理。

两日二十四个时辰,仿若已过千年万年,李莲花好不容易将众侠女送到那抚江楼下,吐出一口长气。女人,当这些女人都不是老婆的时候,涵养再好的男人,那耐心也是有限得很。

抚江楼是长江边上一处三层来高的观景楼,修建于江边一块巨岩之上。登上高楼,俯瞰江水,其碧如蓝,浩浩汤汤,远眺山峦起伏,蜿蜒如龙,胸怀不免为之清畅。

李莲花和峨眉派众女侠刚刚走到抚江楼左近,但见一辆马车也往抚江楼而来,那马蹄不疾不徐,走得稳重,微风过处,便显出一种端凝的风采来。

马车中坐的绝非常人。

"肖门主!"身边的蓝衣少女已高兴地招呼,"肖门主果是信人,这么早就到了！"

"肖……门主？"

李莲花叹了口气，只见那飞驰而来的马车上走下两人。其中一人紫袍俊貌，眉飞入鬓，正是肖紫衿；另一人婉转温柔，文秀出尘，何尝不是乔婉娩？

只见肖紫衿看了那蓝衣少女一眼，居然一言不发，大步走了过来，淡淡地道："别来无恙？"

乔婉娩见他与峨眉派众侠女在一起，甚是惊讶，神色却温和得多，只对着他微笑。

李莲花看了乔婉娩一眼，忍不住又叹了一口气："别来无恙。"

肖紫衿淡淡一笑："我听说你最近风光得很。"

李莲花本能地就想摆手，但峨眉众侠女还在身边，连连摆手只怕不妥，他一时没想出来如何解释，只得道："托福……"

肖紫衿道："我有事和这位少侠借一步说话。"

他身侧立刻让出个圈来，蓝衣少女都敬畏地看着他。

李莲花只得跟着他转身上楼，上了抚江楼第三层。

抚江楼栏杆之外，江水澄澈如玉，千年万年，都将是如此。

"我说过，只要你再见婉娩，我就杀你。"肖紫衿淡淡地道，语气中没半分玩笑的意思，"我说的话，绝无转圜。"

"我不过是给峨眉侠女做马夫而已……"李莲花叹气，"我确实不知她们是与你们相约在抚江楼见面。"他见栏杆外山川豁然开朗，不知不觉站到栏杆之旁，深深吸了口气。

肖紫衿缓缓地道："拔出你的'吻颈'来。"

李莲花只是叹气，却不拔剑。

他不拔剑的时候，肖紫衿真不知那柄柔软绵长的"吻颈"被他收在何处。

肖紫衿手持"破城"，一剑便往李莲花胸口刺去。

李莲花左袖一动，但见蛛丝般游光一闪，一柄极薄极长的软剑"叮"的一声微响，刹那间缠绕在肖紫衿的剑身上："紫衿，我不是你的对手。"

"你不是我对手，还敢与我动手？"肖紫衿森然道，"我不愿亲手杀你……"他微微一顿，"四顾门不需两位门主，你自己了断吧！"

李莲花苦笑："我……"

"你说过你不会再回来，你说过你不会再见婉娩。"肖紫衿淡淡地道，"此番你在清源山百川院大闹一场，以李相夷之名名扬天下，是在向我挑衅不成？如今天下非你不从，你说你无意回来，无意江湖，无意婉娩，谁能信你？"

李莲花张口结舌，过了半晌，终是叹了口气："我自己了断，你若杀我……总是不宜……"

他左手一抬，收回"吻颈"，想了想，手腕一振，但听"啪"的一声脆响，点点光亮飞散，"叮当"落地。

肖紫衿心头一震，杀气未消，心头却生出一股说不出的激荡，让他脸色一白。

一地光华，映日闪烁，似永不能灭。

那柄威震江湖十二年的"吻颈"，天下第一软剑，吹毛断发、斩金切玉的"吻颈"，十几年来，他几乎从未离身的"吻颈"，就此被一震而碎，化为一地废铁。

李莲花握着"吻颈"的剑柄，轻轻将它放在地上，心里猛地兜上一句话。

他记得谁曾说："有些人弃剑如遗，有些人终身不负，人的信念，总是有所不同。"

他的记性近来总不大好，但这一句记得很清楚。

也许永不能忘。

"你——"肖紫衿变了颜色，他想说"你做什么"，又想说"你何必如此"，但……

但是他要杀人。

而他要自尽，他断剑，这……

这有何不对？

李莲花放下剑柄，站了起来，那一瞬间，肖紫衿不知何故，很仔细地去看他的表情，可惜李莲花脸上并没有太多表情，他道："紫衿，人之将死，其言也善，不知你可否听我一句话？"

"什么话？"肖紫衿牢牢握住破城剑，李莲花竟甘愿就死，他委实不能相信，李莲花竟自断"吻颈"，这让他触目惊心。

"婉娩若是爱我，她便不会嫁你。"李莲花轻声道，"你要信她，也要信自己。"他看着肖紫衿，"夫妻之间，不信任……也是背叛。"

肖紫衿厉声道："我夫妻之事，不劳你来费心！"

李莲花颔首，往栏杆旁走了一步，看了看，回过头来，突然露齿一笑："以后这样的事，不要再做了。"

肖紫衿一呆，还未明白发生什么事，只见李莲花纵身而起，笔直地往江中掠去，身形如电，竟让他不及阻拦。

他这是做什么？打算跳江而死吗？

但……肖紫衿一瞬间脑子有些糊涂，他依稀记得李相夷水性颇好，当年坠海犹能不死，坠江怎生死得了？想起这事，他倒是松了口气，猛地看见李莲花纵身平掠，斜飞数丈，落身在一艘渔船之上，遥遥回身对他一笑。

他恍然大悟——李莲花自知不是对手，所以震断"吻颈"，甘心赴死，都是为了降低他的戒心，然后等到江上有渔船过时飞身脱难！

一股难以言喻的怒火冲上心头，他其实并不愠怒李莲花不死，更多的怒火来自地上的"吻颈"！

"吻颈"！

"吻颈"此剑跟随李相夷多年，剑下曾斩杀多少妖邪？曾救过他多少次性命？

他竟就此碎剑！

他不是有本事逃脱吗？

不是早就计划好了要跳江吗？

那他为何要碎剑？

如果不想死的话，为何要碎剑？

此剑对他而言，就如此不值吗？

肖紫衿勃然大怒，杀气冲霄，果然这人不得不杀，非杀不可！

李莲花落身渔船之上，那船夫本在撒网，突然有人宛如天兵一般从天而降，吓得他差点摔进江里去，尖叫起来："鬼啊——有鬼啊——"

那落在渔船上的人叹了口气："青天白日，哪里来的鬼？"

渔夫回过头来，只见这"天兵"一身白衣，生相倒是不恶，放了些心，但仍是道："你……你你你……"

李莲花坐了下来，见这渔夫收获不多，船上不过寥寥几条小鱼，还在船底扑腾，不由得微笑："船家，我和你打个商量可好？"

那渔夫小心翼翼地看着他，想了又想，十分谨慎地问："什么事？"他又补了一句："喏，我没钱，你若要那些鱼，那就拿走。"

李莲花笑了，他从怀里摸出一张纸来："我要买你这艘船。"

"这……这船是……不卖的。"

李莲花打开那张纸："这是五十两的银票。"

"银票？"渔夫疑惑地看着那张纸，银票这东西他听说过，却没见过，怎知是真是假？

李莲花想了想，又从怀里摸出二两碎银来："五十两的银票，加二两碎银。"他拍了拍身上，神情极认真，"买这艘船，再帮我送一封信，我可一文钱都没有了，只有这么多。"

二两银子？渔夫大喜，他这船也值不了二两银子，连忙将银票和碎银收起："可以可以，卖了卖了，不知客官你要到何处？我可以送你去。"

李莲花笑笑，从怀里取出一封信来，温和而极有耐心地道："那银票可以在城里汪氏银铺换成银子，这封信你就帮我送到……"略略一顿，他本想说送到百川院的分舵，然而这渔夫只怕不知百川院的分舵究竟是个什么玩意儿，便道："送到方氏任何一家酒楼、茶馆或是银铺都可以。"

"哦。"渔夫收起信件，对那银票倒不是很看重，兴趣只在那二两银子上。

李莲花指了指对岸："你先上岸，这船就是我的了。"

"客官你要去哪里？我可以先送你去，再等你的人来接船。"渔夫甚是纯朴，收了钱之后为李莲花打算起来。

"我不去哪里。"李莲花微笑，"我也会划船。"

"是吗？"渔夫摇着船桨，将船缓缓划向岸边，"看你白面书生的模样，看不出来会划船啊。"

"呵呵，我也是渔夫，也卖过鱼。"

"啊？你那里大白鱼多少钱一斤啊？最近大白鱼可贵了，我却怎么捞也捞不到一条……"

"呵呵……"

单薄粗糙的小木船缓缓靠岸，渔夫跳下船，揣着五十两的银票和二两碎银对着李莲花挥手。

李莲花左手摇起船桨，将木船缓缓划向江心，任它顺江而下。

这里是长江下游，看这水势，不到一日一夜，就可以入海。

李莲花将船底的小鱼都放生了，抱膝坐在木船之上，看着前面滔滔江水。

若山水有七分，看在他眼里只剩一二分。

但他仍在看。

两侧青山笼罩着雾气，那苍翠全带了股晦暗，让人觉得冷。

他坐在船上，那阴冷的雾气自江上涌起，渐渐地弥漫满船，似沁凉又冰冷。

远远望去，倒见轻舟出云海，倒是风雅。

李莲花笑了笑，轻轻咳了一声，吐出一口血来。

他极认真地摸出一块巾帕来抹拭。

接着他又吐了一口血。

【 四 东海之约 】

笛飞声已接连与各大门派动过手。

除了少林法空方丈坚持不动手，武当紫霞道长闭关已久，没有出关，他几乎天下无敌。

八月二十五日。

距离当年坠海之日，已相隔近十三年。

笛飞声很早就来到了东海之滨，这是一个名为"云厝"的小村，村里老老少少都姓云。云厝村外的海滩很是干净，白沙碧海，海上碧空无云。

仿若当年的天色。

在这处海滩边上，有一处巨大的礁石，名曰"唤日"。

不知何年何月何日，谁人在这礁石上刻下潇洒绝伦的字迹，如今那深入礁石的字迹里生着极细的海螺，却也不妨碍那银钩铁画。

笛飞声就站在这块唤日礁上。

他一身青衣，一如当年。

其实他要杀李莲花很容易，但他想决胜的，不是李莲花这个人，而是李相夷那柄剑。

十三年前，他与李相夷对掌完胜，是因为李相夷身中剧毒。

但即便是李相夷身中剧毒，他仍能一剑重创笛飞声。

那一招"明月沉西海"，以及此后十年病榻，此生此世，刻骨铭心。

今日，他觉得他甚至可以只用五成真力，他是要杀李相夷，但不想在未破他"明月沉西海"之前便杀了他。

何况那人狡诈多智，十三年来，或许尚有高出"明月沉西海"的新招。

笛飞声站在唤日礁上，心中淡淡期待。

唤日礁之后，高高矮矮站了不下百余人，四顾门各大首脑自是来了，乔婉婉也在其中，峨眉派来了不少年轻弟子，丐帮来了三位有袋长老，武当有陆剑池，甚至少林寺也来了不少光头的小和尚。

在这一群形形色色的怪人当中，一顶黄金大轿方才让人瞠目结舌，只见此轿四壁黄缎，缎上绣有彩凤，四名轿夫虽然衣着朴素，却是鼻孔朝天，面无表情，一看便知是哪路高手假扮的。

这轿里坐的自然便是方多病方大公子和昭翎公主。

轿外还站了一个面无表情的黑面书生。

眼见此轿如此古怪，武林中人都远远避开，议论纷纷。

方多病其实半点也不想坐轿前来，他本想将老婆一甩，翻墙便走，此后大半年逍遥自在。却不知他娘子是他知音，心知夫君要跑，于是言笑晏晏地备下马车大轿，打点一切，与良婿携手而来。

与这对恩爱伉俪一并前来的，还有杨昀春。

他对笛飞声和李相夷的传说好奇已久，几乎是听着这两人的故事长大的，凡是习武之人，哪有不好奇的？眼见唤日礁上笛飞声岳峙渊渟，气象磅礴，真是大开眼界，暗赞这等江湖人上之人果然与那官场中人全不相同。

然而笛飞声在那礁石之上站了两个时辰，已过午时，谁也没有看见李相夷的身影。

围观之人开始议论纷纷，窃窃私语，纪汉佛眉头皱起，肖紫衿也眉头紧蹙，白江鹉开始低声嘱咐左右一些事情，乔婉娩不知不觉已有愁容。

方多病自轿中探出头道："怎么这么久还没人来？李相夷不会爽约吧？"

昭翎公主低声道："这等大事，既然是绝代谪仙那样的人物，怎会失约？莫不是遇上什么事了吧？"

笛飞声站在礁上，心智清明，灵思澄澈。

李相夷狡诈多智，迟迟不到，或许又是他扰乱人心之计。

此时一匹大马远远奔来，有人大老远呼天抢地地喊："少爷！少爷！大少爷——"

方多病从轿子里一跃而出，皱眉问道："什么事？"在这等重大时刻，方氏居然派遣快使大呼小叫地前来搅局，真是丢人现眼。

那快马而来的小厮一口气都快断了，脸色青白，高举着一封信："少爷，少爷，这是一封信。"

方多病没好气地道："本公子自然知道那是一封信，拿来！"

小厮将那揉得零乱的信递了上去，越发地脸青唇白，惊慌失措："这是李相夷的信……"

"什么信非得在这个时候送来？方氏的事什么时候轮到老子做主了？"方多病火气一冲，那"老子"二字脱口而出，突地一怔，"李相夷的信？李相夷寄信不寄去四顾门，寄来给我做什么？"

他本是扯着嗓子大呼小叫，突然这一句，众人纷纷侧目，顿时就把他与那小厮围了起来。

李相夷的信？

李相夷怎会寄信给方氏？

他本人又为何不来？

方多病心惊胆战地打开那封信。

手指瑟瑟发抖。

那是一张很寻常的白宣，纸上是很熟悉的字迹。

上面写着：

"十三年前东海一决，李某蒙兵器之利，借沉船之机与君一战犹不能胜，君武勇之处，世所罕见，心悦诚服。今事隔多年，沉疴难起，剑断人亡，再不能赴东海之约，谓为憾事。"

方多病瞪眼看着那熟悉的字迹，看了几句，已全身都凉了，只见那信上写道：

"江山多年，变化万千，去去重去去，来时是来时。今四顾门肖紫衿剑下多年苦练，不在'明月沉西海'之下，君今无意逐鹿，但求巅峰，李某已去，君意若不平，足堪请肖门主以代之。"

方多病脸色惨白，看着那纸上最后一句："李相夷于七月十三日绝。"

"信上说了什么？"

纪汉佛与肖紫衿并肩而来，众人纷纷让开，却都是探头探脑。

方多病艰难地吞了口唾沫，一开口，声音却已哑了："他说……"

肖紫衿目中凶光大炽，一把抓住他的胸口："他说什么了？"他愤怒无比，李相夷竟敢失约避战！这无耻小人把四顾门的脸面都丢到九霄云外去了！等下若是现身，纵然笛飞声不杀，他也要动手杀人！

"他说……他说……"方多病茫然看着肖紫衿，"他说他已经死了，来不了，请……请你替他上阵。"

纪汉佛脱口而出："什么？"当下抢了那信件。

肖紫衿一怔，眨了眨眼睛："什么？"

"他说他已经死了，所以来不了，他很遗憾……"方多病喃喃地道，"他说……他说你剑法很高，比他厉害，所以请你替他上阵……"

"什么他已经死了？什么我要替他上阵？"肖紫衿胸口那团怒火已瞬间燃上了天际，厉声道，"这是他的战约！是他的地方！为何我要替他上阵？"

"他说……"方多病茫然道，"因为你是四顾门门主。笛飞声……是来与四顾门门主比试的，不是吗？"

肖紫衿茫然顿住："他为何不来？他来了，我……"他顿了一顿，"他来了，我就把四顾门门主还他……还他……"他也不知为何会说出这句，但竟是说得如此自然流畅，仿若早在心中想过了千万回。

方多病摇了摇头。

"他说他剑断人亡……已经……"他轻声道，"死了。"

说完，他不再理睬肖紫衿，摇摇晃晃地向自己的大轿走去。

昭翎公主关切地看着他："怎么了？"

方多病呆呆地站在轿旁，仿佛过了很久很久，他动了一下嘴角："你说……死莲花不是李相夷对不对？"

站在轿旁的施文绝见他看了一封信以后突然傻了，哼了一声："呸！老子早就告诉过你，李莲花就是李相夷，李相夷就是李莲花，是你死也不信。怎么了？他寄信给你了？你信了？哈哈哈哈哈，他骗了你我这许多年，可是有趣得很。"

方多病摇了摇头："你说——死莲花不是李相夷——"

施文绝一呆："怎么了？"

方多病抬起头来："他寄信给笛飞声，他说……他已经死了，所以今日的比武请肖紫衿上阵。"

施文绝看着方多病，一瞬间仿佛方多病变成了块石头或是成了个怪兽。

方多病茫然地看着施文绝："他为何要寄信给我？他若不寄信给我多好。"

他若不寄信，我便永远不知道。

施文绝呆呆地看着方多病，四面八方那么多人，在他眼里已全成了石头。

李相夷死了？

那个骗子死了？

怎么会死呢？

他不是李相夷吗？

李相夷应该是……永远不会死的。

"难道真的是因为……那些伤？"施文绝喃喃地道，"天……我明明知道，却……却自己走了……天啊……"

方多病转过头来，突然一把抓住他，咆哮着将他提了起来："你知道什么？"

施文绝对他露出一个比哭还难看的笑脸："骗子身上有伤，很重的旧伤……很可能就是当年坠海之后留下的……"

方多病呆了半晌，本想继续咆哮，却是一松手将他丢下了。

"算了，"他喃喃地道，"算了算了……"他抬起头看着碧海青天，"老子和他认识这么多年，吃喝拉撒在一起的时候，还不是屁也不知道一个？"

"他真的死了吗？"施文绝爬了起来，"他说不定会说谎，为了不来比武，扯瞒天大谎。"

方多病呆呆地看着晴空，摇了摇头。

"他没有扯谎。"他喃喃地道，"他虽然是个骗子，却从不怎么骗人……真的……不怎么骗人，只是你我没明白……没……没太把他当回事……"

唤日礁上笛飞声也已听说了李相夷寄来绝笔，请肖紫衿代之，听完之后，他淡淡一哂，飘然而去，竟是不屑与之动手。

而肖紫衿也无心与他动手，他仍想不通，为何那日李莲花宁愿逃走，不肯就戮，却突然无声无息地死了？

他说剑断人亡。

难道那日他震碎"吻颈"，便已绝了生机？

肖紫衿渐渐觉得惊悚，莫非……莫非当真是自己……逼死了他？自己一心一意要他死，如今他似乎真的死了，自己却觉得不可思议，无法接受，李相夷是不死的，是不败的，是无论自己如何对他、如何恶言相向挥剑相向也能存在的神祇啊……

他怎么能……当真死了？

他是因当年的重伤而亡的吗？

那日他不肯就戮、不愿自尽难道是因为——

肖紫衿脸色霎时惨白——难道是因为他不愿我亲手杀他！他不愿我做下后悔之事，也不愿婉婉知道我曾威逼他自尽——所以他那时不能死！

他若在那时死了，婉婉绝不会原谅自己。

所以他跳上渔船，去……别的地方……

肖紫衿双眼通红,他一个人死,他死的时候,可有人在旁?可有人为他下葬,为他收尸?

回过头来,海滨一片萧索,不知几时有了呜咽之声,几个蓝衣女子在远处哭泣,纪汉佛脸如死灰,白江鹢坐倒在地,石水一言不发往回就走。

肖紫衿仰首一声长啸,厉声道:"你究竟死在哪里?生要见人,死要见尸,掘地三尺,走遍天下,我也要把你找出来!"

两年之后。

东海之滨。

柯厝村。

柯厝村就在云厝村不远,村外晒着渔网,村里大小不过百余人,比起云厝,那是小得多了。

一个人在屋后晒网。

但见这人身材颀长,肌肤甚白,宛若许久不曾见过阳光,右手垂落身侧,似不能动,他以一只左手慢慢地调整那渔网,似乎做得心情十分愉悦。

只是他的眼睛似乎不大好,有些时候要以手指摸索着做事,有时要凑得极近方才看得清。

"死莲花!"有人从屋里咆哮着追了出来,"老子叫你乖乖在屋里休息,眼睛都快瞎了的三脚猫,还敢跑出去网鱼!老子从京师大老远来一趟容易吗?你就这么气我?"

那晒网的人转过身来,是熟悉的面容,眯起眼睛,凑近了,对着方多病看了好一阵子,似乎才勉强记起他是谁,欣然道:"哦,施少爷,别来无恙。"

方多病暴跳如雷!

"施少爷?哪个是你施少爷?谁让你叫他施少爷?老子是方多病!一个月不见,你只记得施少爷?他'施'给你什么了?老子派了几百人沿江沿海找你,累得像条狗一样,捡回来的你变成个白痴,老子给你住给你吃给你穿,整个像奶妈一样,怎么也不见你叫我一声方少爷?"

李莲花又眯起眼睛,凑上去仔仔细细地又将他看了一遍,笑眯眯地道:"哦,肖门主。"

方多病越发跳了起来,气得全身发抖:"肖……肖门主?那个王八蛋——那个王八蛋你记着他做什么?快给我忘了,统统忘了——"他抓着李莲花一阵摇晃,摇到他自己觉得差不多已经将那"肖门主"从李莲花脑子里摇了出去才罢手。

"老子是谁？老子是方多病，当今驸马，记起来了吗？"

李莲花再没细看的兴趣："驸马。"他转过身又去摸那网。

"你这忘恩负义、糊里糊涂、无耻混账的狗贼！"方多病对着他的背影指手画脚，不住诅咒，奈何那人一心一意晒他的网，听而不闻，且他现在听见了也不见得知晓他在说些什么。

方多病忽地吐出一口长气，拖出一把椅子坐了下来。

死莲花没死。

坐着渔船，顺流而下冲出大海，被渔民捡了回来。

没死就好。

虽然找到人的时候，这人右手残废，眼睛失明，神志全失，浑浑噩噩，就像条狗。

但……没死就好。

像现在这样，不记得是是非非，不再有聪明才智，喜欢钓鱼就钓鱼，喜欢种菜就种菜，喜欢养鸡就养鸡，有时晒晒太阳，和隔壁的阿公阿婆说几句话。

有何不好？

有何不好？

他的眼睛酸涩，他想他这么想应当是看得很开的，却仍会记起当年那个会和他一起在和尚庙里偷兔子，会温文尔雅微笑着说"你真是聪明绝顶"的小气巴巴的李莲花。

这时晒网的人已经哼着些不知所云的曲子慢慢摸索着走出了后院。

他的后院外边就是沙滩，再过去就是大海。

有个穿着青色长衫的人影淡淡地站在外边，似在看海。

李莲花鬼鬼祟祟地往后探了个头，欣然摸到一处沙地，那沙地上画着十九横十九纵的棋盘，上面放了许多石子。他端正地在棋盘一端坐好，笑道："第一百三十六手，你想好了没有？"

那人并不回身，过了一阵，淡淡地道："我输了。"

李莲花伸出手来，笑得灿烂："一两银子。"

那人扬手将一两银子掷了过去，突然问："你当真不记得我是谁？"

李莲花连忙点头道："我记得。"

那人微微一震：“我是……”

“你是有钱人。”李莲花一本正经地道。

番外

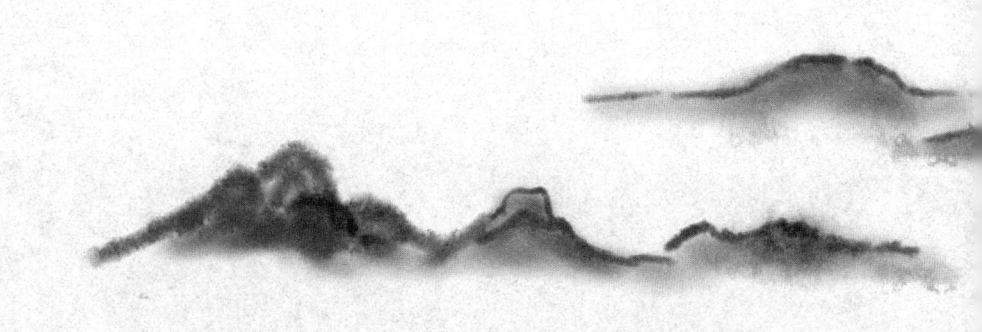

扬州慢

扬州城山水如画，有诗云"烟花三月下扬州"，又云"春风十里扬州路"，每到春分时节，便有许多人慕名而来，踏青访友、寻花问柳，不一而足。

方多病便是在这个时候到的扬州。

他刚过十六，出门闯荡江湖的时候家里给了一马车的衣裳被褥、暖炭手炉，还配了小厮一名，名唤"旺福"。

旺福原本不叫旺福，他今年十二，在方家给方多病当书童的时候，根据方家仆役的命名规矩，被唤作兰荪。但出了家门之后，他家少爷自称江湖人氏，行事需按江湖规矩，一般江湖中人身边的僮儿不是叫清风明月，就是叫旺福旺财。

于是少爷给他选了个名儿，叫作旺福。

少爷又称江湖中人一切从简，这一马车的衣裳杂货带着实在累赘，不合江湖规矩，便把马车送进了当铺，换了几张薄薄的银票揣在怀里。

当方多病两袖空空，腰悬一柄长剑从当铺里走出来的时候，突然看见一栋比他的马车还要大几倍的木楼从他面前缓缓经过。

两头水牛并驾齐驱，缓慢地拖拉着一栋雕工精致的小木楼，那小木楼下嵌有临时木轮方便移动。一个灰衣人牵着一头小灰驴，小灰驴背上驮满了行李，正往西行。

方多病目瞪口呆——他本以为他那装满了金银细软、绸缎衣裳、被褥暖炉等的马车已经够夸张了，这居然有个人出门连房子都带上了？看这小灰驴背上的绣花包裹，那圆的十有八九是个水缸……嗯……那个小的……难道是个夜壶？

灰衣人身材颀长，走得却慢，还有那么一点儿东张西望，不知该去哪里的模样。

方多病一脚伸出，挡在水牛牛蹄前面，饶有兴致地伸出连鞘的长剑将灰衣人拦住："给本公子站住！你是何人？"

灰衣人一直看着方多病伸出来的脚，直到方多病的剑鞘差点指到他的鼻子，才讶然地抬起头来。只见此人相貌俊雅，年纪比十六岁的方多病大上一些：
"小……"

"啊！"方多病正等着灰衣人回话，骤然脚上一阵剧痛。那头水牛并不理睬方少伸出来挡路的那只脚，也看不懂他脚上镶金嵌银价值连城的鞋子，就这么慢悠悠地一蹄子踩了下去。

"……心！"灰衣人话音刚落，方多病已经抱着腿惨叫着倒地。

"少爷！"旺福尖叫着扑了上去。

牵着小灰驴的灰衣人摸了摸口袋里的碎银子，忍不住叹了口气。

若干年后。

吉祥纹莲花楼内的木桌上有一碟花生米、两盅桂花酒。

"老子当年遇见你的时候，还是青春年少。"方多病一边嚼花生，一边跷着脚，"你这厮为老不尊，居然纵牛伤人，害老子这脚背每逢雨天都要酸痛。"

李莲花不爱喝酒，方多病喝一杯，他就抿一小口，好在方多病也不嫌弃。

听闻他提到旧事，李莲花正色道："非也，你少年时胆色过人。那牛重达千斤，你居然伸腿去拦。我一时惊诧，阻拦不及……"

方多病剥开一颗花生，咬牙切齿："若非你害本少爷瘸了腿，离不了扬州，后来扬州城里那场'灵山识珠'就识不到旺福身上，他奶奶的旺福就不用去当小神棍了。"

李莲花喝酒喝得慢，花生却吃得快极："灵山大师坐化前留下真言，要寻一名转世灵童，这等热闹自是非看不可，你就算瘸了腿，跑得倒也不慢。"

所谓"灵山大师"并不是老和尚，而是茅山派风水道第一百九十八代传人，专司风水之术。茅山派虽然祖传武学成就不高，江湖中人也多半不记得茅山掌门的名号，但万万不会忘记茅山派十分有钱。

茅山派分僵尸道、山水道和精怪道。

僵尸道专管抓僵尸，山水道专管看风水，精怪道专管抓妖怪。

听说僵尸道和精怪道传了一代便失传了，只有风水道传了一百九十八代。风水道在达官贵人之间十分有名，尤擅长观望官运和财运，若是客人十分有钱，偶尔还可以传授一点儿邀宠之术。不管客人要向谁邀宠，是清官贪官，还是公子世子，或是王爷侯爷，风水道的邀宠之术都可以满足。

灵山大师更是此中高手。传闻他家中金银财宝之多堪比国库，他指定的"转世灵童"便是那万贯家财的新主，这等好事，怎能不引得众人疯狂？王灵山在扬州城置办了家产，列为风水道道场，在他坐化之后，肉身成不朽金像。于是才有了后来风水道在道场举办"灵山识珠"大会，为灵山大师寻觅转世灵童。

根据灵山大师留下的真言，是要找一名背后有梅花印记的柳姓女子，那女子于某年某月某日所诞的麟儿，就是他要找的转世灵童。

那年方多病瘸着一条腿在"灵山识珠"大会上津津有味地看了七日，听着江湖各路英雄豪杰将灵山大师的生平细细品析。先是议论灵山大师到底有多少真金白银，再议论他一生未娶，可能有过多少女人，再议论这名柳姓女子究竟是哪家闺秀，又是何等倾国倾城。

到了第八日，许许多多的"柳姓女子"携带"麟儿"出现在了"灵山识珠"大会上，有的自称是在大明湖畔遇见了灵山大师，有的取出了定情信物，还有的甚至直扑灵牌就喊爹，哭诉女儿来迟了……

方多病第一次行走江湖便大开眼界，啧啧称奇。跟着他看热闹的旺福突然扯了扯方多病的衣袖，小声说："少爷，我娘也姓柳。"

方多病道："是了，你是柳姨的儿子嘛。"

柳姨是方家的浣衣妇之一，身材高大、力气十足，方多病儿时最喜欢和她玩耍，蹬着她的肩头爬上树去。

"我娘背上也有梅花印记。"旺福说，"我也是差不多那时候出生的。"

"啊？"方多病回过神来，"你娘可是有夫之妇，你别乱说。"

"可是我爹十几年才回来过一次。"旺福委屈地道，"我娘常说，若不是生我那年我爹突然回来了一趟，她早就忘了自己还嫁过一回。"

"你爹叫啥名字？"方多病捏着旺福的小圆脸，"不会叫王灵山吧？"

旺福小声说："不是，我爹姓朴，叫朴二黄。"

灵山大师坐化时已逾七旬，怎么看也不像是方家浣衣妇失踪多年的死鬼，更不像是能和身高七尺的柳姨生出一个旺福的好汉。方多病这日看完热闹，回客栈的时候向愁眉苦脸数药费的李莲花说起了这回事。

他只觉得这灵山大师的遗言过于草率。想那柳姓本是大姓，姓柳的女子天下何其多，生有麟儿的至少也有十之二三。再者，那梅花印记又未曾说明到底是何模样——天下梅花印记的种类莫说一千，至少也有八九百种，这要叫人如何找起？

然而李莲花听说此事，却极认真地提醒方多病，既然不知，不妨去找王灵山问问。

方多病吓了一跳,灵山大师已经坐化了啊!

李莲花道:"他的肉身金像还供在风水道道场。"

当时的方多病年少无知,闻言怦然心动,于是在夜黑风高之时翻墙而入,摸进了风水道的道场。

王灵山的尸身……呃……刷了金漆的肉身金像就放在灵堂正中。

茅山派的人武功果然不高,方多病瘸了一条腿,一路潜入居然没引起任何人的注意。灵堂四周有不少风水道的弟子看守,然而打盹的打盹,赌钱的赌钱,一个已经死了的师父并不能引起他们多大的重视。

王灵山的肉身瘦小干瘪,留着山羊胡须,尸身上涂了一层厚厚的金漆,实在看不清是什么模样。说也奇怪,在这扬州三四月份的天气里,他的尸身却是不腐不坏,也无虫蚁啃咬的痕迹。方多病年少大胆,趁左右无人注意,伸手在王灵山身上一通乱摸,不小心一推,"咕咚"一声,王灵山的尸身往前翻倒,那颗五官模糊不清的头居然掉了下来。

方多病吓得差点魂飞天外,足足过了十息才看清楚,塑在这具"肉身金像"里的居然不是人!

它是一尊木刻人像。

"谁?"灵堂外有人吆喝,人像翻倒的声音惊动了灵堂的守卫。

方多病立刻远遁,逃之夭夭。

太奇怪了——传闻中灵山大师坐化成肉身金像,留下真言要寻转世灵童。可肉身金像是假的,那是一尊木雕。

那么灵山大师呢?

"话说老子当年只发现了王灵山的木雕,你又如何猜出王灵山是被人所害的?"

吉祥纹莲花楼里,方多病吃完了花生,很遗憾地舔了舔嘴唇,对面的李莲花便摸了包瓜子出来。

"但凡与金银珠宝相关的事,万万没有拱手送人这么轻易了结的道理。"李莲花道,"王灵山的金银珠宝拱手送给了'转世灵童',对他自己、对风水道都没有半点好处,唯一有好处的只有'转世灵童'。"他微微一顿,又道,"即使'转世灵童'是王灵山的什么人,既然他活着的时候没有半点分钱的意思,死时多半也不会记得的。"

方多病恍然大悟。的确,那"转世灵童"若真是对王灵山重要之人,他活着的时候怎么不多加照顾?如果王灵山活着的时候都不肯多加照顾,又怎会在死后将家产奉送?

"既然你发现了王灵山的木雕,说明他的尸体必然有鬼。"李莲花喝酒的时候手伸岔了,拿过来的是一边的凉茶,见方多病并没发现,他便心安理得地喝了,"如果他的尸体有鬼,他多半就是死于非命;他如果是死于非命,那么'转世灵童'就必然和凶手有关。"

他笑眯眯地看着方多病。

方多病的脑子转了好几圈才想明白:"你是说'转世灵童'不是王灵山自己放的屁,而是凶手为了谋取他的家产铺的路?"

"如果有人杀了王灵山,只是为了行窃抢钱,能带得走多少呢?"李莲花感慨道,"听闻王灵山富可敌国,他没有老婆,年纪又那么老,突然冒出私生子也太勉强了,所以便生出'转世灵童',意义与私生子相仿佛。"

"想出'转世灵童'这妙计的人一定是王灵山身边信任的人,是以他开口说话,风水道都相信是王灵山的遗言。"方多病说,"所以凶手就在王灵山最亲近的人中间,他的大弟子王守庆、二弟子何乌有和老姘头杨芙蓉都是与他亲近的人,还有在风水道伺候他的婢子春花,管家的老仆朴二黄,都长年与王灵山形影不离。"

"但只有'转世灵童'能合情合理地谋得王灵山的全部家产。"李莲花微笑,"所以谁和'转世灵童'有关,谁就是凶手。所以……"他慢条斯理地喝着凉茶,"热闹还长,你的腿又瘸,我让你在茶馆看戏,不过十日就知凶手是谁,你当时却不信。"

方多病"呸"了一声:"我怎知那凶手如此着急,居然等不得老子醒悟,就急急忙忙地留了新的线索,只差昭告天下,那'转世灵童'乃是我方家的旺福。"

李莲花连连摇头:"这等大事,岂能不急?我若是朴二黄,在王灵山家里当了几十年奴才,帮王灵山数了几十年的银子,却眼见一两也落不进自己的口袋,岂能不急?王灵山老了,他毒杀了王灵山,伪造了'真言',就眼巴巴地等着他儿子来得这家业。"李莲花感慨,"只可惜螳螂捕蝉,黄雀在后,朴二黄做下这等事,王守庆和何乌有怎么可能不知道,又怎能确定杨芙蓉不知道?倒是他这'转世灵童'的主意不赖,帮了其他人的忙。那些人只等着'转世灵童'一到,就杀了朴二黄,再自相残杀,最后的赢家自可拿捏着'转世灵童'这个傀儡,顺理成章地独享王灵山的万贯家财……"

"结果有人悄悄地告了官,引来了'捕花二青天'。"方多病想起当年,忍不住叹气,"当着我家旺福的面,抓走了大半风水道弟子,小旺福这'转世灵童'当得再憋屈没有了。"

李莲花的茶已经喝完,他意犹未尽地翻过杯子,瞧瞧还有没有多出一滴来。

"那是许多年前的事了,你家的小旺福,早已是茅山派掌门王兰荪,风水道第一百九十九代传人。听说如今请他登门一望风水,需得百两白银起价,一斛珍珠铺路。"他喃喃自语,"不过一斛珍珠也是不多,不知那路是多大一条,万一铺得不满,岂不是容易滑倒……"

酒浅氤氲眼,夜深风雨灯,一斛珍珠少,大梦不知杳。

又是若干年后。
东海边的小渔村。

方多病暴跳如雷,拿着一根竹竿在村后的竹林里四处乱窜,惊起落叶萧萧、虫蛇逃匿,却仍到处找不见李莲花的踪影。

"死莲花?!快给我出来!"

"方二、王三!"方多病大声呼叫被安排来保护李莲花的影卫,"快给我出来!死莲花人呢?今天是跟着姓肖的走了,还是又被姓笛的拐了?"

二位影卫应声出现,恭敬地跪地行礼:"参见驸马。"

"李莲花人呢?"方多病问,"我让你们跟着他,现在人都丢了,你们还在这里?"

方二沉稳地道:"有一位姓王的道长正和李门主在竹林中散步。"

"什么姓王的道长?"方多病越发怒不可遏,"他还新认识了姓王的道长?哪里来的妖道?"

王三恭敬地道:"是一位银砖铺地、珍珠开路的年轻道长,他说他姓王,叫兰荪,是驸马您的熟人。"

方多病一怔:"啊?"

"王道长说他擅长捉鬼开光,能驱邪避难。如李门主这阴邪入脑的症状,只需一服符水即可痊愈,只看驸马您付不付得起银子……"

方多病又是一愣,勃然大怒:"王旺福!"

青翠的竹林深处。

一道银砖铺就、珍珠镶嵌的小道蜿蜒入内，不知通往何处。

一身银袍的王兰荪仙风道骨，怀抱拂尘，徐徐而行。

与他并肩而行的李莲花极认真地问："你……从来没有滑倒过？"

（全书完）

图书在版编目（CIP）数据

吉祥纹莲花楼 / 藤萍著 . -- 杭州：浙江文艺出版社，2019.9（2024.5 重印）

ISBN 978-7-5339-5778-0

Ⅰ . ①吉… Ⅱ . ①藤… Ⅲ . ①侠义小说－中国－当代 Ⅳ . ① I247.5

中国版本图书馆 CIP 数据核字 (2019) 第 165898 号

JIXIANGWEN LIANHUA LOU

吉祥纹莲花楼

藤萍　著

出版发行	浙江文艺出版社
地　　址	杭州市体育场路 347 号（邮编 310006）
网　　址	www.zjwycbs.cn

责任编辑	瞿昌林
责任印制	张丽敏
装帧设计	八牛·设计
内文版式	风吹雪
封面插画	不语氏

印　　刷	三河市嘉科万达彩色印刷有限公司
经　　销	浙江省新华书店集团有限公司
开　　本	710 毫米 × 1000 毫米　1/16
字　　数	812 千字
印　　张	45.5
版　　次	2019 年 9 月第 1 版
印　　次	2024 年 5 月第 19 次印刷
书　　号	ISBN 978-7-5339-5778-0
定　　价	109.00 元（全三册）

版权所有　违者必究
（如有印刷质量问题，请寄承印单位调换）